U0720468

十万里山河壮阔
中国式现代化江苏新实践新图景

江苏省报告文学学会 编

沿湖渔光

YAN

HU

YU

GUANG

王向明＿＿著

江苏人民出版社

图书在版编目(CIP)数据

沿湖渔光/王向明著.—南京:江苏人民出版社,
2024.9. —(十万里山河壮阔:中国式现代化江苏新实
践新图景). — ISBN 978-7-214-28206-4

Ⅰ.I25

中国国家版本馆 CIP 数据核字第 20247TN926 号

十万里山河壮阔——中国式现代化江苏新实践新图景
江苏省报告文学学会 编

书　　　名	沿湖渔光
著　　　者	王向明
责 任 编 辑	强　薇
特 约 编 辑	彭欣然
责 任 监 制	王　娟
装 帧 设 计	佳　佳
出 版 发 行	江苏人民出版社
地　　　址	南京市湖南路 1 号 A 楼,邮编:210009
照　　　排	江苏凤凰制版有限公司
印　　　刷	南京艺中印务有限公司
开　　　本	718 毫米×1000 毫米　1/16
印　　　张	17.25　插页 1
字　　　数	203 千字
版　　　次	2024 年 9 月第 1 版
印　　　次	2024 年 9 月第 1 次印刷
标 准 书 号	ISBN 978-7-214-28206-4
定　　　价	52.00 元

(江苏人民出版社图书凡印装错误可向承印厂调换)

/ 目录 /

① 深夜的敲门声

天冷得出奇，湖面上的水结成了厚厚的冰，船被结结实实地冻在岸边，想动弹都动弹不了。白天打不了鱼，晚上更是无所事事，渔民们早早吃过晚饭，便钻进船舱里睡觉了。

刘德宝躺在床上，冷风在窗户外面吹着风哨，撞在船上的围挡后，力量显得更加强劲，凶猛地扒开围挡中的每一个缝隙，似乎想看看这七八平米的小船里到底住着什么样的人。

整个船都镶嵌在冰窟窿里，人像被关在冷库里一样。船上没有取暖设备，刘德宝下意识裹紧了棉被。他睡不着，并不是因为这份冷，18 年了，在渔船里出生，在湖面上成长，他早已不惧怕这些。睡不着是因为兴奋，再熬过这样一个冬天，他就不再是渔民了。

刘德宝有中专文凭，在 20 世纪 90 年代初期的沿湖村和整个渔民圈子里，属于"高学历"人才，知识让他对生活和未来有了更多的选择和期许。

　　和很多年轻的渔民一样，他们都有一个在外人看来极为普通，对他们来说却无比宏大的梦想——有朝一日，有本事离开沿湖村。

　　沿湖村是邵伯湖畔的百年渔村，也是江苏省扬州市唯一一个纯渔民居住的小渔村。当年，渔民从山东、河南、安徽、山西以及邻近的泰州等多个地方循着河湖水道来到这里，依靠着邵伯湖的天然资源优势，世代在此靠捕鱼维持生计。

　　邵伯湖，古属三十六陂，因后人追思东晋大臣谢安"筑埭渲蓄"之德，比之以周代召伯，称所筑之埭为邵伯埭，埭旁之湖名邵伯湖。明末的"分黄导淮"和清代的"淮水入江"工程，将众多小湖汇聚成了如今南北长约17公里、东西最宽6公里的邵伯湖，成为东傍京杭大运河、淮水入

沿湖村渔民原始的生活场景（沿湖村供图）

江的咽喉之地。邵伯湖承高邮、宝应之泽，与周边河泊交错相通，水网密布，自然风光秀丽，两岸绿树成荫，历史上"风帆渔棹，往来不绝。初春时节，农民取湖泥壅田，菜花满塍"；夏日荷花盛开，莲藕飘香，辽阔的水滩成为鹬鸟栖息之地……素有"三十六陂帆落尽，只留一片好湖光"的美誉。

风景再美，终归不是人类的饱腹之物。渔民的生计，还要凭本事在湖水里挣口粮。

"渔翁小船尖又尖，两把艄桨顺水颠。左手拿着青丝网，右手又拿钓鱼竿。有鱼无鱼撒一网，撒条鲤鱼斤四两……"古老的渔歌小调是沿湖渔民生活的最真实写照。它时不时出现在某条撒网的小船上，一网下去，有

早期沿湖村渔民在撒网捕鱼（沿湖村供图）

没有鱼，很多时候要凭运气，有时候满舱而归，有时候却只能望湖兴叹。即便是有着丰硕的收获，但可惜鱼价格低得可怜，收入并不可观。不是有那句话吗？鱼死了闭不上眼，渔民挣钱用不到晚。什么意思呢？渔民辛辛苦苦打了半天鱼挣到的钱，没等到天黑就花完了。

30年后，担任沿湖村党委书记的刘德宝回忆起20世纪90年代的渔民生活，除了穷，还是穷。那时候，四邻八村的农民都看不起在水上辛苦生活的渔民，更没有人愿意让自家的孩子跟渔民联姻。"呆男不娶渔家女，傻女不嫁渔家汉"。什么意思呢？即便是痴呆的男子，也不想娶渔民家里的姑娘；女人就是再傻，也不想嫁给渔民家里的汉子。儿子讨不到媳妇，女儿嫁不出渔村，渔民的孩子到了该结婚的年纪，要么在渔民中间找，要么打一辈子光棍。渔民一代一代繁衍，再一代一代结合，时间长了，整个村子的人都沾亲带故，造成了不少近亲结婚的苦果，最后生出了患有"唐氏综合征"的孩子。

即便是这样，在整个渔民村庄里，人们并不把这种愚昧的近亲婚姻当回事儿，他们压根也不懂什么科学不科学，因为他们中的绝大多数，从没有走进过学校的大门。会撒网，能捕鱼，能把肚子填饱，要是能挣到钱，再置办一条吨位稍大一点的船，这些跟认字都扯不上多大关系，这让他们觉得，上不上学，并没有多大用处。

刘德宝的父母都是文盲，和大多数渔民一样，觉得当渔民的后代，好好把捕鱼的技能练好就行了，到了上学的年纪也没有让他读书的意思，最后还是在奶奶的强烈要求下，父亲才同意让他去上学。学习机会来之不易，刘德宝格外珍惜。可是，到学校的第一天，就跟人打了一架。同学笑话他是"渔花子"，跟"臭要饭的"差不多，要么就喊他是"水獭猫"。

"水獭猫"，学名"水獭"，体型跟猫相似，半水栖兽类，经常活动于河流、湖泊、溪水中及岸边，甚至稻田内亦可见，在湖岸、水流平缓的地方较多，嗅觉发达，擅长游泳和潜水，在水中鼻孔和耳均可关闭，食物以鱼类为主，亦吃青蛙、螃蟹、水鸟或鼠类。

把人比喻成一种动物，刘德宝觉得这是对他赤裸裸的侮辱。下课的时候，一群同学拿他当欺负的对象，他自尊心强，没忍住，就跟人动起了手。结果不用想就知道。双拳难敌四手，更何况刘德宝个子小，又黑又瘦，压根不是对方的对手，一个回合就被摁在了地上，为上学特意穿的新衣服也被撕成了一片一片。

回家的路上，他发了一路的誓，一定要好好学习，将来再也不要当渔民，再也不让人叫自己"渔花子"。

对渔民的孩子来说，能上学是一件无比幸福的事情。除了喜欢读书，刘德宝还喜欢练字，他特别喜欢"字如其人"这个成语，做人就得像中国

早期沿湖村渔民孩子在渔船上的学习场景（沿湖村供图）

的方块字一样，方方正正、漂漂亮亮。在整个沿湖村，横卧在邵伯湖上的船只有近千条，刘德宝家的船只吨位不大，成色也算不上新，却因为船身上的几个字，显得格外醒目。不帮父母打鱼的时候，他一笔一画在自家船上写上了"精、气、神"三个字。也正是这三个字，引起了时任沿湖村党支部书记金广来的关注。

谁都不曾想到，也不敢去想，这样的一次关注，彻底改变了刘德宝的命运，20多年后，他让当时最为贫困的沿湖村，蜕变为"国家级最美渔村"，每年凭自己独特的"渔文化"魅力吸引着大江南北数以万计的游客，从各个地方涌向这里，感受"桃花源"一般的魅力乡村。

30多年后，刘德宝依然记得很清楚，那是1992年冬天。那一年，他刚满18岁。

那天晚上，村支部书记金广来踩着厚厚的冰来到刘德宝家的船舱外，并没有直接敲门，而是站在外面一口接着一口抽烟，燃烧的烟丝在深夜中忽明忽暗，明的时候红彤彤的，似乎要把夜的幕布烧出一个窟窿。烟丝燃尽，他迟疑了一下，把烟蒂丢在冰面上，敲了敲刘家渔船的窗户。

煤油灯亮了，刘忠祥披着衣服从船舱里出来，看到是金广来，赶紧往船舱里让，"书记，咋这么晚过来了？"

金广来说："我来看看德宝。"刘忠祥一听，赶紧冲着船舱下面喊："德宝，赶紧起来，金书记来看你了。"

刘德宝赶紧从床榻上爬起来，趿拉着鞋来到金书记面前。

几个人坐下后，金书记也不说话，刘忠祥反倒着急了，以为自己儿子在外面闯了什么祸。

刘忠祥问，书记，你找德宝啥事啊？

金广来点上一根烟，抽了几口问，德宝今年中专毕业了吧？

刘德宝说，是的，书记，跟江苏油田签过合同了，过了年，开了春，就能去上班了。

江苏油田的工区分布在大江南北，油田的主要工区在江苏中北部，主力油田则在扬州地区。从靠天吃饭的"水上漂"生活，到去油田里工作端"铁饭碗"，对于沿湖村渔民来说，肯定是"祖坟冒青烟儿"了，几辈人都没有出过的"鸡窝里飞出金凤凰"的事。

看着刘德宝那么兴奋，金广来说，好事啊，德宝是咱们渔民里为数不多有知识的年轻人，将来肯定有出息。

刘忠祥说，去也就是当个石油工人，还是干苦力的，比当渔民好不到哪儿去。

金广来批评刘忠祥说，可不要小看石油工人，你看那大庆油田的"铁人"王进喜，一个普普通通的石油工人，不照样是全国劳动模范，就连毛主席都号召全国人民向他学习呢。

刘德宝说，这个我知道，就这两天我看书还看到"铁人"了呢，他的那两句"石油工人一声吼，地球也要抖三抖。石油工人干劲大，天大困难也不怕"，每次想起来，我浑身上下从里到外都是劲儿。就在今年2月份，我听广播，著名的漫画家华君武到大庆铁人王进喜纪念馆参观，被王进喜那些豪迈的诗歌以及豪言壮语所震撼，当场挥毫泼墨，写下"人民诗人王进喜"七个大字。王进喜好像都没上过学，既能当"铁人"，还能当诗人，可真是厉害。

金广来听了，对刘忠祥说，看看你那觉悟，再看看咱们德宝，可是有远大抱负的人。你知道差在哪儿吗？差在知识，差在文化上，不像咱们这两个"睁眼瞎"，渔网大的字也不识一个，一辈子在这湖里找食吃，有一顿没一顿的，上辈子受穷，这辈子受穷，下辈子还受穷。

刘忠祥说，书记，我跟你可不好比啊，你是咱们的带头人，我们都指望你带领咱们大家伙过好日子呢。

烟抽完了，金广来把烟蒂塞在鞋底下面踩灭，说，我知道自己的斤两，真要有你说的那么大本事，大家早不用被人喊"渔花子"了。这次来，我就不跟你们兜圈子了。咱们德宝忠厚老实，又有文化，有想法，自打我看见他在船上写的"精、气、神"那三个字，我就认准这孩子了，心里要是没有货，怎么会有这追求和胆识？我这次来，就是想跟你们商量个事情，德宝能不能留在村里，咱们这些渔民需要他这样的年轻人，将来帮助咱们走出这穷苦的困境。

话锋转得突然，刘忠祥有点没转过来，刘德宝更是一头雾水。

金广来接着说，我知道这对德宝来说，不公平，油田职工待遇好，村里又是个烂摊子，主要是我看这孩子忠厚、踏实，又有知识，在村里培养几年，将来能带领大家伙儿一起往好日子上奔。

屋子里一片沉默。

金广来说完，站起来就走了，走之前说，这只是我的想法，你们也考虑考虑。

父子俩送走金书记，回到船舱内，刘忠祥问儿子，这事你咋想？

刘德宝说，我也不知道。

刘忠祥说，这是大事，得考虑清楚。说完，转身进了船舱里的卧室。

煤油灯熄灭，船舱重新回到一片黑暗。

刘德宝躺在床上，辗转难眠。就在书记敲门之前，他已经在规划自己的事业和美好生活了，甚至在心里定好了目标，将来到了油田，一定要甩开膀子大干一场，像王进喜一样，干就干他个惊天地、泣鬼神。

书记的深夜敲门，一时间让他不知所措。从内心里讲，他十分舍不得这份工作，对他来说，能得到一个这样的机会，是多么难得啊。只要上了岸，他再也不需要担心邵伯湖的风浪，再也不需要用湖水煮饭，再也不用常年待在水面上，整天跟各种渔具打交道。他终于可以在外人面前挺直腰杆，"渔花子""水獭猫"这些被人鄙夷的称呼，再也跟他扯不上关系。最为重要的是，他私下打听过，每个月有 1000 多元的工资。在 20 世纪 90 年代初，那是多么可观的一笔收入啊。在当时，"万元户"绝对是一种财富的象征，一家人一年能挣够一万块钱，都是极为少见的。如今，仅凭自己一个人，不要一年，仅仅十个月，就可以为家里创造出如此可观的财富。这么好的单位，谁会舍得放弃呢？

迷迷糊糊中，刘德宝睡着了。那一晚，他做了一夜的梦，梦见自己回到了小时候，估摸着凌晨四五点钟吧，父母摸黑出去打鱼了，他被母亲用一个"龙套"拴在腰里，另一头绑在床上，防止大人不在的时候，孩子调皮掉进湖里。这是渔民家孩子童年共同的记忆。那天，父母出去很久都没有回来，外面的风越来越大，吹得船左右摇晃，他害怕极了，吓得大声哭喊，可是任凭怎么喊，也没有人来。他拼命挣扎，却怎么都无济于事。风把船吹翻了，他被船盖在了水里，感觉自己要窒息的时候，急出了一身汗，才发现刚才是做了一场噩梦。

他再也睡不着了，渔民生活的往事走马灯似地在他眼前闪过：吃喝拉撒睡全在船上，最初吃水直接从湖里舀，后来才知道用明矾沉淀一下再饮用；孩子没人看管失足掉进湖里淹死的、禁止孩子接受教育的比比皆是，还有那些近亲结婚生出的傻孩子，本该避免的事故一次次上演。他又想起了自己那件被扯成碎片的白衬衣，就因为自己是"渔花子"而被不公平对待……

② 人生的十字路口

不出去打鱼的时候，刘德宝时常坐在尖尖的船头上发呆，望着一眼望不到边的浩渺湖水。这多像他当时的人生境遇啊：身后是只有五六平方米的船舱，留下来，那就是他所有的空间；面前是繁华的大千世界，有无限种可能，走出去，或许就是整个家庭发生蜕变的机会。

18岁的年纪，最好的青春年华，是走，还是留？站在人生的十字路口，这个年轻人一时拿不定主意。

刘忠祥跟儿子算了一笔账，按照当时鲫鱼的价格，一斤两毛钱，一个月1000块钱，能买5000斤鱼，平均到每一天，就是160多斤，而且还必须天天出去撒网。这只是理论数字，每年还有两个月禁渔期，夏天遇到风雨雷暴出不了船，冬天湖面冰冻撒不了网，这么折算下来，一年能打鱼的时间少说也得减少四个月。照这么算下去，平均每天一家人至少打上200斤鱼才能抵上你一个人的工资。

这些，没上过学的父亲都能算清楚，更别说识文断字的刘德宝。这笔账，他早已在心里盘算过很多遍。

整个冬天，这成了刘德宝的心事，想不理会，老书记的话时不时就悄悄爬进了脑子里，"德宝，留下吧，留下吧"。想忘忘不掉，想赶赶不走，实在是太折磨人了。索性他就看书，身边的书不多，逮到什么看什么。

有一天，他看到一本革命历史书籍，让他对自己生活的沿湖村刮目相看。他们这些渔民的先辈，竟然也为抗日战争的胜利和新中国的成立抛过头颅，洒过热血。

中学时期的刘德宝在自家船停泊的滩头上（沿湖村供图）

当年，方巷镇的黄珏、邵伯湖是新四军抗日根据地的重要水上交通线，是苏中抗日根据地和淮南路东抗日根据地相互联系的重要通道之一。这条交通线承担着新四军的部队转移、物资运输、情报递送、人员过往等任务。抗战时期，黄珏及沿湖村的渔民曾为邵伯湖水上交通线做出过重要贡献。当时的渔民利用水上资源优势，紧紧团结在一起，成功打造出一条严密的交通要道，秘密帮助新四军将士，确保他们安全过湖。

这段红色历史，后来也得到扬州市新四军研究会会长洪军的进一步挖掘考证。

有一次，洪军偶然听说黄珏镇上有一座"粟裕桥"，引起了他极大的兴趣。为了把情况弄清楚，洪军立即带人驱车来到被民间称为"粟裕桥"的地方，原来就是黄珏桥。

洪军说："这座桥位于黄珏老街北首，放眼向北望去，河道绕着村庄农田流淌，当年的沼泽地在时代的发展中已经不见踪影，地形地貌也发生了巨大变化。至于粟裕什么时候到过这里，具体情况怎么样，镇里和村里的工作人员并不能做出准确的回答，我带着疑问回到了扬州。回去想了很久，觉得自己既然从事新四军研究，就有责任将这段历史挖掘出来。我就将手头上有关粟裕在苏中抗日根据地的资料都找出来，一点点查阅，并邀请扬州市新四军研究会的同事一起查证。"

功夫不负有心人。后来，经过不懈努力，洪军终于在中央文献出版社出版的《在粟裕身边的战斗岁月——老侦察科长严振衡的回忆》这本书中，找到了粟裕去新四军军部路过黄珏镇的情况。严振衡是江苏扬州人，把这本书送给洪军的，正是严振衡的女儿严晓燕。书中专门有一章"护送粟师长去军部"，详细记载了这段历史。

　　1943年6月上旬，粟裕接到新四军军部和华中局的通知，要他去新四军军部和华中局驻地盱眙县黄花塘镇参加整风会议并汇报苏中工作。经过精心筹划，1943年6月23日下午5时，粟裕仅率侦察参谋严振衡、测绘参谋秦叔瑾等少数人员组成的一支小分队，从东台三仓师部乘船出发，昼伏夜行，穿过兴化、高邮水网地带。途中，粟裕还专程到江都真武庙看望了十八旅旅部同志。行前，粟裕特地交代严振衡于7月4日晚带电台和先头部队，从高邮车逻坝伪军据点南边过公路、运河，再乘船渡过邵伯湖，在邵伯湖南岸黄珏桥附近上岸。他要求控制黄珏镇并严密封锁消息，做好群众工作，严格注意政策纪律，要照常开门做生意，不要造成群众恐慌，让群众知道新四军是最有纪律的抗日军队。粟裕要求他们当日黄昏时离开黄珏镇，并交代与其汇合的时间地点。严振衡一行西进得到了十八旅人员的掩护。7月5日，天还未亮，他们到了黄珏桥北码头，悄悄上了岸，将镇上的进出口都看守起来，严格按照粟师长的要求，不扰民，不扰市，一切如常，受到了老百姓和商家欢迎。

　　粟裕一行17人也是在十八旅作战科科长护送下，于7月6日下午6时通过昭关坝伪军据点，由于十八旅提前打了招呼，伪军关起门来，让粟裕一行通过。渡过运河后，粟裕一行仍乘民船过邵伯湖，在黄珏桥登陆，但不在黄珏镇留宿，暗夜中步行到黄珏镇西南数里潘庄休息。刚进村，粟裕就下令：一不准敲群众家门；二不准动群众一草一木；三不准大声喧哗，惊扰群众。战士们悄悄分散到群众房前屋后的牛棚和草堆里宿营，鸡犬安宁。秦叔瑾告诉严振衡说，他们在潘庄只休息了半天，吃了午饭稍歇后就动身上路，经过扬寿坝，通过扬州到天长的公路，夜里到达顾家大庄，和他们一行汇合。这次行动完全是在日伪军眼皮下进行的，南面扬州城、槐泗桥、十五里铺都是日军据点，西面是甘泉、大仪等日伪军据点，而北面又是高邮湖、邵伯湖，但粟裕处变不惊，胆大心细，一路化险为夷，于7月12日安全到达新四军军部驻地黄花塘镇。

据洪军掌握的相关史料，新四军还有两支部队曾从此夜渡邵伯湖。

一支是新四军苏皖支队：陶勇司令员率部于1939年11月经此西去陈集，开赴仪扬地区，建立抗日根据地。1940年6月，苏皖支队回援郭村，也是由此东行抵达郭村。

另一支是新四军挺进纵队：奉陈毅电令，副司令员叶飞率部从吴桥出发，经邵伯湖夜渡至黄珏，穿越扬天路，西援半塔保卫战。扬州市新四军研究会的工作人员和专家们对这些史料以及邵伯湖、沿湖村、黄珏桥的地理关系进行了综合研判，一致认为，在抗战时期，现在的沿湖村这个地方，就是苏中抗日根据地和淮南抗日根据地的水上交通线的渡口。

那一年，如果不是看到这样的史料，刘德宝还不知道，在当时特殊的年代，自己的祖辈们曾放弃帮派之间的隔阂与矛盾，为了抗日战争和中国人民的解放并肩作战、同仇敌忾，为捍卫中国人民的领土而英勇奉献。

了解到这些故事，刘德宝意识到，这些渔民，和所有具有浓厚爱国情怀的劳苦大众一样，身体里流淌着中国人民的鲜红热血。他们虽然在平日里各自为伍，但关键时刻，很快就能成为一支拉得出打得赢的队伍。

追溯江苏省境内的渔民历史，明清以及民国初期的天灾兵乱迫使山东、安徽、河南、山西等地渔民，先后流入邵伯湖、高邮湖、洪泽湖一带谋生。他们大都靠卖苦力营生。因为是外来户，常受本地地痞、流氓、行霸欺压。为了生存，他们大多集中居住，形成地域性组织——渔帮，并依其原籍命名，如山东帮、灵璧帮、河南帮、下河帮（下河帮来自江苏里下河地区）。渔帮之间亲帮亲、邻帮邻，家乡观念极其浓厚。

渔帮内部又分小帮，多以生产工具或居住地区命名。按生产工具分为：运输帮（俗称跑帮）、网帮、钩帮、箔帮、卡帮、罱帮、罾帮、鹰帮（又称老鸦帮）、鸭网帮、枪帮等。

帮派多，但对于落脚邵伯湖的渔民来说，湖面只有一个，一大群人在一个锅里抢食吃，难免会闹出矛盾。帮派之间各自有自己的帮头，平日里井水不犯河水，大家各为其主。若是出了问题，渔民之间处理问题的方式也极为简单，就是动拳头。两个人的争斗很快牵扯到两个甚至更多的帮派加入，很可能造成大规模的群体械斗事件。

在渔民所有的帮派中，他们之间并没有本质的深仇大恨，只不过在一些具体的利益面前，缺少一个总的领头人来协调帮派之间的内部矛盾。如果大家能团结一致，心往一处想，劲往一处使，一定能让广大渔民的日子过得越来越好。他下意识想起了中国共产党，当年毛泽东主席创造性地解决了建立团结全民族最大多数人共同奋斗的革命统一战线等一系列重大问题，为党和人民事业凝聚了一支最广大的同盟军。新中国成立前夕，当百万雄师过大江、由北向南解放全中国时，各民主党派、爱国人士、社会贤达纷纷响应中国共产党号召，汇聚在中共中央周围，共商国是、共襄盛举，迎接新中国的诞生。这是人心向背的生动体现。

想着想着，刘德宝突然又笑起来了，自己一个刚刚成年的毛头小伙子，竟然操起了这么大的心。这让他想起了自己前几天听广播的事情。

闲来无事的时候，除了看书，刘德宝喜欢听广播。国家的时政方针和经济发展走向，虽然他不是特别懂，还是会把能记下的记在本子上。比如说，他专门把听到的几件1992年的大事件罗列了一下：

1月18日—2月21日，邓小平视察武昌、深圳、珠海、上海等地并发表谈话，精辟分析了国际国内形势，科学总结了十一届三中全会以来党的基本实践和基本经验，明确回答了长期困扰和束缚人们思想的许多重大认识问题。这次谈话是把改革开放和现代化建设推向新阶段的解放思想、实事求是的宣言书。

5月16日，中共中央政治局会议通过《中共中央关于加快改革，扩大开放，力争经济更好更快地上一个新台阶的意见》。

6月9日，江泽民在中央党校省部级干部进修班上讲话，针对建立什么样的经济体制问题，明确表示倾向于使用"社会主义市场经济体制"的提法。

7月25日—8月9日，中国体育代表团在西班牙巴塞罗那举行的第二十五届奥运会上获得16枚金牌、22枚银牌、16枚铜牌，金牌总数和奖牌总数列第四位。

10月12日—18日，中国共产党第十四次全国代表大会举行。19日，中共十四届一中全会选举江泽民、李鹏、乔石、李瑞环、朱镕基、刘华清、胡锦涛为中央政治局常委，江泽民为中央委员会总书记，决定江泽民为中央军事委员会主席，批准尉健行为中央纪律检查委员会书记。

……

写着写着，他就笑出了声，自己一个苏北地区连农民都看不起的穷苦渔民的儿子，竟然操起了国家领导人的心，听起来简直太滑稽。他更不敢想象，若干年之后，自己能有机会走进人民大会堂，去接受习近平总书记的亲切接见。

话题回到沿湖村。刘德宝还在犹豫时，村里发生了一件事，让他触动特别大。一户渔民家庭，父母在船舱里收拾东西，一个不留神，孩子跑到船头，失足掉进了湖里。等大人发现的时候，孩子已经漂在了水面上。

一家人伤心得捶胸顿足，但改变不了任何事实，孩子被埋在岸边的湖滩上。这也是渔民离世之后普遍的归属，船只停靠附近的河岸上，刨一个坑，直接就埋了。埋的时候做个记号，但野河滩无人管理，或是受到狂风大雨的摧残，或是埋后被流浪狗发现，时间久了，再想找到曾经埋下家人的地方，就变成了一种奢望。

正是这样的流离失所，使一代又一代渔民，都常常被这样的问题所困扰：我们来自哪里？去哪里扎根？将来又该留在哪里？如今上百年过去了，年轻的渔民已经说不清自己到底属于哪里。尤其是清明节的时候，在岸上生活的农民焚香祭祖的时候，渔民却连自己先人们的坟冢都找不到，哀思无处寄托，只能望着滔滔湖水，满目暗淡神伤。

也是在那个冬季的许多个夜里，在煤油灯下的渔船里，刘德宝把无处安放的时间交给从外面淘来的一堆旧报纸杂志，新闻报道里的画面与场景令人向往，仿佛是处在另外一个不同的世界。他时常在某个篇章或是某个片段里，看到改革开放给中国南方城市带来的巨大变化。远的不说，就说沿湖村周边的几个农村，农民的生产和生活方式，多多少少都在发生着改变，而身为渔民的他们，依然过着没水没电的日子，生活上没有半点起色。

春天越来越近了，岸边冰冻的湖水逐渐松动，再过段日子就要去江苏油田报到了。离开生活艰苦的渔船，去当一个体面的工人，开启一段充满阳光的幸福生活，曾经是多么令他心驰神往！

眼看着好日子临近的时候，刘德宝却退缩了。

金书记那天晚上跟他说的话，那个刚刚会跑就掉进湖里淹死的孩子，还有周边村庄农民日益好转的生活，让刘德宝迟疑了。尤其是他想到村子里的很多人，因为祖祖辈辈生活在渔船上，而患上了严重的风湿，变成了"罗圈腿"，人家一眼就认出他们是来自沿湖村的"水獭猫"。他又想起了上学第一天，因为自己是渔民的孩子被同学欺负，在外人看来，总有一种低人一等的感觉。

刘德宝想着，要是沿湖村的父老乡亲，有朝一日也能居有定所，过上衣食无忧的生活，那该多好啊！

一个好的时代，需要一个伟大的人物来创造。一个村庄的幸福图景，同样需要一个优秀的领头人来谋划。多年之后，刘德宝再次回想起当年，觉得自己命中注定会与沿湖村捆绑在一起。

1993 年，刘德宝决定留村第二年，参加防汛应急小分队合影（沿湖村供图）

又一个晚上，支书金广来又来到了刘家的渔船上。几句寒暄之后，瞬间就陷入了沉默，大家一语不发，却都知道彼此的意思。书记接连抽完几支烟说，我要说的还是那些话，要表达的还是那个意思，但这事最后我还是尊重德宝的选择，毕竟咱们这里没有金疙瘩，能离开谁还会想留下呢？

书记说完，眼神暗淡无光，像是一个远大的预期刚要发芽就被巨石砸了下来。他转身出了船舱，望一望夜幕里的邵伯湖水，一只脚刚离开刘家的船头，身后传来了刘德宝的声音，"书记，我听你的，不走了"。

寒风里，金广来以为自己听错了，把肩膀上的衣服往上拉了拉，随即转过身，看着刘德宝问，你刚才说啥？

刘德宝说，书记，我不走了，留在沿湖村，跟着你好好干，将来让村民们过上好日子。

金广来眼睛里顿时有了光，这束光，传递给了刘德宝，用三十年的坚守照亮了沿湖村的前行之路。

3 村子有了"精气神"

刘德宝站在邵伯湖的大堤上，偌大的湖面和岸边的青草一样，已经彻底苏醒。迎面吹来的风，在春天的时空里，早已将凛冽的湖水浸润成姑娘温柔的手。堤岸东边，是波光粼粼的湖面，西边是渔民用来养殖的一个个鱼塘。

三间破旧的平房坐落在水塘与水塘之间，窗户透风，屋顶漏雨，平时很少有人在里面办公。那时候，他们这个小渔村，是经常被忽略和边缘化的，平日里事情也不多。再一个，村里没什么资产，村干部基本上拿不到什么工资，工作积极性自然也很难有多高。说是干部，其实还是地地道道的渔民，每天照样要雷打不动出湖打鱼，一天不打鱼一天就吃不饱肚子，于是没人把村干部当回事儿。

刘德宝站在村部面前，三间平房像是破衣烂衫，如果比作一个人，跟人们口中说的乞丐一个模样。人活一张脸，树活一层皮。站在门前端详了很长一段时间，刘德宝忽然意识到，村部连个正儿八经的牌匾都没有。这就像一个人没有名字一样，人连名字都没有，尊严更无从谈起。

生活是人类最好的老师。在日复一日的生活实践中，即便是没有文化，渔民一样能创造出巨大的智慧。造船、编织、缝补、木工、瓦工之类的技能在一天天的生活中被创造与挖掘。

就拿刘德宝的父亲刘忠祥来说，虽然大字不识一个，但是编织鱼篓的技艺堪称一绝。他能在集市上的众多类型的竹子中，精准挑选到最适合鱼篓编织的品种，用篾刀破解竹竿的熟悉程度，如同在湖水中撒网、在饭桌上用筷子吃饭一样游刃有余。这是大多数渔民的生存必需技艺。

与父亲不同的是，作为年轻一代肚子里有点墨水的渔民，刘德宝更喜欢探索出更多的可能。

刘德宝以前上学的时候，路上会路过邻村的几个村庄，在他的印象中，人家的村部都整得像模像样，门口规规矩矩挂着党支部和村委会的牌子，沿湖村门口却光秃秃的，一点也不像是一个村的核心存在。

沿湖村也要有自己的"精气神"。

刘德宝在岸上找来三块木板，用刨子刨出厚度均匀的长方形木板，特意拿到村委会的门口比了下尺寸。长了，截掉一点，宽了，再刨去一寸，直到尺寸跟村部门口高度协调。

板子弄好了，刘德宝又跑到集市上买来油漆和染料，给板子刷上白色的油漆，晾干之后，在三块板子上一笔一划地写下：中共方巷镇沿湖村党支部、沿湖村村民委员会、沿湖村农工商公司。

板子刨得整整齐齐，字体写得工工整整，三块牌子往村部门口一挂，三间瓦房瞬间平添了几分精气神。打这以后，村民们每次路过村部，总要停下来看上几眼。他们中间的大多数，并不认识上面写的什么字，但能讲出内心直观的感觉，"你还别说，这有文化就是不一样，几块牌子往这一挂，像是那要饭的突然洗了头，刮了脸，换了一身新行头，跟换了个人一样。"

老书记金广来来到村部跟前，背着手上下打量着刚挂上的三块牌子，一句话也没说，眼眶里却饱含热泪。后来，他告诉刘德宝，你那三块牌子，挂出了咱渔民的尊严，咱不是"水獭猫"，不是"渔花子"，咱是共产党领导下的党支部，是堂堂正正的沿湖村村民！

4 村里人的事就是家里人的事

作为村里为数不多的中专生，刘德宝入职村部后，从最基层的岗位做起来，当起了村里的会计。在当时，沿湖村穷得叮当响，也没有什么资产进账、出账，村会计并没有什么事务性的工作。老书记主要是想锻炼锻炼他。

大部分的时间，刘德宝还是在家里的渔船上，一大早跟着父亲出去捕鱼，回来之后，赶到水产品的集中交易点，将一天的劳动成果换成现金或是米面粮油一类的生活必需品。

除了捕鱼，有条件的家庭还会在岸上承包一个鱼塘进行养殖，作为家庭的额外收入。刘德宝家属于渔民中生活水平中上等次，为了增加家庭的收入，除了出湖捕鱼，还与亲戚合伙经营了一处鱼塘。

每年的"雨水"节气一过，渔民们就开始盘算着出鱼苗的日子，再等上半个月左右，小鱼苗就到了上市交易的时节，周边不少养殖户会过来挑货。鱼苗卖一部分，用以支撑家庭生活的日常开支，剩下的继续留在塘里养着，成为家里年底的主要收成之一。

养殖除了辛苦，还是一项技术活。用渔民自己的话说，养鱼就像是"养孩子"，大事小情上都不能大意。就拿养鱼的水质来讲，人们耳熟能详的成语"水至清则无鱼"，本义就是指水太清了，鱼就无法生存。水不能太清，也不能太浑，肉眼看着微微泛绿的水，是鱼最为适宜生长的环境。

如果说水质决定了鱼的品质，那水中含氧量的多少一定程度上决定了鱼的生死存亡。含氧量的缺失会导致鱼频繁起伏、跳跃、不再进食等，严重的话可能会出现死亡。

那一年，从事鱼塘养殖的渔民潘万生险些在这上面栽了跟头。

若是从空中俯瞰，渔民养殖的鱼塘跟隔壁村庄农民的田地差不多，每一片水面都有属于自己的主人，你家挨着我家，我家挨着你家。远亲不如近邻，养殖是同样的道理，两家的塘挨在一起，低头不见抬头见，需要经常在生产和生活过程中相互帮助。

潘万生家的鱼塘紧挨着刘德宝家的。刘德宝弟兄三个，干起活来人多力量大，效率自然就高。忙完自己家里的，他们经常去潘万生家搭把手。次数多了，时间长了，两家的关系自然越来越好。

每天早上起来，刘德宝喜欢在鱼塘边上走走。鱼这种小生灵也是讲感情的，人生活在岸上，它们生活在水里，相处时间久了也能分出亲疏远近。谁是喂养它们的人，它们心里清楚得很。刘德宝喜欢在塘边走，是因为他走到哪儿，鱼群就跟着聚集在哪儿，像是一群可爱的小精灵围着自己转。若是陌生人靠近，它们立马哧溜一下钻进了塘中间的深水处，连个影子也不让你看见。

一天早上，刘德宝刚起床，正在鱼塘边来回走，下意识往潘万生家鱼塘看了一眼，不看没事，一看不得了，鱼密密麻麻地浮在水面上。

翻塘了！

翻塘，说得通俗一点，就是鱼因为在水里严重缺氧，集体浮到水面上呼吸空气中的氧气。站在岸上看，整个水面上密密麻麻的，全是鱼的脑袋，如果不及时增氧，时间一长，鱼群会窒息而亡。刘德宝喊潘万生，没听到回应。他顾不上换衣服，拿着增氧泵，穿着一条裤衩就下了水。

鱼缺氧其实跟人差不多。人快要呼吸不上来的时候，整个氧气面罩往嘴上一戴，瞬间就恢复了元气。在刘德宝的帮助下，增氧泵发挥了作用，鱼群逐渐沉入水底。

潘万生赶到鱼塘的时候，还不知道自己的供氧泵坏了，看见刘德宝在水里忙活，一头雾水。刘德宝说，你家塘子翻塘了，估计晚上供氧设备就坏了，幸好我早上起得早，换了增氧泵。

听刘德宝这么一说，潘万生才恍然大悟，赶紧伸手把他拉上岸。

三十年后，潘万生想起这件事，还一直感恩着刘德宝。那一塘子鱼，就是一年的收成啊，一家老小的吃喝都指望着它们呢，真要是出了大问题，自己得几年翻不了身。

回忆起刘德宝年轻时候的故事，村民沈桂萍有一肚子的话要说。

每年夏天，气温一天比一天高，渔民们的担心也一天比一天多。太阳炙烤着大地，就连湖面都是热的，船停在水面上，像是蒸馍的笼屉架在了灶火上，热得人在船舱里待不住。船上不通电，自然也用不了电风扇这样奢侈的东西。热得实在受不了，大家就"扑通扑通"往水里跳，身子全埋在水里，只把脑袋露在水面上，等到脸被晒得受不了，扎个猛子在水里待一会儿，然后再钻出来。

风吹日晒，尤其是夏天的高温，让渔民的皮肤一个比一个黑。但这并不是渔民所担心的事情，夏天是汛期，洪水与风暴才是渔民的致命灾害。

关于洪水和风暴，村民马长彩讲过一个故事。那一年夏天，他驾驶自家的小船在湖面上捕鱼，湖面上突然"起暴（大风暴）"了，狂风把湖水吹得像是在"摇色子"，左一下，右一下，小木船在偌大的湖面上，渺小得跟片细长的树叶一样，要是没有在风浪下行船的经验，说不定哪一下船瞬间就底朝天了。马长彩说，后来我们听说，那一次，一个在高邮湖捕鱼的渔民，可能是头一回遇到那样的风暴，没有经验，外加紧张，一个浪打过来，船直接扣在了水里，船上一家三口，一个也没活得了。

水是无情的，但人不是。

沈桂萍说，具体是哪一年我记不清楚了，村里发大水，防汛指挥部就设在我们家的船上，当时德宝担任村里的会计，为了护住大家的鱼塘，他天天玩命一样泡在水里排涝。那年汛期长啊，前前后后得有四十多天，人家德宝天天冲在第一线，整个人晒得啊，黑得不像样子。我们都看在眼里，记在心里，村里的人谁不念着他的好？

说完防汛抗洪的事情，沈桂萍意犹未尽，又想起了一件事。

她说，我们渔民常年在水上生活，湿气大，不少人都患有风湿性关节炎。邵如珍情况比较严重，急性起病的时候，关节会出现十分明显的肿胀疼痛。但是那时候路不好走，我们村子距离镇上又比较远，尤其是天阴下雨，全是泥土路，一步三滑，出趟门要走半天。这倒不是最要紧的，平日里大家上岸的机会少，湖面上就是雾再大，我们也能找到回家的路，上了岸反倒迷糊了。外加大家都不认识字，商店的名字都认不准。这些杂七杂八的原因，导致大家遇到头疼脑热的小病，索性就躺在床上熬着，一天熬

刘德宝带领村民清理湖区水花生（沿湖村供图）

不好就熬两天，实在不行就一个礼拜。有的的确熬过去了，有的却小病熬成了大病，大病熬成了不治之症。要不还得说人家德宝，心里装着咱大家伙，每次去镇上，或是难得去外面学习的时候，他都会到生病的几户人家去跑一跑，问问要不要代买药或是别的物品。邵如珍用的药膏，基本上都是刘德宝帮忙买过来的。别看这是小事，小事上才能看出一个人的品质呢。德宝这孩子，我们看着他长大，打小人就实在，为人办事都让人觉得踏实。

做这些事，刘德宝是发自肺腑的。他想让村里的人过得好，想让整个村子变得更好。这是他内心的向往，也是当年决定留下来的初心。他的这份心，这种踏实诚恳的态度，大家看在眼里，记在心里，付诸在行动上。1996 年，刘德宝被党组织发展为预备党员，党员全票通过。那一年，刘德宝 22 岁，成为沿湖村最年轻的党员。

5 30 岁当上了村书记

2004 年的沿湖村，一片赤贫。那一年，刘德宝被推选为沿湖村党支部书记，成为当时乡镇最年轻的村支书。当时，他面对的村情是"一穷二乱人心散"，在他当村支书之前，村里的领导班子不健全，五年内换了三任书记，其中两位还都是乡干部兼任；再者就是经济落后，村里多年没有兴办公共事业项目，连村干部的工资都发不出来，沿湖村各项经济指标都是倒数第一，这也是没人愿意在村里当干部的原因。人穷，志也短，自然就被人看不起，村民经常拿自己调侃，"一江春水向东流，沿湖村渔民抬不起头"。

那时候，改革开放的春风已经吹遍了祖国大地，无论是城市还是乡村，人们的生活都在发生着日新月异的变化，只有沿湖村依然如故。

人世间的事情，不怕大家都吃肉，也不怕大家都饿肚皮，怕就怕有人吃肉有人挨饿，不患寡患不均。看着周边岸上的村民日子一天比一天好，修了柏油马路，装上了路灯，一栋栋农家自建的二层小楼拔地而起，渔民们依然过着靠天吃饭捕鱼的日子，饥一顿饱一顿，心里自然就不平衡了。

火车跑得快，全靠车头带。看到别的村子生活如芝麻开花节节高，自己村子发展不景气，不少人把责任归咎于村干部身上，有的人性子烈，喝完酒路过村部，抓起一块石头冲着村部的窗户就砸了过去，"哐啷"一声，整个窗户就碎了。

有人开了头，很快就有人效仿，隔三岔五，村部的玻璃就要碎一次，刚开始还换一换，后来索性随他去了，换了也是白换。

人心齐，泰山移，人心要是散了，就什么事情也做不好。刘德宝心里清楚，村支书的帽子戴在自己头上，承载着全村 420 户 1600 多渔民的期待。那一张张投给自己的选票，是对自己沉甸甸的信任。

生在渔船上，长在邵伯湖的刘德宝，从小就知道，出湖捕鱼，无论风浪多大，把舵的船老大都是稳稳地站在船头，脚底下像是生了根。带领一个村子也一样，只有把舵的人方向对了，脚下的根扎稳了，才能带领大家齐心协力干事创业，过上好日子。

当时沿湖村的经济状况，一直担任会计的刘德宝再清楚不过，边边角角都算上，整个村子只有 76 亩耕地和 1100 亩滩涂，这些滩涂还是从邵伯湖上围起来的，大部分是荒滩水塘，没有一亩以上的整块土地。村集体账户不但没有钱，还欠着 20 万元的外债。

沿湖村渔民的祖辈来自江苏、山东、山西、安徽等地，加上大家常年生活在渔船上，除了以地域划分的帮派内部经常交流之外，帮与帮之间交流得并不多。在渔民心中，只知道家人和老乡，还没有村集体的概念。

刘德宝明白，想要戴稳帽子，必须先坐稳凳子，只有老百姓相信集体，相信组织，整个村庄才能真正改变贫穷落后的面貌。如果村民依旧还是各有各的想法，各有各的打算，到头来还是抱着"穷账"过"乱日子"。

要让群众相信自己，就得先走进群众心里，只有听到群众的真话，知道老百姓在想什么，在盼什么，才能找到自己努力的方向。很长的一段时间，刘德宝什么事情都不做，一心往渔民的渔船上跑，一家挨着一家，一户挨着一户调研，每个家庭几口人，经济状况什么样，有什么困难，有什么想法，村民的每一句话，他都记在小本本上，也记在自己的心里。

上渔民的船，说渔民的话，找出问题，一句问候，一次畅谈，成为刘德宝"移动式"的调研法宝。在这一次次入户走访和推心置腹的交流中，刘德宝了解到了更多情况，掌握到了更多信息，也为自己下一步工作找到了更多思路。如果说千丝万缕的事情和众说纷纭的想法是散落的麻线，刘德宝则用自己的脚力和心力把沿湖村散乱的人心拧成了一股结实耐用的麻绳。

刘德宝这边信誓旦旦，正准备带领着大家伙大干一场，家族那边却有人动起了小心思。和中国的大多数村庄一样，以渔业为生的沿湖村村民也有浓重的家族观念，同一个姓氏为一个家族，集中居住在一个片区。整个沿湖村，由五个这样的片区组成，其中的南湖片区，集聚的全是刘氏家族成员，刘家人平日最懒散，也最难管理，是最难"啃"的硬骨头。

如今，刘德宝当上了村里的当家人，虽然村里穷得叮当响，但在刘家人眼里，这大小也是个"官"，以后村里有什么好处，可不能亏待了咱自家人。其实不只是刘家人，这是村里人的通病。

刘德宝当上书记后，家里的小船上亲戚进进出出，来来往往，归根到底都是想表达一个意思，肥水不流外人田，以后村里有好事先想着我这个自己人。打刘德宝记事起，自己家的渔船从来没有这么热闹过。

刘德宝对父亲刘忠祥说，爸，咱这样，咱俩分头通知刘家的人，一家人来一个代表，到咱们家开个会。刘忠祥跟儿子打趣说，这回知道头疼了吧，当初不让你当这个书记，你非得接过来，捞不到一点好处，还被一群穷亲戚惦记着薅村里的羊毛。刘德宝说，爸你就别再寒碜我了，人家老书记支持我，村里人也相信我，我要不能带着大家伙过上好日子，心里都对不起大家。

刘忠祥披上衣服，嘴里念叨着，要是当初去了油田，哪有这些糟心事。尽管压根不支持儿子当书记，刘忠祥还是出了船，挨家挨户去通知人来开会了。

亲戚们兴致勃勃来了，却被刘德宝泼了一盆冷水，可以说是从头浇到脚后跟，冰凉冰凉的。

按照辈分，刘忠良跟刘忠祥是堂兄弟，也就是刘德宝的叔太爷（叔叔）。30 年后，他回忆起 2004 年冬天的那次家族"大整风"，依然记忆犹新。

刘忠良坦言，刘家本姓的几个兄弟，除了打打鱼，平日里的确有些懒散，村里有大事小事不支持也就罢了，有时候甚至拆台，在旁边说风凉话。德宝这孩子，有着北方人骨血里的冲劲，面相善良平和，内心其实是很有个性的年轻人。那天晚上，大家以为开会是因为有啥好事，没想到是家族的整风大会。有的叔辈们仗着辈分高，说话也不客气，别看德宝年轻，说话却很有分量，没有一句空话虚话，渔民的苦、渔民的卑微，他一点一滴说到了大家心坎里。德宝说，大家看看岸上农民的生活，再看看咱们渔民的生活，咱们的孩子去岸上借读，不但要交借读费，还经常挨打受欺负，是因为啥？还不是因为穷，要是大家都想着沾光，打自己的小算盘，咱们再过一百年照样被人叫作"渔花子""水獭猫"！我现在当了书记，想带着大家过好日子，咱们自己家里人如果都不支持我，我这工作该怎么开展？咱们不能只顾小家，也得顾着大家，理解支持村里的工作，我们得靠自己勤劳的双手建立新家园，不再是漂泊在湖上的渔民。

刘忠良回忆，可以说，当天晚上，德宝把长辈们"怼得"十分服气。这还不算完，德宝后来趁热打铁，制定家族定期会议制度，每次开会都给大家敲敲边鼓，提提神，一点点带动刘家人的士气。

整顿好家族风气，走访完所有的渔民，刘德宝在邵伯湖大堤上徘徊。远处农民居住的村庄灯火通明，近处船只停泊的地方黑乎乎的，隐约只有几条船上有亮光。那灯光，要么是煤油灯，要么是渔民买来电瓶，仅在最需要的时候让电灯亮一会儿，平时根本舍不得，电对渔民来说金贵得很。

几只萤火虫飞过来，忽闪忽闪地照亮了夜空。那些微小的光亮，飞到哪里就照亮哪里。这让刘德宝想到了自己，作为一名党员，不就是应该像萤火虫一样，带着群众寻找生活的光亮吗？更何况，自己不但是党员，而且是村里的支部书记，不是有那么句话吗？村看村、户看户，党员干部看支书。沿湖村要想发展得好，关键在自己这个领头人。

他忽然觉得肩膀上的压力好大，这种压力是无形的，看不见的，却又有着千钧之重，让自己顿时感觉责任重大。但他偏又是个要强的人，看着那些在水面上随着浪花摇摇晃晃的船只，想着渔民日常生活的风险和艰辛，在心里暗暗下定决心，一定要带着乡亲们拔了这条"穷根"，带着大家过上幸福的生活。

可是，这条根已经扎下上百年了，根深蒂固，想拔掉，谈何容易！

刘德宝深切知道，别说自己只是一个毛头小伙子，即便有三头六臂，想把这"穷"字去掉也没那么容易。他突然想起了当年解放军渡邵伯湖的故事，要是没有祖辈渔民们的支持，他们想横渡这不知深浅的邵伯湖，恐怕没那么容易。

想起解放军，刘德宝就想到了毛主席。老人家有句名言：人民，只有人民才是创造世界历史的动力。毛主席把中国共产党领导的革命看作是人民群众自己的斗争，所以他在革命斗争中对人民群众的作用有很多深刻的认识和生动的比喻。比如说人民群众是"真正的铜墙铁壁"，是任何力量打不破的。人民群众是上帝，和共产党一起扳倒两座大山的上帝。人民群众是"土地"，共产党是"种子"，种子在土地中生根发芽。人民群众是"水"，共产党是"鱼"。

刘德宝突然领悟了，治大国如此，治理一个村庄不是同一个道理吗？只有团结村民，依靠村民的集体力量，才能战胜一切困难。

刚当上村书记的刘德宝带领村民参加镇里活动（沿湖村供图）

于是，在刘德宝上任后的第一次村"两委会"上，他就明确提出来，以后村里的事情，要"还权于民"，推行三项民主机制。

第一项是"村民代表会议"，村子里的事情，不管大事还是小事，统统摆到台面上，让村民代表来决议。村民代表怎么产生？沿湖村 420 户村民，一家一张选票，认可谁就把谁的名字写在选票上，然后根据得票高低，最终确定村民代表人员。

村里的事情由自己说了算，这让沿湖村的村民瞬间有了存在感和话语权，也大大提高了大家的积极性。刘德宝说，我把村里大大小小事情的决定权全部交给村民，是因为大伙儿都穷怕了，也苦怕了，都想过上好日子，不为自己，为了子孙后代也得好好搏上一把。

一件事情定下来后，干得好不好，还有"村民代表监督"和"全体党员审议"两项机制进行监督、审议。这就好比渔民在湖里撒网捕鱼，一网下去，捞到了几条鱼、几只虾，老百姓看得一清二楚。

刘德宝刚当村支书时候的沿湖村一穷二白，每年到了年终考核都是全镇倒数第一，雪上加霜的是，由于过度捕捞和水质恶化，邵伯湖中的野生鱼群越来越少。一网撒下去，很多时候只能捕到几条小鱼小虾。十网九空，让不少渔民站在船头望着世代赖以生存的邵伯湖发愁，要是以后捕不到鱼了，今后的生活该怎么继续下去呢？

没有鱼，就没有收入，渔民的生活变得更加艰难，村里的年轻人待不住了，纷纷往外面跑。渔民在水里是"浪里白条"，上了岸人就蔫了，外加没有文化，只能到一些小厂里做一些最基础的体力活，工资也少得可怜。挣得虽然少，但聊胜于无，多少能帮着家里减轻一些负担。

有一天，刘德宝在村里遇到刚二十岁出头的村民马明斌。和刘德宝家一样，马家也是世代渔民。马明斌正拎着包往岸上走，跟刘德宝迎面碰上。刘德宝问，小马你这是去哪儿啊？马明斌说，鱼越来越难捕了，家里托人在外面找了个推销酒水的活儿。刘德宝问，那活怎么样，累不累？马明斌说，累倒是不累，听说要能喝酒，我这酒量一般，但只要能挣钱，捏着鼻子张着嘴往里灌呗，大不了把自己喝吐了，吐完之后咱继续喝。马明斌说完，一脸苦笑。那笑里，带着对生活的无奈和妥协，看得刘德宝很不是滋味。

年轻人才是村里的希望和未来，他多想像小马这样的人能留下来，就像当年老书记挽留自己一样。可是，这时候让人家留下来能干什么呢？村里没有产业，没有工厂，连个工作岗位也提供不出来，挣不到钱，让人家留下来喝西北风吗？

❻ 帮渔民寻找致富的门路

1988 年，中国改革开放的第十个年头，时任四川省眉山县（现眉山市东坡区）副书记、县长的徐启斌，首先提出了"要想富，先修路"的口号，得到中央的认可并推广，一时间各地兴起村村通公路的热潮，农村经济也迎来了一段高速发展的时期。而当时与邵伯湖岸上农村老死不相往来的沿湖村渔民们，不读书看报，不听广播，把自己封闭在渔民自以为是的世界里。

直到 2004 年，刘德宝当上村书记，才第一次大胆提出来修路的想法。是啊，沿湖村太需要一条路通往外面的世界了。因为路不好，不少老人从来没去过镇上，生病了就医不方便，只能躺在船舱里硬生生地熬着。刘德宝的这个提议，得到了全村人的支持。不过，支持归支持，修路归根到底是需要钱的，而且是一笔数目不小的钱，单靠村民自己的力量，这个想法恐怕难以实现。

上岸居住前，沿湖村渔民在邵伯湖上的捕鱼场景（沿湖村供图）

刘德宝跑到了方巷镇政府，找领导寻求帮助。镇领导看到刘德宝风风火火地跑来，猜也能猜到是来要钱的。刘德宝擦一把脸上的汗，说了自己的想法，看着领导，眼神里写满渴望。领导说，你还别说，你这个支书人虽然年轻，魄力倒真是不小，看来镇里和村里没选错人，沿湖村确实需要修一条路，作为上级部门，镇政府肯定是要支持，不过要是每个村一遇到困难就找镇里，还要你们这些支书干什么呢？领导话没说完，刘德宝就听出来话里的意思，心里的那股劲儿就卸掉了一半。

人的眼睛是不会骗人的，尤其是像刘德宝这样，没有在社会的大染缸里染过，喜怒哀乐全写在了脸上。领导看出了刘德宝眼神和表情的变化，话锋一转，你看看你，心里有事全挂在脸上，以后可怎么干大事，遇事得沉得住气。刘德宝脸上又开始阴转晴，这么说领导是支持我们的？领导说，支持肯定是要支持的，不过资金不多，镇里出一部分，剩下的你们村里自己想办法。

没有达到预期，虽然只是一部分，但少总比没有强。不足的部分，刘德宝组织村民自筹，村干部和党员带头捐款。有了旗帜，就有了方向，村民一看干部和党员率先捐了款，陆陆续续也都掏出了钱袋子。

钱到位了，剩下的事情自然水到渠成。施工队进场了，没过多久，一条三公里长的水泥路便从沿湖村通往了庙头村，接通了外面的世界。

人走在陆地上，才感觉脚下生了跟，那种感觉，跟在船上完全不一样。人站在船上，风一吹脚下就晃荡，船下全是水，人就跟湖面上的浮萍一样，是没有根的。在路上就不一样了，人跟大地零距离接触，尤其是平整的柏油路上，走在上面那种踏实感，是长年生活在船上的渔民极少能体验到的。

建成这条并不宽阔的小路，不管是对沿湖村还是世代生活在这里的渔民来说，都是一个历史性的时刻，预示着这里的人们要走出去了，从这条小路走出去，走向镇里、县里、市里，走向更宽广的世界和更美好的未来。

2006 年 6 月，刘德宝担任沿湖村支部书记后第一次到上海了解螃蟹批发市场情况，在等候渡轮过江时的江边留影（沿湖村供图）

在刘德宝珍藏的老照片中，一张他站在长江边上的照片格外醒目。照片中的刘德宝黑黑瘦瘦，眉宇间透着几分青涩。他穿着短袖衬衫，头发被江风吹得凌乱，手里拿着一份报纸，正在等待过江轮渡的到来。

那是 2006 年 6 月，长江中下游地区已经进入湿热的夏季。当时，地处长江北岸的扬州，铁路交通并不发达。扬州在 2004 年 3 月才刚刚结束没有铁路的时代，但是途经的列车并不多，人们想要去上海，必须坐轮渡横渡长江，到长江南岸的镇江坐火车。

刘德宝喜欢看报，报纸和收音机一样，作为一种媒介，传递着党和国家以及地方政府的政策。自己的村庄想要发展，单靠村民艰苦奋斗是远远不够的，必须有国家政策上的支持和地方政府的扶持。作为渔民，唯一的资源就是水，他们能做的只有靠湖吃湖，靠水吃水，归根到底，还是要在水里做文章。

过度捕捞导致邵伯湖中的鱼虾越来越少，最直接受损的自然是渔民，原本就没有保障的渔业收入更是打了大折扣。

刘德宝在报纸上看到，不少地方的渔民开始尝试围网养殖，自己购置网箱，投放鱼虾蟹苗。相比在湖里碰运气，网箱养殖收入肯定会更稳定一些。他把自己的想法在村集体会议上提了出来，渔民们却面面相觑，没有一个敢当场表决。毕竟对渔民来说，这是一件没有尝试过的事情，本来经济就紧张，再额外支出买网箱买鱼苗的钱，大家心里都没有底。

大家犹豫不决，刘德宝也能理解，村民们没读过书，不了解国家政策，大多时候只看短期效益，没有把握的事情不敢轻易尝试。

刘德宝说，报纸上都登了，现在很多地区的渔民开始尝试网箱养殖，这种养殖方式，收益相对稳定。现在邵伯湖里的鱼越来越少，大家深有体会，十网撒下九网空，这种情况只会越来越严重，对咱们渔民来说，一定要敢于尝试。

那天的现场动员，效果并不理想，毕竟是要付出真金白银的。刘德宝知道，万事开头难，只要做通几个村民的工作，有了第一个吃螃蟹的人，并且尝到了甜头，剩下的村民会主动要求养殖。

刘德宝动员的第一个对象，就是自己的父亲刘忠祥。当爹的二话没说，当即就答应儿子搞围网养殖。对于父母亲来说，别说儿子当了村里的书记，就是当了区长、市长甚至再大的官，在他们眼里，永远都是个孩子。如今儿子遇到了困难，当爹的顶上去自然是义无反顾，他愿意做儿子的试验品，哪怕是亏了赔了，也是心甘情愿。更何况，刘忠祥知道，儿子指的路肯定是一条能走得通的路，只不过这条路大家没走过，不敢贸然迈出第一步。

几个胆子大的村民，看到刘德宝自己家里都动真格了，顿时也增强了信心，觉得这事应该错不了。村里十几户渔民做了围网养殖的先行军。

在这之后没多久，国家大力提倡渔民围网养殖，渔政部门在湖区推广养殖示范工作，对养殖示范户每户有 5000 元的无偿资金扶持。在当时，沿湖村村民人均年收入也不过才 6000 块钱，5000 块钱相当于一个渔民一年的纯收入，这种扶持力度还是相当大的。

村民们一看，围网养殖有钱拿，报名的积极性瞬间比之前大多了。但按照政策，只有前期的养殖示范户才能拿到补贴。作为村里第一个搞围网养殖的人，刘忠祥得知消息，心里乐开了花，晚上一高兴，特意跟儿子喝了二两小酒。他一边喝，还一边跟妻子马长云夸儿子，你还别说，德宝这孩子还真有远见，这点还真比咱们两个老家伙强。妻子也高兴，那可不是，咱德宝现在是全村的领头人，要是没点远见，以后怎么带着大家伙勤劳致富？

刘忠祥问儿子，政府扶持的钱啥时候发？刘德宝说，要走程序呢，估计得等等。等就等吧，反正是到嘴的鸭子了，也不怕它飞了。那一晚，刘忠祥小酒喝得很美，晚上睡觉还做了个梦，梦见自己一家人住进了两层小楼的别墅里，门前有小河，屋后有菜地。他在小河里养了一群鸭子，妻子在菜地种了好几种蔬菜，菜长得绿油油的，十分喜人……

那几天，刘忠祥左等右等，等到最后，没等到钱，却等来一个坏消息，儿子把自己申请扶持的名额给取消了。老爷子一听气坏了，晚上回家就找刘德宝算账。他质问刘德宝，我是不是第一个支持你搞围网养殖的？刘德宝点头，是。刘忠祥又问，我符不符合领取扶持资金的条件？刘德宝又点头，符合。

刘忠祥突然提高了嗓门，那你凭啥取消我的资格！

刘德宝解释说，现在大家搞围网养殖积极性高，但咱们渔民打鱼是把好手，养鱼还是门外汉，现在正是咱们村转型升级的关键时候，为了让大家掌握养殖技术，我专门请了专家到咱这给大家讲课，村里又没钱，我用你那份钱给专家当讲课费了。

嘿！刘忠祥一听，想骂儿子又给忍了回去，说，你这村干部当的，不让家里人跟着沾光也就算了，怎么还往里倒贴啊。刘德宝说，我是书记，我总不能让村民吃亏，你是我爹，你吃亏了，大家伙以后会对我更加信任。刘忠祥一听，被噎得一句话没有，整了一肚子气，转身进了船舱。

现实生产中，很多东西都需要知识来支撑。从"捕捞生产"到"养殖生产"，这里面的门道多得很，远远不是整上一塘子水，然后把鱼放进去那么简单。刘德宝把村部的办公室腾出来，邀请了养殖方面的专家，利用晚上大家休息的时候开办夜校。

专家来了，站在台上讲；村民来了，坐在下面听。刘德宝成了跑堂的，人来之前先把桌子摆好，卫生打扫好，人坐下来之后，自己忙着给大家烧水、倒水。有的村民过意不去，站起来要帮忙，刘德宝赶紧把他摁住说，让你来是听课学技术的，不是来端茶倒水的，你把知识学回去，把水里的活物养好，我比什么都高兴。

有了国家的政策扶持，有了专家的技术支持，沿湖村的渔民开始了一场轰轰烈烈的围网养殖。刘德宝带领全村渔民，集中大家的力量，在邵伯湖上，先后开发出12900亩的养殖水面，建成了1500亩的贝类养殖开发基地。

养殖的道路十分艰辛。邵伯湖是过水型湖泊，湖中水草丰茂，一旦遇到洪水过境，水中的网箱被大量的水草冲垮，鱼虾蟹从中逃脱，前期所有的投入便付之一炬。对渔民来说，那将是一次毁灭性的打击。

2006年八九月份，长江中下游地区，天像是破了一个洞。长时间的连续强降雨，导致邵伯湖水位明显上涨，外加里下河多处水系最终流入邵伯湖，湖中形成了强大的水流。水草随着水流大量聚集，如果撞击网箱，围网瞬间就会被击垮。一旦网破，鱼群逃出网箱，想再找回根本是不可能的事情。

网箱破与不破，意味着两种结果，要么丰收，要么颗粒无收。连续降雨的夜晚，包括刘德宝在内，很多渔民都是彻夜难眠。

每天起床后，刘德宝站在邵伯湖的堤坝上，站在雨中看着越来越高的水位和随时可能被水草冲垮的网箱，他突然下定决心，与其在这等着被动接受老天给予的结果，不如带着村民们一起跟老天爷斗。他把村里的男劳力召集过来，站在大家面前喊道，咱们与其在这等待老天爷的判决，不如先跟他搏一把。咱们常被人叫作"水獭猫"，这次咱们真就做回"水獭猫"，网箱周围的水草风险不除，咱们就天天猫在水里。

刘德宝说完，第一个跳进了湖水里，接着是其他村干部和党员。村民们一看，顿时也热血沸腾，村干部和党员这么勇猛地带着大家一起战天斗地，咱们都是老爷们，谁也不能怂。一个个"扑通扑通"全跳进了水里。

在大自然面前，人是极为渺小的。水草在洪流的冲击之下，一团一团地顺势涌过来，面积大，分量重，一个人的力量根本无济于事，不但拖不动水草，还极有可能顺势被水草拖走。刘德宝在前面冲，后面的人群接踵而上，一群人齐心协力，将水草一团团从水里拖到岸上。

大雨持续了整整 42 天，刘德宝带领大家在水里干了 42 天。洪水退去，太阳重新从湖面升起，网箱保住了，渔民们笑了，刘德宝身上褪了一层皮。

正是这场网箱保卫战，让刘德宝在大家心中的地位更加坚固了，也让整个沿湖村变得更加团结了。他们越来越相信，只要跟着书记走，早晚能让大家挺起腰杆走上一条康庄大道。

养殖是为了产生经济效益，让村民过上更好的生活。随着围网养殖面积的逐渐扩大，水产品销售成了渔民养殖最重要的环节。不管是鱼虾，还是螃蟹以及别的水产品，养得再好，卖不出去，或者说买不上好价钱，渔民到头来只能是空欢喜一场。

长三角地区水系发达，邵伯湖不过是众多湖泊中的一个，远的不说，单是江苏就有太湖、洪泽湖、金牛湖、石臼湖、固城湖、高邮湖、骆马湖、邵伯湖、登月湖等湖泊，要是再算上浙江、上海、安徽等周边省市，大大小小加起来数量不下几十个。湖多，渔民自然就多，网箱养殖的规模算下来数量能把人吓一大跳。如果没有固定的销售渠道，单凭渔民如没头苍蝇一样的自产自销，养殖户太累不说，价格往往会因为供大于求而被买家拼命压价。

关于市场销售，刘德宝觉得这事得紧跟大城市步伐。1990 年，国务院批准开发开放上海浦东之后，出现了大量的就业机会和庞大的市场空间，紧靠上海的苏州乘势而起，经济突飞猛进。平台不一样，目光所能达到的视野范围自然不一样。沿湖村就好比人猫在湖水里，目光所及，除了湖水，还是湖水，而在上海这样的国际大都市，就好比站在了东方明珠的顶端，可以一目千里。

扬州虽然距离上海较远，受到辐射的影响微乎其微，但日常的新闻报道中，长三角一体化的趋势越来越明显。作为长三角城市群的一员，扬州未来的发展肯定要主动对接苏南和上海。

刘德宝决定，到上海走一趟，看看那边的水产市场，如果能为沿湖村打开一条畅通的销售之路，渔民们过上好日子便指日可待了。

也正是基于这样的考虑，刘德宝踏上了南下的征途。那是他第一次去上海，在润扬汽渡等船时，同行的村干部为了留个纪念，抓拍了一张刘德宝在长江边等船的照片。那是一张青涩的照片，记录着刘德宝的成长，也记录着沿湖村从贫穷落后走向国家级最美渔村的一个重要时刻。

在上海的多个水产中心，刘德宝真是大开眼界。在他原来的认知里，水产品的交易只是局限于岸边的码头，或者是乡镇的农贸市场，没想到有如此规模庞大的水产中心。尤其是到了坐落在上海黄浦江畔的东方国际水产中心，这个以海鲜为主的水产中心，占地面积足足有 600 亩，交易、物流、仓储、餐饮、娱乐、住宿，各种功能应有尽有。后来，他们又跑到江阳水产市场、嘉燕水产市场，去考察螃蟹以及鱼虾的市场销售情况，为沿湖村渔民养殖水产品销售奠定了坚实的基础。

7 敢于做现代版愚公

　　水产品的销路有了，养殖的经济效益有了明显提升，村民的日子相比之前有了盼头。不少渔民的想法是，再攒上几年的钱，添置一条大点的船，让自己的生活环境变得更宽敞、舒服一些。可是，渔船不是轮船，再大能大到哪儿去呢？最大的船满打满算不过十几个平方米。夏天潮湿，冬季寒冷，虽然后来政府陆续给通了电，但吃喝拉撒照样全在船上解决，多多少少会对湖水造成污染。渔民的吃水问题依然没有得到改善，烧水做饭还是从湖水里舀上一桶，然后加点明矾沉淀一下，直接就成了饮用的水。渔民养的鸡鸭鹅，无处栖身，只能待在湖边的水草上。

　　每次去镇里开会，刘德宝路过农民的村庄，内心都会产生十足的羡慕。有一次，一个邻村的干部带刘德宝到村里坐坐，到人家家里一看，有自来水，有电，有热水器，有宽敞的客厅，有专门的厨房、餐厅和厕所。他嘴上没说，心里却在想，沿湖村的渔民要是能住上这样的房子，该多好啊。

2006 年，在一次村民代表大会上，刘德宝问大家，想不想像农民一样，到岸上生活，头上有遮风挡雨的瓦，脚下有厚重踏实的土地，有自来水，有电灯电话，上厕所再也不用东躲西藏找地方。

在渔船上生活了好几代的渔民虽然羡慕岸上的农民，但压根没敢想过这个问题，他们在无根的岁月里已经麻木了，在内心深处早已为自己的人生定位，他们这些人注定世代只能是渔民，只能过着"水上漂"的生活。

村民们一听刘德宝这么问，顿时炸开了锅。书记，你说说，怎么个到岸上生活法，咱们会织网，会捕鱼，会造船，可是不会造房子啊。再说了，就是会造房子，我们没有地，在哪儿建呢？

刘德宝说，我就是先问问大家，你们愿不愿意上岸居住，要是大家都有这个想法，村两委就想办法，只要敢想，就是再大的困难，咱们也要迎难而上。

有人马上就响应了，真要是能住到岸上，那可是天大的好事啊，你看看咱们村上了年纪的老人，长年累月泡在水里，不少人患上了风湿性关节炎，成了罗圈腿，走起路来中间能钻过去一个鱼篓。

不少人听了顿时就笑了。那笑声五味杂陈，有对上岸的渴望，也有对住在船上的辛酸与无奈。

要是有地，有房子住，谁愿意住船上呢？

刘德宝又盘算了一下村里的人员和土地情况，全村 420 户人家，1600多口人，没有土地，只有邵伯湖大堤西侧的一片鱼塘和滩涂，根本没有上岸的立锥之地。

刘德宝脑袋里冒出一个想法，平日里去镇里开会，跟邻村的支书们都挺谈得来，关系也都不错，要是能从邻村协调出一些土地，或者是用村里的滩涂地、鱼塘置换也行。

求人办事，自然不能空着手去。刘德宝特意准备了两瓶酒，又从自家鱼塘里捞了两条大鱼，去了邻村的支书家。因为私下就比较熟悉，两人一见面，自然更加亲切。酒过三巡，对方试探地问刘德宝，你今天又是酒又是鱼的，肯定是有啥事？刘德宝也不回避，说我还真是无事不登三宝殿，有件事想请兄弟帮忙。

对方也是爽快人，酒杯一端，跟刘德宝碰完，脖子一仰，酒杯来了个底朝天，说咱们之间不用客气，你有什么困难就直说。

刘德宝说，我想跟你借地。

对方一听，有点不明白，问借地啥意思？

刘德宝说，想给村里人盖房，让渔民们到岸上过体面的生活。

对方问，借多少？

刘德宝说，全村 420 多户，都上岸居住，算上建房和公摊，至少200 亩。

对方一听，直接傻了眼，说，德宝，你没在岸上生活过，不知道土地对农民意味着什么。土地就是他们的命，别说 200 亩，就是一垄地，农民都看得比什么都重要。我给你讲个故事，村里两个村民，种地时因为一方认为地邻把中间的田埂移到自己家田里来了，也就是说自己可能吃了不到一垄地的亏，先是吵，后来竟然动起了手，把派出所都惊动了。在农村，你要是借钱，没有多也有少，不会让你空着手回去，要是借人干活，那也没话说，有没有工钱都行，只要让他们把肚子吃饱了就啥都有了，千万别提借地，这地要是我自己家的也就罢了，可它属于村集体，属于村民，我要是敢把地借出去，他们就敢把我房子掀了，把我们家祖坟都给刨了。

对方也是实在人，说得句句在理。刘德宝之前也听说过，农民惜地如金，那是老祖宗一代代开垦流传下来的，农民把地看得跟生命一样重要。回家的路上，刘德宝一直在思索这个问题，想想也是，地要是借出去种粮食或许还有可能，要是盖了房子就永远也还不回来了。虽然沿湖村可以用滩涂置换，但是这个账不用算结果也很明了，一边是肥沃的农田，一边是利用价值较低的滩涂，不是亲老子亲兄弟，谁会心甘情愿跟你置换呢？

刘德宝回家躺在船上翻来覆去，满脑子都是怎么盖房子的事情。想着想着，他迷迷糊糊睡着了，梦里又出现了汛期时候的邵伯湖，湖水猛涨，狂风夹着暴雨，渔船在水面上疯狂摇摆，大家站在船舱里，时刻担心船被掀翻，白天吃不香，晚上睡不着……

第二天一大早，刘德宝就爬起来了，他还是不死心，简单扒了两口早饭，决定再到另外一个村跟书记谈谈。结果跟在上一个村子如出一辙，碰了软钉子，又一次失望归来。

到邻村借地，吃了两次闭门羹，刘德宝意识到，这事不能指望别人，最后还得靠自己。他站在邵伯湖大堤之上，看着大堤西侧大片的滩涂和鱼塘，一筹莫展。一辆拖拉机拉着一车土从大堤上经过，向不远处的农村驶去。一则新闻标题突然从他脑海闪过：连云港新城大规模填海工程自2006年启动。

也就在不久之前，刘德宝在广播里听到这样的新闻，还感到很震惊，填海造陆，那得是多大的工程啊。如今看到那辆拖拉机，再看看那一大片滩涂地，刘德宝冒出一个大胆的想法：人家能填海，咱们沿湖村就不能填塘？

让渔民上岸居住，是地方党委政府多年来一直想大力推进的工程。渔民生活在船上，条件差，风险大，尤其是夏天遇到大雨风暴，从村里到市里，各级领导心都拎到嗓子眼，生怕出现人员伤亡事故。但是，早几年，渔民人心散，矛盾多，有人不相信，有人不认可，一听说要上岸，以为是要断了他们捕鱼的路子。

村子没有凝聚力，归根到底是渔民缺乏安全感。平日里，他们跟外界接触得很少，跟政府打交道的机会更是微乎其微，他们见过的最大的干部就是村里的书记。他们把日子与邵伯湖捆绑在一起，晨起出湖，日落返舱，外面发生什么，他们从不关注。他们对政府推行的渔民上岸工程，抱着怀疑的态度。上级政府和渔民之间没有搭建起一座让他们信任的桥梁。刘德宝上任后，成了党委政府和渔民之间的传话筒，把政府的政策传达给渔民，也把渔民的想法反馈给上级政府，做的每一件事，说的每一句话，不夸大，不虚假，靠着这点点滴滴赢得了村民的充分信任。

刘德宝立志填塘上岸的想法，得到了镇领导的大力支持，这让他有了大干一场的勇气和动力。

刘德宝回到村里，跟村两委成员通过气之后，召集村民代表开会，说上次咱们开会，我问大家想不想到岸上居住，大家伙愿望都很强烈。这几天，我一直在外面跑，原本想着，到邻近的村庄先借地盖房子，将来咱们有钱了再补贴给人家，实在不行就拿滩涂和鱼塘跟他们换，去了两个村庄，碰了两颗软钉子。不是人家不够意思，农民把土地看得金贵得很，别说是上百亩，就是一畦一垄，都珍惜得要命。没有土地，就建不了房子，没有房子，就得永远窝在船舱里生活。怎么办呢？我最近一直在看新闻、听广播，也是在咱们江苏省，连云港靠着黄海，现在正在填海造陆，打造连云港新城。这件事给了我启发，填海造陆，那得是多么巨大的工程啊，我就在想，人家能在大海里做文章，咱们为什么不在这小小的滩涂地里下功夫，滩涂变成了陆地，房子咱想怎么盖就怎么盖。

这个想法，比当初提出围网养殖还让村民震惊，那得是多么大的工程量啊。马上就有村民提出了疑问，那么大的塘，土从哪里来呢，咱村有那么多钱吗？刘德宝说，我今天说这个事情呢，就是先征求一下大家的意见，要是大家都同意，土和钱的事情回头村里想办法。

"要是村里能想到办法，我们就支持，大家都盼着早点上岸居住呢。""就是，就是，这事我们大家没有意见。"人群里附和声一片。

刘德宝说，大家没有意见，但有个事情我得跟大家说清楚，要想咱们村家家户户都上岸，只填滩涂地肯定不够，还要把滩涂地上的鱼塘全部填掉，当然，也不白填，村里会给一部分补助。一听说要填鱼塘，很多人不吱声了，原本气氛热烈的会场，顿时变得鸦雀无声。

渔民大部分都没什么文化，小农意识比较强，很多时候只看眼前，不看未来。对他们来说，未来太远，是虚幻的、遥远的、不真实的，让自己得利的事情自然是求之不得，让自己利益受损的则往往选择回避。

刘德宝见大家都不说话，先表了个态，我作为村里的书记，先打个样，带个头，我自己家里承包的两个鱼塘，无偿捐给村里，回头我会再动员我弟弟和岳父母把鱼塘一起交给集体。我知道，对于咱们渔民来说，鱼塘就是钱，是家里的米、面和油，是孩子的学费和身上的衣服，把这些资产交给村里，大家的日子短时间内会过得艰苦一点，但我向大家保证，这只是暂时的，等有了土地，有了房子，我们可以搞乡村旅游，不但环境好，生活得体面，收入肯定也会比现在好很多。

下面依然没有人表态。老书记金广来站起来了，说我虽然老了，但心里明白得很，德宝这是为大家谋福呢。大家选他当书记有两年多了，谁看见他贪了村里一分一厘，不但没拿大家一针一线，还经常自己吃亏为村里办事，这些我不说，大家也都知道。德宝这是在下一盘大棋，为我们大家，为整个沿湖村，更为咱们的子孙后代挺起腰杆。遇到这样的带头人，是咱们的福气，咱们应该全力支持。我家里的五十亩鱼塘，带头交出来，分文不要。我当书记的时候，因为没有文化，很多事情办不成，现在想想都是遗憾，但我一直知道，身为党员干部，就是要练就一副铁肩膀，一个人一天能挑断三根扁担，两个人能扛起五百斤的机器向前跑。

老书记的这段话，听得刘德宝眼眶泛红，也感染了在场的每一个人。在座的一个村干部当场表态，我家里的鱼塘也交给村里，但这事我得回去跟媳妇说一下，毕竟是大事，也得让家里知晓一下。一个干部带头，剩下的干部和党员也跟着积极表态。村民中间，也有不少当场表明了态度。有一少部分村民还在犹豫，村干部在后期又多次上门动员，最终93户渔民共计交出了600亩鱼塘。

很多人对600亩有多大没有概念，我们可以做个比较，天安门广场44万平方米，按照数量关系换算成亩，数字是660亩。要把600亩鱼塘填成平地，相当于把天安门广场整体加高2米，所需要的土石方数量可想而知。

2007年，一阵阵鞭炮声在邵伯湖的大堤上炸响，渔民们放下手里的渔具，从船上冲到大堤上，一起见证"填塘整地，上岸定居"工程正式启动。多少年了，沿湖村从来没有出现过如此壮观的场面，男男女女，老老少少，一群向往上岸生活的渔民，正式向贫困宣战，向荒滩要生存空间，开始了现代版的"愚公移山"。

2007年，沿湖村"填塘整地，上岸定居"工程正式启动（沿湖村供图）

动工仪式上，刘德宝满腔热情地对村民说，填塘造陆，工程量巨大，很长一段时间我们要在尘土飞扬的日子中度过，但为了明天的美好生活，为了子孙后代不用再像我们一样，忍受渔船生活的困苦，我们必须做好长期奋战的准备，一年干不了，我们就干两年，两年干不了，就干十年、二十年，只要坚持不懈，终归能造出属于我们自己的土地。

刘德宝说得慷慨激昂，村民们听得热血沸腾，有的老渔民听着听着眼睛就湿了，"来沿湖村几代人了，从来没有人敢这么想过，有生之年能到岸上居住，就是折几年阳寿也值。"

填塘需要大量的土方，寻找土源成了刘德宝需要解决的头等大事。每天一大早，刘德宝就骑着摩托车出去了，看到乡里挖渠的，他就凑上前去，递上一根烟跟人主动套近乎，东扯扯、西唠唠，唠到最后话题就落在了那些土堆上。

每次，刘德宝都是先试探地问，这渠挖通了，把这些烂泥堆在路边上，晚上光线也不好，别人万一被绊倒了，而且这都是河底的淤泥，味道臭得很，得找专人清理吧？有的回答他，按说是要清理，不过我们只负责挖渠，清理这事我们不管，得问镇上。有的说，这是村里负责的项目，只是雇我们挖，清理这事我们不管。

刘德宝赶紧趁机问，这工程是镇上哪个部门或是哪个村负责的？对方告诉他甲方是谁，他马不停蹄就电话联系。凭借着平日里去镇政府开会，跟各个部门和别的村干部都比较熟悉，他就厚着脸皮说，你们挖渠那土堆在路边太碍事，要是没地方处理，可以运到我们村。对方一听，有点不解，问刘德宝，你要那土干吗呢？刘德宝说，填塘，上岸，让全村的渔民到岸上生活。对方一听，吓了一跳，说你那简直是天方夜谭。刘德宝说那你别管，就说土你给不给吧？对方说，土给你没问题，但我们可不负责帮你运，运土车子和费用你们自己解决。刘德宝说那行，我这就找人找车把它运回去。

找到一点土源，刘德宝就组织几个村民，找车把土运回去。挖塘的地方一般都靠近农田，全是土路，运土只能用拖拉机。装好满满一车斗，跌跌撞撞地运回村里，往滩涂里一倒，瞬间就不见了踪影。相对于偌大的滩涂地，一车土找不到任何存在感。单纯依靠乡下挖渠的那点土方填塘，只不过是杯水车薪。

为了找到更多的土石方，刘德宝决定到城区看看。

沿湖村距离扬州城区本来就远，加上进城的道路坑坑洼洼，交通也不方便，路途就显得更加遥远了。为了白天能多跑几个地方，天还不亮，他就把摩托车打着了。车子有点老旧，排气管的消声效果不好，一启动，就把小渔村的宁静打破了。很长一段时间，沿湖村的渔民一大早听到摩托车的声音，就知道他们的书记又出去找土源了。

他先骑摩托车到镇上，然后再倒三趟公交车，才能到城区。乡下公交车少，单趟路程要三个多小时。功夫不负有心人，连续奔波了好多天，刘德宝物色到不少土石方。

2007 年，扬州还处于城市建设的高峰期，不少地方拆迁后出现大量诸如瓦砾石块之类的渣土，因为无法作为建筑材料重复利用，很多渣土公司会四处寻找倾倒这些无处堆放的渣土的地方。

刘德宝发现，这对于他们是极其有利的。他找到项目负责人，说你们渣土没地方放，可以拉到我们沿湖村去，有多少都可以装得下。对方一听，也很乐意，毕竟一举两得的事情，何乐而不为呢？人家问，沿湖村在哪儿？刘德宝说，在方巷镇，就靠着邵伯湖。对方的眉头立马就皱了起来。路途太远了，而且路不好走，从城区开车过去单趟要一个小时，渣土车吨位大，油耗自然也大，再加上路上颠簸，渣土要是沿途洒下来，城管还要罚他们的款。

考虑到时间和运费成本，以及路上的安全问题，没有人愿意费时费力费钱，大老远专门把渣土送到沿湖村。对方说，你们要是需要，渣土你们随便拉，但至于怎么拉，你们自己想办法解决。

这是个头疼的问题。这么大工程量，村里也没有得力的运输工具，单靠拖拉机肯定是不行的，必须雇车子。雇车，自然要花钱，而且这笔钱不是小数目。

一分钱难倒英雄汉，这句话用到当时刘德宝的身上，再贴切不过。

沿湖村没有企业，资金支持成了亟须解决的事情。为了筹集渣土的运输经费，刘德宝找镇领导求助，领导虽然支持，但乡镇财政紧张，仅能提供五万元的启动资金。对于填塘工程，这点资金微乎其微，就像之前倒进滩涂地的第一车土方。

大的困难面前，归根到底，还是要自己想办法。当时，刘德宝是区里的人大代表，每次开会的时候，他会主动同别的代表和政协委员交流，当时想着，多跟人家聊聊，听听别人对沿湖村未来发展的看法。如今，他又想起了他们，毕竟能当上人大代表和政协委员的，都是一些有能力有影响力的人，如果能借助他们的资源为沿湖村发声，肯定比自己单打独斗要好很多。

刘德宝骑着摩托车一家一户地跑，希望利用他们的资源为村里寻求支持。一趟不行，就跑两趟，两趟不行就跑三趟，一点点为沿湖村的填塘造陆筹集资金。刘德宝家里人跟他开玩笑，过去是"渔花子"，天天在湖水里乞讨，现在成了"土花子"，求爷爷告奶奶地到处找土。

当时，对于这种尴尬的境遇，刘德宝并没有觉得脸面上挂不住，他到处求人不是为了他本人的一日三餐，而是为了1600多名沿湖村的村民，为了兑现自己对党委政府和沿湖村村民的承诺。

工程漫长而艰难，每一辆渣土车的轰鸣声，都像是在为沿湖村吹响奔向小康之路的号角。机器轰鸣，原本的滩涂成了一个庞大的工地。如果把沿湖村整个的发展历程看作是一幅美丽画卷的完成过程，填塘工程就是造纸阶段。那些投入滩涂和鱼塘的碎石、砖块、混凝土残渣，如同造纸用的树皮、麻头及敝布等原料，它们被倾倒、重压、夯实的过程，也如同造纸原材料经过挫、捣、炒、烘等工艺的历练，最终形成一张质地完美的纸张。

在长达六年时间的坚持与磨炼之中，刘德宝如同长在了沿湖村工地上，他在用心打造一张上等的宣纸，将来他要在这纸上一笔一墨绘出沿湖村的蝶变，画里有现代化的民居别墅，有游人如织的田园乡村，有写满渔文化的新时代桃花源记。

无数个夜晚，刘德宝经常在工地上徘徊，填塘的这六年，他把自己所有的时间都倾注在这里。夏天的烈日和冬季的冷风，在邵伯湖畔交替六次，鱼塘和滩涂一去不返，成为一片平整的土地。在这块一土一砾填充起来的土地上，刘德宝带领沿湖村渔民种下了梦想的种子，在不远的将来，种子会在此生根、发芽，成长为一棵枝繁叶茂的大树。

沿湖村 1600 多名渔民见证了近 600 亩土地的生成。一锹、一车的泥土填满了原本满是水汪的滩涂地，刘德宝这 2100 多个日夜的奉献，沿湖村的渔民都看在了眼里，记在了心间。

不管梦想有多么远大，人终归是要回到现实中来。为了糊口，大部分渔民依然要将自己的时间交给捕鱼和围网养殖，这是他们赖以生存的生产方式。刘德宝把所有的时间和精力交给了工程，作为家里的顶梁柱和最重要的劳动力，六年的损失有多少，渔民不一定能精准算出具体数字，但知道这么长时间可以撒多少网，可以通过养殖获得多少收入。

风雨和烈日交替摧残，让原本皮肤就有点黑的刘德宝更加黝黑，但对于书记的这种肤色，沿湖村渔民有着更加真挚的理解：刘德宝的皮肤黑，是因为他有着一颗炽热的红心，这颗心脏的每一次跳动，都是在为村庄的发展注入强劲的动力。他们正站在一条硕大的渔船上，他们以绝对的信任把船舵交给刘德宝，他们坚定地认为，他们的书记，正带领他们向正确的方向出发。

在刘德宝的小腿肚上，至今留有两条长长的黑色疤痕。对沿湖村来说，那就像是立下战功的两枚勋章，镶嵌在村庄历史的图谱之中。

村民王学勤和张明富清楚记得，那天他们救助刘德宝的场景。

那一次，工地上钢钎用完了，新的材料没有及时供应，导致耗材跟不上，直接影响施工进度。现场找不到，刘德宝就骑上摩托车去村民家里借。回来的路上，因为心里着急，他把油门下意识往下拧，速度越来越快。路遇一个转弯时，刘德宝下意识抓住刹车，车速却一点没有放慢的意思，再踩脚刹，依然没有丝毫制动。他心里一晃，坏了，刹车失灵了，车子控制不住，连人带车一头扎进了水塘里。

在那几年里，那辆破旧的摩托车跟着刘德宝东奔西跑，也算是立下了汗马功劳。乡村不少地方不通水泥路，土路坑坑洼洼，车子本来就年头久了，像是一头垂暮的老牛，每天在透支自己的体力进行耕作。刘德宝心里惦记着找个时间去给车子做个保养，但工地上的事情太多，大事小情都需要他拍板来做决定，一拖再拖，直接拖出了问题。

虽然从小在邵伯湖长大，水性也不错，但刘德宝冲进水里的时候，半个身子被摩托车压着，动弹不得。巨大的落水声惊动了正在路上运垃圾的村民王学勤和张明富。两人听到声音，先是愣了一下，随后异口同声地说："不好，有人掉水里了。"

两个人立马放下手里的小车，抬脚就往池塘的方向跑。大老远看见一个人正在冲岸上的人挥手，走近了一看，哎呀，那不是德宝吗？两人顾不上脱衣服，相互配合着，下水把刘德宝拖回了岸上。

刘德宝被救上岸后，刚坐在地上，腿下面的土地立马就红了。王学勤一看，哎呀了一声，书记，你受伤了。刘德宝这才意识到小腿肚子上热乎乎的，他把腿抬起来，王学勤跟张明富蹲在地上一看，吓了一跳，用手比画了一下，书记，伤口得有中指那么长，咱们得赶紧上医院。

刘德宝看了一眼，整个小腿肚子都是血红血红的，他对王学勤说，河滩上有白及草，你帮我薅一把过来。王学勤说，书记还是上医院吧，伤口那么长呢，光靠草药肯定不行，得缝针包扎。刘德宝说，我知道，你先去薅吧，我先止止血。

白及，是农村常见的一种草药，广泛生长于长江流域各省，有很好的收敛伤口止血的作用。在乡村人的记忆里，干农活的时候不小心割破了手，基本上没有人选择去医院，都是从河滩或是农田的某个地方，薅一把白及草，在手心里揉出汁水，捂在伤口上。

白及草的汁水浸入伤口的一瞬间，钻心的疼痛从腿部传到大脑神经，刘德宝疼得下意识"啊"了一声。他坐在地上缓了一会儿，用一块布包住小腿，对王学勤说，摩托车估计没法骑了，你俩先送我去趟村里，工地上等着用钢钎。直到钢钎送到工地，工程车辆得以继续施工，刘德宝才去镇里的医院，做了伤口缝合和包扎。

王学勤每次回想起这件事儿，都要给刘德宝竖起一个大拇指，"以前只是听说焦裕禄、杨善洲这样的干部，心里时时装着老百姓，没想到在我们沿湖村，也有这样的干部，有了这样的领头人，村民想不过好日子都难。"反倒是刘德宝自己，早把这事忘得干干净净，只有不经意间看到腿上的疤痕时，才会想起当年那个惊魂的时刻。他在心里庆幸自己命大，要不是被村民及时发现，说不定已经去阎王爷那儿报到了，他觉得自己是捡了一条命，他要用这条命，更好地服务自己的父老乡亲。

⑧ 渔文化是隐形的金疙瘩

一车又一车土填下去，鱼塘平整了，滩涂地面积一天比一天小了。

从第一车土倒下去的时候，刘德宝就在心里画着一幅画，画里有湖水，有渔船，有民宿，有农家乐，也有世世代代流传下来的渔歌、渔技以及民风民俗。

人会一年年老去，也会陆陆续续离开这个世界，一代人与另一代人所经历的时代并不相同，一代人逝去之后，会慢慢被这个社会所遗忘，他们所拥有的技艺和渔业文化也将慢慢在时代中散去，并最终失传。

刘德宝脑子里常常会出现这样一个场景，一位老渔民戴着斗笠，披着蓑衣，在烟雾蒙蒙的湖面上，稳稳地站在船头，一边撒着网，一边唱着渔歌，这些歌都是口口相传，从来没有落在纸上。

在刘德宝看来，沿湖村这些来自五湖四海的渔民，在劳作中流传下来的渔技、渔歌、渔俗，是地地道道的渔民文化，如果能进行系统的收集，保护好传承好，将来是沿湖村发展的一大财富。

除了日常在工地上忙活，但凡能抽出身的时候，刘德宝就开着挂桨船，一家一户挨着跑，渔民要是出去打鱼了，他就直接到作业的地方，一边聊，一边记。

黄兰玉看到刘德宝进了自家门，脸上笑嘻嘻地问："德宝，工地上那么多事情，你怎么有空来了？"

刘德宝说，我来向您老请教来了。黄兰玉笑得更欢了，你这孩子，我一没文化，二没魄力，平常连门都不怎么出，你还向我请教。

刘德宝说，您可不能这么谦虚，我可是向您老寻宝来了。

黄兰玉说，我一个糟老头子，人都快不中用了，哪来的宝？

刘德宝说，我就不跟您老兜圈子了，我这次来，是想请您把您在打鱼的时候常唱的那些打渔令唱出来，我记录下来，对咱沿湖村来说，将来那可是金贵得很呢。

黄兰玉并不这么认为，那都是渔民无聊的时候瞎编的顺口溜，不当饭吃不当酒喝的，不如湖里的白鲢金贵。

刘德宝说，您老这就不懂了吧，咱们是渔民，整个扬州市也就咱们这么一个行政渔业村，这东西对咱们渔民来说不金贵，对外面的人来说可是稀罕东西，您要是不信，我跟您打个赌，将来这东西能给咱村带来金疙瘩呢。

黄兰玉听得更乐了，你小子可真敢想，还金疙瘩，现在能带来几车土坷垃就已经不错了，填到咱们滩涂地里，让你少做点难。

刘德宝说，这您还别不信，等上个五六年您老再看，我有没有忽悠您。

黄兰玉虽然还是不相信，但很乐意配合刘德宝，说这东西又不费米又不费面的，顶多费点唾沫星子。

黄兰玉坐在船头，深情地望着远方，轻轻一张口，《打渔令》便传遍了整个湖面：

老汉今年五十八／棠湖岸边是我家／不种稻米不养蚕／打鱼捞虾是行家／斗笠头上戴／蓑衣背上搭／左腰酒葫芦／右腰鱼篓挂／小小船儿展清波／一张渔网打天下

渔翁小船尖又尖／两把捎桨顺水颠／左手拿着青丝网／右手又拿钓鱼竿／有鱼无鱼撒一网／撒条鲤鱼斤四两／钢刀剁，白盐腌／大锅炒，小锅颠／金盘盛，银盘端／送到客人你面前／刘海必就上八仙／行行步步撒金钱／金钱撒到宝舟里／荣华富贵万万年

小鲤鱼，红腮腮／上江游到下江来／上江吃的灵芝草／下江吃的湖青苔／灵芝鲜味无心食／青苔难吃是家菜／看见篷帆自认家／看见渔舟跃上来／渔家生活多自在／沽酒捕鱼乐开怀／乐开怀

……

一字一句，没有任何修饰，朴素、直接，真实诉说着渔民的日常生活，是渔民捕鱼习俗的积累。这样的打渔令在民间已经有上百年历史，既是渔民捕鱼场景的真实写照，也包含了渔民对收获的一种祈盼，同时又融入了渔民长期在外漂泊对家的思念之情。

黄兰玉唱一句，刘德宝记一句，有些实在记不住，他等老人家唱完了，一句一句问清楚再写到本子上。

除了《打渔令》，还有《打蛮船》，指的是渔民说书，没有固定的说辞，全部由说书人根据当下时事或历史故事展开。表演者一手拿着羊皮鼓，一手拿着鼓签，说的时候随机应变，一边想一边说，一边说一边敲。

　　在走访收集资料的过程中，有老一代的渔民说，现在的麻将早年就是渔民发明的。由于渔民不捕鱼的时候，待在船上没有事情做，也没有任何娱乐活动，渔民就回忆摸索自己打鱼的情景，一条、二条一直到九条，鱼打多了用什么装呢？所以一筒、二筒一直到九筒。打那么多得卖钱啊，卖多少呢？一万、两万一直到九万。在湖面上打鱼，渔民最关心风向，所以才有了东南西北风。白板是船上的帆，红中是船上的桅杆，发财肯定是恭喜发财了。后来，这就形成了现在的麻将牌。

　　老渔民说的这些故事有的无从考证，但是听起来很形象，也很有道理，这也充分说明了劳动人民在生活实践中是有着巨大智慧的。

　　刘德宝陆陆续续跑了将近一年，跑了上百户渔民家，记录了近三万字的素材。

沿湖村渔文化博览馆内景一角（沿湖村供图）

除了收集渔歌，以前渔民淘汰下来的捕鱼工具，船、帆、鱼篓、鱼摸、鱼罩、花罩、凳筏、大网、水瓢、马灯、灯罩等，只要是跟渔民生活有关的，刘德宝都一个个收集起来，为沿湖村将来的整体谋划做准备。

从小在渔船上长大，跟着爷爷和父亲在湖上打鱼，刘德宝深切明白一个道理：船的力量在帆上，人的力量在心中。凭风借力也是很有技巧的，方向对了，扬帆起航，方向不对就寸步难行。管理一个村庄也是一样的，大家团结了，劲儿往一处使了，村子才能大步向前。

早些年，渔民之间不同帮派之间互动较少，主要是没有搭建好沟通的桥梁。大家的性格、文化水平、饮食习惯都不尽相同，但大家有一个共同的特点，世世代代都会打鱼。"渔"永远是他们存在的信仰与光芒所在。

为了让大家更好地互动起来，刘德宝准备举办"杀围节"。

"杀围"作为一种古老的渔民冬季捕鱼方法，是渔民生存技能和集体智慧的体现。"杀围"捕捞方法特殊，场面宏大，流传至今已有上百年的历史。但最近很多年，千帆竞发的集体"杀围"场面已经很久没看到了，很多年轻人只是听一些当地老人讲述过"杀围节"的壮观场景。

"杀围"捕鱼工具叫罱，在沿湖村仅有几位年长的渔民懂得罱的制作和"杀围"的捕捞方法，制作过程要历时两个多月。在几十年前，渔民每年第一次"杀围"之前，都要祭祀湖神，祈祷"杀围"丰收。

刘德宝去向老人们请教，老人们一听想要组织"杀围节"，布满沧桑的脸上立马焕发出春天的光芒，做起罱来也劲头十足。

渔民得知要重新举办"杀围节"，整个沿湖村一下子就沸腾了，村里多少年都没有这么热闹了，不管是老人还是孩子，都是一天盼着一天，那是老渔民深埋心底的念想，也是年轻一代渔民心中一直的憧憬。

按照渔民的习俗，"杀围"开始之前，要先祭祀湖神。

冬日的邵伯湖，寒风掠过湖面，五六十只船在湖面上围成500平方米左右的猎场，船头上挂的红旗随风猎猎摆动，整个湖面像是一个即将开战的沙场，就等领军人物一声令下，他们即刻就划动船桨，开始一场声势浩大的围猎之战。

"杀围节"祭祀对象是"金龙四大王""七公大王""渔翁三娘娘""太位玄德""黑风王道浪头将军""邀鱼童子""赶鱼大神"等36位大王和72位守将，这108位神仙都是渔民传说中分管鱼类的湖神，其中"金龙四大王"是湖神的首神。也正因如此，"金龙四大王"是渔民祭祀活动的必祭之神。

在外人看来，这种祭祀没有科学依据，甚至一定程度上充满着迷信色彩，但对于之前没上过学的老渔民们来说，这是他们的精神信仰，是他们祈求风调雨顺、鱼虾满舱的美好心愿的心灵寄托。

祭祀仪式结束后，50多条渔船齐发驶出码头，渔民拉开大网，协同捕鱼，场面十分壮观。这是一个并肩作战的沙场，在锣鼓喧天声中，船只围起来的包围圈越来越小，水中的鱼似乎感受到了生存危机，一条条从湖中奋力跳出水面，试图寻找一条逃生的路径。它们的那点心思早已经被深谙捕鱼的渔民们所看透，只要是在围猎圈里，一条鱼也休想逃掉。

"杀围"结束，鱼儿满舱，久违的热闹场面，让原本极少交流的帮派之间看到了团结协作的力量。

晚上，大家回到家中，烧上一条鱼，喝上二两酒，一天的疲惫瞬间消失得无影无踪。身为渔民，鱼是他们赖以生存的主要经济和食物来源，人们爱鱼、敬鱼、畏鱼，跟鱼有着特殊的感情。

"吃鱼不能翻身吃"一直是渔家人约定俗成的规矩，在渔民看来，鱼翻身意味着翻船。渔民将鱼的一面吃完之后，一般是用筷子挑着吃背面的鱼肉，如果有客人非要翻转鱼身，一般要附和着说"翻身了、翻身了"，或者别的大吉大利、喜庆的话，比如说"鱼头鱼刺一转，金子银子船上满"，"鱼头鱼刺一翻，金子银子堆成山"。我随机问了几个老渔民，怎么都是跟金钱有关的吉利话，老人们说："还不是穷怕了嘛，不想过穷日子了。"

生活是实践最好的老师，除了捕鱼、养鱼，在一代又一代人的传承中，渔家女子也有精巧的一面。普通的面粉在渔家女人的手中，经过巧妙的揉捏之后，龙形馒头、面鲤鱼、面刺猬、大圆糕、葫芦、石榴等与渔业生产相关的造型，都能活灵活现地出现在众人面前。

尤其是"手撕甲鱼"与"小燕子"测试风向的传说，刘德宝觉得十分具有渔文化色彩。

"手撕甲鱼"是渔民传统的一种吃甲鱼的方法，做的时候，先将活甲鱼放在清水锅中煮熟（这个过程渔民称作"响"），然后将甲鱼的肉与骨仔细地用手分离干净，将甲鱼肉与青椒炒熟即可。菜做起来简单，不过有趣的是，渔民在吃完这道菜后，会将之前剥离下来的所有甲鱼骨头扎成一个燕子形状的小动物，然后在"燕子"后背打眼并用线系住挂在船头。可不能小看这只小小的"燕子"，在没有风向标的茫茫湖面上，"燕子"能准确预测第二天的风向。渔民们经过长时间的实践发现，"燕子"用的时间越长，预测得就会越准确。如果有小孩在玩耍过程中不小心将手划破，将血留在"燕子"上，渔民会认为，这只"燕子"测试风向会更加灵验。

除了这些，刘德宝觉得，从民风民俗的角度来看，渔民之间的婚嫁礼俗也颇具特色。

回溯沿湖村渔民的百年历程，因为世代居无定所，所从事的捕鱼营生十分艰苦，且经济效益无法得到稳定保障，最终导致外面的人不愿意与渔民联姻。渔民子女的终身大事，只能在渔民的圈子里采取"部落式"内部通婚的方式来解决。

在岸上，渔民上无寸瓦，下无立锥之地，渔民娶亲，婚礼全在湖上举行。早晨天还不亮，迎亲的船只就出发了。迎亲队伍一般由四个人组成，新郎官作为主角，自然少不了，撮合一对夫妻成为一家人的媒婆也必须到场，媒婆一般都是两个人，一左一右搀着新娘出门，正是这个原因，媒婆也被叫作"搀亲太太"。另外，迎亲船自然少不了摇船的人，在摇船人的手中，船桨划出湖面一天中的第一道波纹，一圈圈向湖心深处荡漾开来。

沿湖村渔民水上迎亲民俗场景（沿湖村供图）

湖面上没有灯，火把是照亮前程的光源。摇船人摇着迎亲船，点亮火把，带着红伞，一桨一桨划向新娘家的渔船。迎亲船要在太阳从湖面升起之前把新娘迎娶回家，这意味着一对新人婚后的生活如旭日蒸蒸日上、红红火火。

刘德宝想着，这些渔民苦中作乐的仪式，在他们自己看来朴实无华、司空见惯，但外面的人或许是充满好奇的。将来要是渔民上了岸，这些仪式也许就消失了，只能成为一种久远的回忆。他想帮乡亲们把这些场景留住，哪怕只是为了怀念曾经。

⑨ 要让沿湖村走进外面的世界

在沿湖村开发的初期，崔卉是被刘德宝和不少渔民时常提起的人。我从大家的讲述与众多的新闻报道中，看到很多崔卉与沿湖村发展相关的故事。

崔卉是土生土长的扬州人，家就住在邵伯湖边上的槐泗镇。在她成长的过程中，能明显感觉到，农民在渔民面前，有着天然的优越感。在有房住有田种的农民眼中，这些从外省流浪过来"讨食吃"的渔民，上无片瓦，下无立锥之地，口音也与当地农民不一样，是不折不扣的"侉子"（南方人讥称北方人的称呼）。

当然，这是当地部分农民的偏见，作为有文化的知识女性，崔卉本人并不这么认为。至今，她依然记得很清楚，2007年6月，她从扬州市邗江区槐泗镇政府调到沿湖村所在的方巷镇任组织委员时，去调研的第一个村就是沿湖村。当时的沿湖村，只有几处低矮的房屋，渔民基本上还蜗居在渔船上生活。每到一户人家，渔民看见她，眼神里怯生生的，透露着卑微、怯懦，对外界满是陌生与不自信。若是跟渔民迎面碰到，渔民会主动躲在路边，等人过去了，他们才继续往前走。

在当时，即便是村干部，跟外面接触得也很少，镇里来的领导，在他们眼中都是大干部，都是崔卉问什么，村干部答什么，问一句答一句，不敢多说话，像是老师在跟小学生问话。

那种感觉，历经十多年后，崔卉依然记忆犹新，已经进入 21 世纪了，渔民的生活还过得这样艰苦，她的内心升起怜悯和同情。

虽然村子破旧，但村庄的自然环境特别好，当时正值夏天，满塘的荷花。翠绿的荷叶丛中，一枝枝亭亭玉立的荷花，有的娇红，有的淡粉，有的雪白，有的开得正艳，有的才绽粉冠，仿佛是无数活泼可爱的小姑娘在绿色的毯上轻歌曼舞。环境之美让崔卉想起了陶渊明的世外桃源，她忽然涌出一个念头，想要为渔民做点什么。

2010 年，沿湖村两委迎来了新的换届选举。对于村两委选举，之前都是采取"有候选人选举"，由村民先投票推选若干候选人，再对选出的候选人进行差额选举。从 2009 年开始，江苏省开始在农村地区探索实行"无候选人选举党支部"的模式，符合条件的选民均可"自荐"参选，再辅以竞选演说、竞职承诺等形式，由全体村民投票，按得票多少直接产生"村官"。这样的选举方式，不但降低了选举成本，节约了选举时间，还进一步扩大了选举透明度，使村民手中那一票更有价值。

村干部虽然不在政府的行政级别之内，但在农村人眼中，那是一个"大权在握"的干部，尤其是村支部书记，对村里的大事小情，都有着举足轻重的话语权。每次到了村两委换届的时候，有意向担任村干部的人选，便早早开始发动身边的一切力量为自己拉票，争取更多村民的支持。大姓氏家族之间因为选举闹出群体性打架事件也并非没有发生过。

初次尝试"无候选人选举"，让方巷镇政府领导压力很大，但作为基层人民政府，即便压力再大，也得迎难而上。

作为方巷镇组织委员，也是当时部门里从事组织工作资格最老的同志，崔卉跟领导请示，主动揽下了沿湖村换届选举的重任。她的这一选择，让部门里的年轻同志松了一口气。他们虽然没有去过沿湖村，但对这个村庄早有耳闻，村民来自五湖四海，绝大多数没有文化，而且渔民中间分了很多帮派，平日里各自为战，他们潜意识里认为，相比周边的村庄，沿湖村的选举矛盾肯定要多很多。

崔卉说，选举那天，村部门前的广场上，村民们或坐或站，挤满了整个广场，有的嘴里叼着烟，有的几个人在小声说话，现场有点乱，村民们讲话大都带着方言，她听不太懂。讲完选举政策和候选人要求，就是投票环节，识字的村民在选票上写上自己推荐的村干部名字。不识字的村民，只能请别人帮忙，他们说出自己想投票的人的名字，让识字的人帮忙写在选票上。

每个村民拿着自己手中的选票，陆陆续续走向投票箱，投下属于自己权利的神圣一票。计票、唱票，结果出来的时候，包括崔卉在内，参加换届选举组织工作的乡政府工作人员都很惊讶，刘德宝全票当选了沿湖村新一届党支部书记。这样的结果，在村干部选举中极为少见。一个人在村里受到大多数人拥护，并不奇怪，但能得到每一个村民的赞成，这就显得难能可贵了。

村民们听到刘德宝全票当选，瞬间掌声雷动，激动得叼在嘴里的烟都差点掉在地上。

2010 年 11 月 17 日，沿湖村第九届村委会换届选举，刘德宝全票连任村支部书记（沿湖村供图）

这样的选举结果，让崔卉惊讶的同时，也让她对面前这个个子不高、皮肤黝黑的村书记刮目相看。在她的印象里，刘德宝并不是一个善于和人打交道的人，就拿她第一次到沿湖村调研来说，刘德宝看见她，感觉见到了多大的领导一样，话都不敢多说。没想到这样一个见到乡里来的干部都紧张的人，在帮派复杂的渔民中间有这样深厚的群众基础。

他都做了些什么呢？

带着这样的疑问，崔卉试探性地问了几个村民，你们为什么选刘德宝？有的村民害羞地躲到了一边；有的脸红到了脖子，说他这个人实在；也有村民大胆一点，说俺们村以前太穷了，村干部都没人愿意当，刘德宝上任之后，带领大家搞围网养殖，大老远跑到上海考察水产品销路，村民的收入高了，日子比以前好过了，大家现在干劲足，也拼了命地支持他，现在大家就怕一件事，就是哪一天刘德宝被换掉了，不让他当俺们的领头人。

大海航行靠舵手。大到一个国家，小到一个村庄，想要高质量发展，都需要一个好的领头人。但客观地说，只靠一个人的力量是远远不够的，领头人能力再强，没有宏观政策的支持，没有人民群众的拥护，想要成就一番事业，也只能称为空想。具体到沿湖村来说，这个小渔村的发展，单凭刘德宝一个人是远远不够的，需要天时地利人和。

说起来也真是巧，2011 年 3 月，崔卉转岗，担任方巷镇副镇长，分管文化、教育、卫生等方面的工作。这次的工作调整，让崔卉与沿湖村的发展紧紧联系在了一起，一定程度上可以说，成了沿湖村文化旅游产业飞速发展的"催化剂"。

崔卉说，想让沿湖村有好的发展，必须让这里的文化和经济两相融合，要让渔民们走出去，也要让外面的人走进来，不能还像以前一样，我的父辈是打鱼的，我这一代也打鱼，然后儿子、孙子都跟着打鱼，一代一代重复着渔民封闭而又艰苦的渔业生活。

自从举办完"杀围节"，渔民们更加团结了，对于生活的热情也更加高涨了。一场声势浩大的围捕，让他们知道了团结的力量。刘德宝对大家说，咱渔民捕鱼需要团结，发家致富奔小康更需要团结，只要咱们心往一处想，劲往一处使，好日子就在前面等着咱们。大家被刘德宝说得无比亢奋，书记，你就是咱们的船老大，你在船头掌舵，我们跟着你在后面捕鱼，咱们有的是力气，早晚能获得大丰收。

渔民是不惜力气的，被阳光晒得黑黝黝的身体里面，集聚着庞大的力量，随时都可以发挥出巨大的战斗力。但一个村子发展，单凭力气是远远不够的，更重要的是要有智慧有思路。

人无我有，人有我精。如何让沿湖村在自己的特色之路上越走越远，一直是刘德宝和村两委思索的问题。村子要长远发展，必须找准自己的定位，并且有独特的辨识度。看着满塘的荷花，刘德宝想起阮元的一句诗：深处种菱浅种稻，不深不浅种荷花。

阮元是清朝学者，乾隆年间进士，先后在礼部、兵部、户部、工部供职。在浙江任巡抚时，阮元很少在衙门里坐着，满脑子想的都是老百姓和农业生产的事情。平日里，他经常下乡巡视民情，时间久了，对当地的山川地势和风土民情都十分了解。

嘉庆二年（公元 1797 年），阮大人来到太湖南边的吴兴城，看到苕溪、苎溪等四条河流在这里交汇，土地被密如蛛网的水系分割，大河与小溪遍布，丰富的活水给江南田野带来了一派生机。

那里的农民根据河流分布的特性，将水田分成三类，在深水里种菱角，在浅水里种稻谷，在不深不浅之处种上荷藕。农民充分地利用自然资源，形成一种巧妙的生态平衡，使菱、稻、荷皆长势喜人。阮元被江南的锦绣美景打动，更被庄稼人因地制宜进行生产的聪明才智所折服，于是他写下一首《吴兴杂诗》：交流四水抱城斜，散作千溪遍万家。深处种菱浅种稻，不深不浅种荷花。

简单的两句古诗，极为朴实的道理，凝结着古人千百年通过农田耕作不断实践得来的智慧。对于沿湖村来说，这块土地到底是深塘还是浅塘，还是不深不浅呢？

刘德宝回到沿湖村，渔民有的在湖面上撒网，有的在喂食网箱养殖的鱼虾，有的船破了，拿着锤子钉子正敲得叮叮当当响，还有几个渔家女人，正在岸边用针缝补破了洞的渔网。这是渔民日复一日重复的生活场景，却在一个闪念之间，给刘德宝带来了灵感。

船破了找钉子，网破了找针线。一时找不准沿湖村发展思路的刘德宝，找来村民代表喝酒，想凭借大家的集体智慧，为村庄的发展出谋划策。

晚上，大家从各自家里出发，村民代表有祖籍山东的，也有老家是安徽的、山西的，喝酒的桌子上，除了之前准备的菜，又多了山东的煎饼、安徽的臭鳜鱼、山西的糯米油糕。刘德宝说，我喊你们喝酒，你们还跟我客气，怎么还带东西来？村民代表说，又不是什么硬菜，都是家里现成的，大家一起尝一尝。

村委会微弱的灯光点亮漆黑的夜空，大家围坐在一起，一次次举起酒杯，你一言我一语，聊着自己的改变，聊着沿湖村的明天。

有村民代表说，书记，咱们的填塘工程已经快四年了，说实话，当初你说这个想法的时候，我都不敢想象，那么大的工程，就凭咱们村的实力，猴年马月才能填完，现在再看看，工程过半了，咱们渔民上岸的日子有盼头了。

紧跟着就有别的村民代表说，自从咱们开始了网箱养殖，比当初纯粹在湖里打鱼收益稳定多了，咱们的收入也比之前多多了，干起活来都更有力气了。

随即就有人调侃他，说说看，干什么活更有力气了。大家听了，一起跟着哈哈大笑起来。

笑声从村委会的小屋里传出，飘荡在沿湖村的夜空中。大家都喝得很尽兴，刘德宝也喝多了，跟着大家一起笑。他的眼睛掠过桌子上的盘子，看着盘子里残留的臭鳜鱼、煎饼和油糕，突然放下筷子，一拍后脑勺："哎呀，找到了，找到了！"

这一拍，把大家都整懵了，以为书记酒喝太多说胡话，"书记你咋了，找到啥了？"

刘德宝说，找到了，咱们是渔民，还得吃渔家饭。大家一听，还是没懂，说咱们渔民不吃渔家饭，难不成还能吃上城里人的饭？刘德宝说，咱们村要发展，就要吃城里人吃不到的饭。

事后大家才真正明白，刘德宝说的找到了，是找到了乡村发展的路子。

2011 年 4 月，沿湖村两委会提出，为了凝聚沿湖村民心、丰富渔民文化生活、展示渔家特色的船菜，想在村里组织开展一场文化美食节。

当时，崔卉刚刚担任方巷镇副镇长，文化工作是她分管的业务之一。刘德宝骑摩托车来到镇里，找到崔卉，专门汇报了举办活动的事情。崔镇长一听，这想法很好啊，一定大力支持。她对刘德宝说，我们既然要干，就干得漂漂亮亮的，必须起个响亮的名字，弄得氛围好一些，规模大一些，不但要团结了村民，凝聚了民心，还要组织媒体过来，让全镇、全区、全市的人都知道咱们沿湖村，知道咱们的乡村文化，只有名气打出去了，我们才能收获更大的效益。

崔镇长的话，说出了刘德宝的心声，也给了他莫大的勇气和底气。

当刘德宝把消息告诉村民的时候，大家觉得有点不切实际。有的说，书记，有这个时间，咱还不如去邵伯湖多捞几网呢，捞不到多还捞不到少吗？好歹能挣几个钱。

也有村民就问，咱搞这美食节，请哪里的大厨过来啊？刘德宝说，咱不请外面的大厨，咱们自己就是大厨，把咱们最拿手的菜端出来，让大家欣赏欣赏，品尝一下，感受一下咱们渔民的文化和美食。

渔民们一听要自己当大厨，一个个把头摇成了拨浪鼓，说："书记，你这组织的叫啥文化美食节，咱们村没几个有文化的，会做的也只有在家里凑合吃的家常便饭，上不了席面。"

刘德宝说，这你们就不懂了吧，这个文化不一定是认字不认字，咱们渔民的生活本身就是一种文化，而且是可以弘扬可以传承的文化。另外，可不能小看咱们渔民的美食，咱们的生活方式，咱们家乡的那些特色菜，还有咱们手工做的面点，城里人可都是没有见过。美食节上，咱们要让他们大开眼界，到时候镇里领导还会邀请记者过来，要给咱上电视上报纸呢。

渔民们一听，不得了，显得更不自信了。有人说，书记，咱们那锅碗瓢盆，不上档次，做出的菜也不精致，自己看看还行，要是上到电视上，锅黑乎乎的，盘子有的还破个口子，人家看到了咱多丢人啊。

刘德宝说，可不能这么想，这是展示渔家人的机会，咱们老是觉得丢人，是因为上百年来咱们过得不如人家，不够自信，这是心理作用，想要走出这个阴影，靠不得别人，只能靠自己，咱整这个美食节，就是这个目的，让外人看看，咱们渔民生活也是多姿多彩的。说起来丢人这个话题，什么叫丢人，躲在船舱里，人家看不见，就不丢人了，人家一样叫你"渔花子""水獭猫"。咱们不能掩耳盗铃，自己欺骗自己，现在就是要走出去，走出咱们渔民自己的道路，放眼整个扬州市，就咱们拥有这资源，这是优势，一定要利用好它。

刘德宝把话说了一箩筐，但还是有一些村民不自信，一直想打退堂鼓。

"猴子不上山，多敲几遍锣。"啥意思呢？就是说猴子不肯做爬竿表演，是锣声催得不紧，用来比喻事情不成功，是因为措施不力，压力不够。为了让大家都能积极参与，刘德宝一趟趟走进每家每户的渔船，一遍又一遍磨嘴皮、费唾沫，说这可是咱们老祖宗留下来的财富，咱可不能捧着金饭碗讨饭吃啊……

刘德宝接连登了几次门，鼓励的话说破了天，不愿意登场的村民最终点头了，说书记啊，我虽然还是不自信，但为了你这一趟趟跑，冲你的面子，我们硬着头皮也得上。

想办大事，自然要从长计议。崔镇长对刘德宝说，文化美食节这事，要想产生更大的影响，必须考虑周全。在崔卉的牵线下，沿湖村拟举办文化美食节的事情，得到了镇文化站和区相关部门的大力支持。

在崔镇长的指导下，沿湖村两委经过精心谋划，确定在 2011 年 10 月 18 日这天，举办以"绿色邵伯湖，人水共和谐"为主题的首届邵伯湖渔民文化美食节。之所以确定这样一个主题，是考虑这里的渔民世代依邵伯湖为生，这里的人和水早已融为一体，这是表达保护绿水青山的决心，也是对人与大自然和谐相处的美好向往。

当时，为了争取到更多部门支持，崔卉专门和镇文化站站长跑到区文体新局，向时任局长朱跃建报告。崔卉说，朱局长，我们方巷镇沿湖村决定举办一次文化美食节，主题为"绿色邵伯湖，人水共和谐"渔民文化美食节，想听听您有没有什么建议？

2011 年 11 月 18 日，沿湖村举办首届邵伯湖渔民文化美食节（沿湖村供图）

朱局长想了一会儿，半开玩笑地对崔卉说："崔卉，你太小家子气了，主题不能定位为渔民，应该确定为'首届渔文化美食节'。"崔卉一听，吓了一跳，说我觉得我想得都有点大了，您这直接定位为"渔文化"更是有点大了，我们第一次组织这样的活动，叫作"渔民文化美食节"，大家觉得这事情跟自己有关系，要是叫成"渔文化美食节"，渔民弄不懂什么是渔文化，觉得这事自己没有参与感。

很多年后，崔卉回忆说，当时她觉得"渔文化"这个题目有点大，担心小身子戴大帽子，后期的效果不好。事后想想，还是"渔文化"的主题显得大气，因为这个美食节融合了太多的渔文化内涵。

刘德宝对崔镇长说，我们的想法是通过这次活动，把大家的心气再聚一聚，把大家身上的那股劲儿再往一起拧一拧，拧成一股绳。对于这样的预期设定，崔卉觉得方向是正确的，沿着这样的思路，她说出了自己的想法，想要通过活动凝心聚力，不能像平常组织文化活动一样，在外面请一群演员，在村里搭一个舞台，准备上几天，敲锣打鼓演一场，老百姓看看热闹，然后就过去了。这样流于形式的活动，没有实质性的意义，至少对于需要和外界融合的沿湖村来说，意义不大。只有让渔民们参与其中，演员是他们自己，节目是他们自己演，把他们的才艺展现出来，节目质量好坏并不是那么重要，重要的是让他们在这场活动中找到自己的存在感。

与之前举办的"杀围节"活动不同，这次的美食节项目更多，既有水上项目，也有陆地上的项目，内容更丰富，让每一位沿湖村村民都能在这一系列活动中找到存在感和成就感。

烟波浩渺的邵伯湖水面上，千帆竞发的水上帆船比赛，别开生面的水上拔河、水上划船、水上撑船、钓鱼比赛，参赛者个个热情高涨，喊声震天。

就拿水上拔河比赛来说吧，两条船停在邵伯湖水面上，每条船上九个人，在船中间定一个点，两条船向相反的方向划，哪条船将另一条船带过中间的点，哪条船就赢得这场比赛。这跟岸上的拔河道理是一样的，但比赛放在水面上，则更加有渔民自己的特色，尤其是在没有在船上生活过的人看来，十分具有趣味性。

划船比赛也看点十足，一条船上两只桨，在日常捕鱼的时候，都是靠家里的男人摇动双桨，为了让沿湖村的渔娘们也参与到比赛中去，比赛规定，夫妻两个人一人拿一只桨，配合着划动，配合得越默契，船行驶的速度自然越快，说明夫妻两人越和谐。

……

除了充满渔家特色的水上项目，岸上的项目也丰富多彩，不单组织了渔姑织网比赛、特色水产品展示，精心制作的渔家船菜更是吸引了不少外来客人。

在很多沿湖村渔民自己看来，第一次渔家船菜展示有点"寒酸"，锅碗瓢盆都是自己家平常用的，有的旧了，有的破了，看着有点不好看。沾满油渍的煤气灶，有点破旧的蒸笼，粗糙的桌椅板凳……

但让沿湖村渔民意想不到的是，他们眼中生活富足"高高在上"的城里人一点也没有嫌弃的意思，看着一个个精致的龙形馒头、异形花糕，人人把大拇指竖得高高的。有的城里人说，都说扬州早茶做得讲究精致，我看这馒头和花糕一点都不比城里的面点大师做得差，看着简直就是一幅艺术品，拿在手里都不舍得吃。这样高的评价，把展示馒头的渔民说得都有点害羞了，说这是我们这些渔家妇女的基本功，一辈一辈传下来的，没你说得那么好。

客人并不赞同她们的观点，说你们这是第一次，知道的人不算多，等名声打响了，更多的城里人会过来，我敢跟你们打赌，他们要是不稀罕这些东西算我输。

除了面点，渔民根据湖中特产烹制的清炒芡实茎、湖虾米炒蒲菜、蒜泥炒菱茎……这些菜，既保留了鲁菜、徽菜以及北方面食的特色，又融合了渔家的美食文化，虽然盛置菜品的餐具朴素简陋，但各种渔家菜端上来没多久，便被现场的游客一扫而光。

不仅如此，美食节还专门组织了渔家船菜的美食评比。为了让比赛显得更加正式和公平公正，副镇长崔卉还专门联系了扬州市烹饪餐饮协会的美食家到现场做评委，一道道菜品尝完，分别打分，现场评出一、二、三等奖。

奖项虽然没有奖金，但对于很少跟外界交流的沿湖村渔民来说，有着不同寻常的特殊意义。他们之前羞于参赛、羞于拿出来的渔家日常饭食，不但被冠以美食的称号，而且还得到了烹饪餐饮协会专家的肯定。那一刻，渔民才真正意识到，他们的生活、他们的人生也是值得肯定的，也是具有闪光点的。也正是这样精神上的觉醒，让沿湖村的男女老少找到了自信和奔向美好生活的勇气。

这一次美食节，不但活动组织得好，宣传工作也做得很好。为了做到有的放矢，实现宣传效果最大化，村里和镇里联合制定了活动宣传方案，并报请邗江区委宣传部，邀请扬州媒体以及省级驻扬媒体参加。

活动结束后，《扬州日报》《扬州晚报》和扬州电视台先后刊发、播出了沿湖村开展活动的精彩画面，甚至在省级以上的一些媒体刊物也占据了豆腐块大小的篇幅。也是从这一天开始，原本贫困卑微的小渔村，在全市乃至全省一次次走进公众的视野。

到了第二年，崔卉跟镇领导报告，计划再搞一次渔文化美食节。书记、镇长都表示支持，但搞活动就要花钱，方巷镇是邗江区最为偏远的乡镇，当时的经济水平也很一般，如果每一个村子每年都组织一场这样的活动，财力上肯定无法承受。领导半开玩笑地对崔卉说了一句话，只要不花钱，活动你们随便搞。

没有资金扶持，村里组织活动自然受到了很大的限制。好在天无绝人之路，2012 年方巷镇举办的第二届农民文化艺术节，让崔卉看到了机会。村里组织活动镇里不提供资金，但镇里的活动是列在乡镇财政计划之内的，如果让沿湖村渔民自演一个节目，融入整个农民文化艺术节活动中，既让渔民展示了自己的风采，也让他们向融入乡镇文化建设迈出了新的一步。

崔卉觉得这个想法很好，刘德宝也认为是件一举两得的事情。他说，我之前收集了很多渔文化的相关资料，最便于展示的比如说《打渔令》，都是渔民在捕鱼的时候唱的"渔号子"，困了来上一段，提提神。崔卉看了看《打渔令》的词，说这个好啊，简单直白，又朗朗上口，要是再由渔民自己唱自己演，效果肯定差不到哪儿去。

乡村人喜欢热闹，如果单纯是一个人站在上面唱《打渔令》，那么大的舞台就显得太空了，没有背景舞蹈也显得不够热闹。

崔卉对刘德宝说，我们这样，前面的演员唱《打渔令》，后面组织几个人跳舞当背景。

刘德宝说这样好，人多了不会紧张，也显得热闹。

想法很简单，但还没实践就遇到了困难。刘德宝在村里物色了几个渔民，一听说要去镇上表演节目，立马就打起了退堂鼓，说像上次一样在自己家门口扭一扭还行，反正大家都认识，丢人也是丢在自己村里，可不敢丢人丢到外面去。

有人给崔卉提建议，实在不行就花钱找几个专业演员，穿上渔民的衣服，唱起渔民的号子，肯定比渔民自己表演的视觉效果要好得多。

崔卉说那可不行，花钱请人就失去了组织农民文化艺术节的意义，必须是我们渔民自己上台表演。

刘德宝对表演的渔民说，你们不要紧张，回头崔镇长找专业的老师给你们训练。有人就央求崔卉说："崔镇长，我们天天待在水上，连走路都走不好，更别说跳舞了，你就放过我们吧。"

2012 年的时候，深受老百姓喜爱的选秀节目《星光大道》已经连续播出了 8 年，尤其是山东选手"大衣哥"朱之文，因为夺得《星光大道》2011 年月赛冠军，一下子火遍了大江南北，尤其深受农民朋友的喜爱。崔卉就拿"大衣哥"给渔民举例子，你们可不要看不起自己，你看人家"大衣哥"，跟你们差不多，一个地地道道的农民，不也一样登上中央电视台的舞台了吗？

听崔卉这么一说，立马有人来了兴趣，"崔镇长，你说我们真能行吗？"崔卉赶紧趁热打铁，肯定没问题啊，回头有文化站的老师专门教你们跳舞，唱好了，跳好了，说不定将来你们也能上《星光大道》呢。

有人不信，问崔卉："崔镇长，你真能把我们带到《星光大道》？"崔卉回他们，那要看你们跳得好不好了。

大家一听，顿时来了精神，有了信心。崔卉找到文化站的许颖超老师，专门为沿湖村的渔民们编排了一个节目。许老师是专业舞蹈老师出身，在舞蹈编排上，有很多自己的想法。

许老师排得认真，渔民们练得也很用功，到了上场那一天，连他们自己都没有想到，他们刚站到台上，下面就开始掌声雷动了。平日里的乡村文化节，大家看到最多的是广场舞，要么就是敲个锣打个鼓，而穿着渔民的民俗服饰，划着旱船表演，让很少跟渔民接触的农民兄弟姐妹们眼前一亮。等到音乐响起，嘹亮的渔家号子通过音箱在舞台上空飞扬，欢快的舞蹈在舞台上跳起，台下更是欢呼声一片。

掌声是最好的动力源泉，下面呼应得越热烈，演员在舞台上表演得越起劲儿。上面又唱又跳，下面掌声与欢呼声此起彼伏。坐在台下观看演出的沿湖村渔民看着看着，有人竟然哭了起来，怕被别人听到哭声，就在下面拼命地鼓掌，想让掌声掩盖自己的哭声。

活动结束后，有人问她，你为啥哭啊？她说，没想到俺们渔民能到镇里演出，而且还能演这么好，受到大家那么疯狂的欢迎。

在舞台下面，还坐着区里、镇里以及各个村庄的领导。区文旅局的局长看了也被震撼到了，事后对崔卉说，回头咱们组织一次，专门到沿湖村做个关于渔文化的调研，这一块值得好好挖掘一下。崔卉说，那随时欢迎，我回头就联系刘德宝书记，提前做好准备。

节目表演结束，演员们从舞台上下来的时候也很激动，满眼含泪，等活动结束，他们找到崔卉："崔镇长，上不上《星光大道》不重要了，能到镇上的舞台上表演一下我们就很满足了，没敢想啊，没敢想，在台上看到那么多人鼓掌，我们越唱越来劲，越跳越自信。"

崔卉给他们竖大拇指，我就说你们行吧，你们自己还不相信，把我都惊艳到了，以后有这样的机会，我带你们参加区里的、市里的活动。演员们高兴得很，说我们听崔镇长的，你往哪里带，我们往哪里走。

鲁迅先生在《故乡》中有这么一句话："希望是本无所谓有，无所谓无的。这正如地上的路；其实地上本没有路，走的人多了，也便成了路。"

这句话放在当时的沿湖村来说，再适合不过。一个人也好，一个村庄也罢，想要有好的发展，必须走出一条独具特色的道路。而想要在原本没有路的荒原中走出一条路，又谈何容易呢？但是崔卉觉得，只要有心，总是能找到机会的。

2012年，扬州国际展览中心举办首届文化交流展览，全国各地许多省份都来参展。崔卉得知这个消息，心里就打起了自己的"小算盘"。国展中心在邗江的地盘上，这么大规模的活动，这么难得的机会，要是不为沿湖村争取一下，就太可惜了。她先找区里领导，又找活动主办方，说了一大堆沿湖村渔文化的优势，外加之前举办邵伯湖渔民文化美食节和方巷镇农民文化艺术节给领导们留下的好印象，多方面因素结合，让崔卉的争取结出了硕果——主办方专门为沿湖村设置了一个展位，用于展示渔文化。

有句古话说，酒香不怕巷子深，固然有道理，但是很多时候，酒香也怕巷子深。没有人推广宣传，酒香也难以为人所知晓。否则各大酒商的广告宣传也不会满大街都是，越是名贵的酒，宣传广告做得越多。这就跟一个人一样，即便是再有才能，也需要推介自己，展示自己，张扬自己。

作为宣传干部，崔卉太明白这个道理了，想把一个产品宣传好，就是要敢于放下身段，勇于在大庭广众之下"嘚瑟"，想尽一切办法推介自己的产品。

刘德宝的母亲马长云虽然不识字，但面点功夫堪称一绝，蒸制的龙形馒头、鱼形馒头，还有各种各样的花糕，个个栩栩如生。

崔卉联系刘德宝说，刘书记，我给我们沿湖村在扬州国展中心争取了一个文化展览的摊位，你妈妈面点做得好，让老人家辛苦一下，再动员几个面点做得好的，到时候我们带到展会上，好好推广一下我们的渔文化。

刘德宝听了很兴奋，这可是难得的机会，赶紧在村里张罗人，做好前期的准备工作。村民们经过前几次文化活动的尝试，自信心越来越足了，得知要出去参展，也不露怯了，兴奋地各自准备去了。

展会现场人山人海，各个展位上展览的东西看得人眼花缭乱，同期参展的还有名扬全国的扬州富春包子、冶春包子、三和四美的酱菜以及各种品牌的牛皮糖，与这些颇具盛名的扬州老字号美食产品相比，沿湖村的产品显得太籍籍无名了。

　　对于沿湖村来说，参加这样的展会目的不是为了挣钱，而是把名声打出去。所谓"名利"，顾名思义，有了名，自然就有了利。为了让沿湖村的名声走出去，作为副镇长的崔卉，完全忘掉了自己干部的身份，她真正融入了沿湖村，把自己当成渔民中的一分子，发自肺腑地想为自己的村庄奉献一份力量。

　　摊位的辐射影响毕竟有限，只有路过的人才会来了解一下，有的甚至只是看上一眼，或者视而不见就过去了。崔卉看着摊位上的展品，漂亮的龙馒、鱼馒，放在渔民自己编织的竹筐里，安安静静地躺着，仿佛失去了生气。

　　崔卉对一同料理摊位的村民说，单是守株待兔不行，我们得主动出击，让这龙馒飞起来，让这鱼馒游起来。大家没听明白崔卉的话什么意思，就问："崔镇长，这龙和鱼都是面粉做的，怎么可能飞起来，游起来啊？"

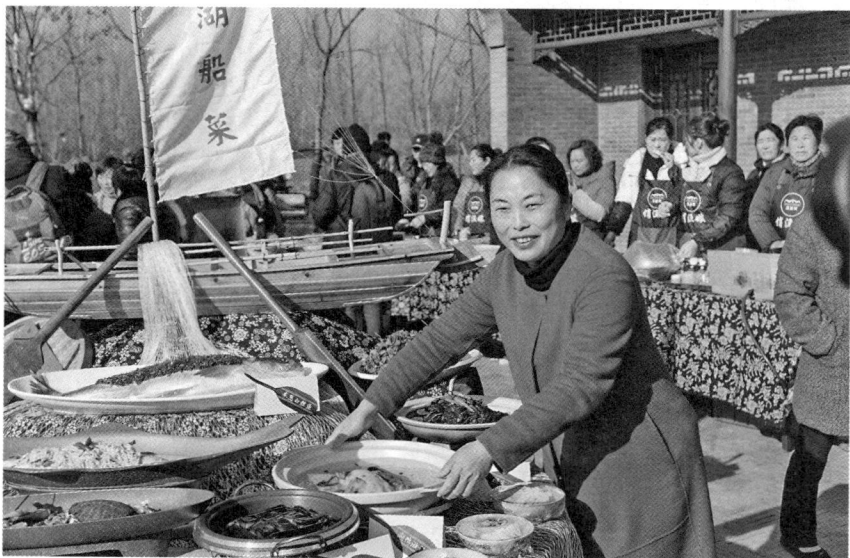

崔卉任方巷镇副镇长时向游客推介沿湖村特色美食（图片摄影：房远和）

　　崔卉说你们把摊位照顾好，该蒸的蒸，该喊的喊，我去外面转一圈。她抓起竹筐，一手托着筐底，一手扶着筐沿，走出展厅，来到人头攒动的广场上。那时候崔卉刚满四十，人长得漂亮，穿着打扮也精致，走在人群里很是亮眼。大家看她手里举着一个竹筐，很是好奇，走近了一看，一个个都被惊艳了，不知道这是什么。崔卉赶紧解释，这是我们沿湖村渔娘用面做的龙形馒头、鱼形馒头，大家可以去摊位上看看，一会儿结束了全部免费送给大家。

　　这么赏心悦目的东西，还免费送，这么一宣传，围拢来的人更多了，大家纷纷问，摊位在哪儿？尤其是跟着大人参展的小孩子，死活拉着大人要过去找摊位。崔卉热情地给大家指路，往里走，第三排第二个摊位就是，记住了，我们的村叫"沿湖村"。

　　崔卉这边正得意扬扬，突然有人跟她打招呼："崔镇长，你托着个筐子，干什么呢这是？"崔卉一看，是熟悉的人，把手里的竹筐往前举了举，这都看不出来吗？为我们沿湖村做宣传呢。朋友一听有点不可思议，说你大小也是个领导干部，怎么还端上筐子亲自上阵了，多尴尬啊，指挥指挥就行了。崔卉说，现在还不行，渔民们没见过这么大场面，还放不下面子，我得先带带他们。这边刚说完，她想起似乎忘记说了什么，赶紧补充说道，来了可得到我们沿湖村摊位上看看，将来带上亲戚朋友去我们村里做客，我接待你们。朋友笑着跟她打趣，你一口一个"我们沿湖村"，真把自己当成沿湖村人了。崔卉说，那可不是。说罢她转身又去别的地方宣传了。

　　崔卉在广场上一圈逛下来，沿湖村摊位上的人明显多了起来。刘德宝母亲马长云现场制作的龙形馒头吸引了很多人围观。一块普通的面团，在马长云的手中左揉右捏，很快，一个龙的造型就初具规模了，再用剪刀剪出鳞片，整条龙就栩栩如生了，待到点上龙的眼睛，龙馒立马就有了灵魂。围观的人纷纷拍手称奇，夸得马长云还有点不好意思。她怎么也不会想到，这些渔家妇女必备的面点手艺，平日里只用于开捕或是逢年过节的祭祀，但在城里人和外地人眼中，竟然成了难得一见的艺术品，被那么多人拍照留念、鼓掌称赞。

⑩ 绘就一张蓝图

烟花三月的沿湖村，百花竞相绽放，粉白色的花朵浓烈却不妖娆，在绵绵细雨的映衬下格外晶莹剔透。尤其是配上蒙蒙烟雨，桃花源的所有美好意境便在邵伯湖岸边的这个小渔村完美呈现了。鸡犬相闻，屋舍俨然，整个村庄干净整洁，不远处的湖面碧波荡漾，清脆的渔号子声划破长空，一张张大网在空中张开，落入水中，随着渔民一把把将渔网拉起，大大小小、品种不一的鱼在船舱里跳跃、翻腾起来。那是一幅丰收的画面，好比是农民将稻谷一袋袋倒进粮仓，幸福与满足全写在了脸上。一分耕耘一分收获，刘德宝带领沿湖村渔民先后开发出 12900 亩的养殖水面。2016 年的时候，全村水产品产量就达到了 1100 吨，产值 4700 万元，村集体收入达 105 万元，村民人均纯收入达到 2.64 万元。

从一个偏远、闭塞、贫穷的小渔村，到远近闻名、颇受城里人青睐的绝美村庄，沿湖村发生了翻天覆地的变化，水越来越清，空气越来越好，乡村建设越来越美，人民生活越来越幸福。沿湖村用实际行动向世人阐释了"一张蓝图绘到底"的深刻内涵。

绘就蓝图需要因地制宜、精准施策。无论再贫瘠的土地，再艰苦的环境，再突如其来的变化，只要因地制宜、因势利导、随机应变，定能探索出属于自己的蓝图。这是刘德宝对沿湖村的思考，也是他持之以恒的实践探索。

2014年的沿湖村如同一张白纸，这张白纸干净、纯粹，若是新手作画，这张纸很快就会失去原有的价值，若是大师制作，自然会价值不菲。刘德宝懂得其中的道理，他尽管有远大理想，但术业有专攻，这事还得有专业的人来做。

2014年，刘德宝做了一个大胆的决定，重金邀请专业的设计师，为沿湖村绘就未来发展的宏伟蓝图。对沿湖村来说，这犹如一颗富民的种子，在小渔村乡土乡情的孕育中破土而出。

在很多人眼中，乡村旅游其实很简单，无非是钓钓鱼、打打牌、吃顿饭。刘德宝不这么认为，乡村旅游如果都是"千村一面"，没有自己的特色，这条路肯定不会走得长远。

早在2012年，填塘工程接近尾声的时候，刘德宝整天整夜满脑子想的都是，如何让生他养他的沿湖村走上一条独具特色的乡村振兴之路。

北京同和时代旅游规划设计院早在2007年就被国家旅游局认定为"全国甲级资质旅游规划设计单位"，是一个长期从事旅游、休闲领域研究和规划设计的复合型团队，在全国各地先后完成了很多乡村旅游规划的成功案例。刘德宝特别认同他们的理念，即"同和"代表"志同道合、和而不同"。

地处长江北岸的一个小渔村，同远在千里之外的首都知名设计公司对接，并不是一件特别容易的事情。在这件事情上，时任方巷镇副镇长的崔卉起到了积极的助推作用。

同和设计院派来的设计师莫克力是清华大学毕业的高才生。2012 年，她第一次踏上沿湖村土地的时候，渔民还都生活在船上，所谓的"村庄"连基本的雏形都没有。这样的渔民村庄，想要走乡村旅游路线，支撑点在哪里呢？

刘德宝介绍说，我们这个小渔村，虽然规模不大，人口也算不上多，但是已经有将近上百年的历史，村民也是来自四面八方好几个省份，有南方的也有北方的，南北文化在这里交融，不管是生产生活方式，还是饮食文化，都有自己的特色。为了印证自己的说法，刘德宝特意给莫克力看了去年组织的文化美食节的照片和新闻报道。

"百年渔村，文化传承。"刘德宝掏出之前准备好的沿湖村渔技、渔歌、渔俗等各方面的资料，单是文字就有一万多字，外加乡村旅游直通车开通时准备的讲解词，厚厚的一沓放在设计师的面前。刘德宝说，乡愁是最大的卖点，将城里人吸引到农村，将村里的人留在农村，如果能有系统完善的旅游保障，同时再整体提升一下旅游资源配套，肯定能走出一条乡村振兴的样板之路。

莫克力走在填塘完工的沿湖村，站在烟波浩渺的邵伯湖大堤上，"古村""文化""乡愁"这几个词语在她的脑海中盘旋，远望、深思、冥想，在湖水、船舶、土地中寻找设计灵感。

一幅美丽生动的画，需要多种色彩渲染，如何在一张白纸上画好沿湖村的美丽乡村图景呢？一次没找到感觉，两次多少有点感觉，为了当好沿湖村的"美术师",莫克力前前后后20多次来到沿湖村考察,她想把自己真正融入这个村庄,这块土地,这片湖水。功夫不负有心人,一幅生动的乡村田园画卷在她脑海中出现。

想要高质量完成一幅好的设计作品,创作者不但要有丰厚的知识储备,还需要丰富的创造力,需要付出非同寻常的心血。一份付出就是一份成本,最直接的反映就是它标注的市场价值。

当刘德宝听说完成村庄的整体设计图价格的时候,眉头猛然皱了一下。虽然相比前些年,村里通过围网养殖和对外承包村集体水域,经济上有了明显改善,但80万元成本的一张设计图,对于当时的沿湖村来说,无疑是一笔巨款支出。

消息传到沿湖村渔民耳朵里,大家顿时就炸开了锅,不单是本村村民,周边村庄的人听了,都惊掉了下巴,"80万买一张设计图纸,这纸是金子做的吗?就是金子做的,也卖不了这个价格啊!"

茶余饭后,或是不打鱼的时候,大家聚在一起猜测议论,村里经济这些年虽然发展上去了,但也不能这么花啊,甚至有人怀疑,德宝书记不会是"膨胀"了吧?

一个村庄想要发生蝶变,离不开一个坚强的基层党支部的引领。党支部要有力量,一个好的带头人至关重要,除了自身要具备过硬的能力,还要有强大的向心力和凝聚力。好的带头人就像是大雁飞行时的"领头雁",能以上率下,把准方向,阔步前进。"给钱给物,不如来个好干部。"这是老百姓朴素的语言,也是发自内心最真实的想法。

作为沿湖村的带头人,刘德宝内心的压力比谁都大,乡亲们能不能过上好日子,他要付出的比任何人都要多,甚至在这途中还会遭到质疑。晚上躺在床上的时候，他听着湖水拍打船体的"啪啪"声，觉得自己就跟那一朵朵浪花一样，村庄就像浩瀚的邵伯湖。浪花只有融入大湖才不会干涸，一个村庄也一样，在时代的浪潮中，只有跟上时代的节拍才能不断汇聚发展力量。

对于渔文化，刘德宝再了解不过，他懂得这份自然和文化遗产的珍贵，但是要想走到更远的地方，必须敢想敢干，有张装着远大未来的宏伟蓝图。在一次外出学习的培训课上，一位老师在课堂上讲述的观点让刘德宝大受启发：文化定神针、策划定乾坤、规划定千里、建筑定江山。沿湖村的文化具有自己专属的独特性——基于生态的渔业文化，这在苏中以及苏北地区都为数不多。

刘德宝十分清楚，想要把渔文化发扬光大，小打小闹肯定不行，更不能盲目自信，必须跳出沿湖村看沿湖村，以更加宏观和专业的眼光，瞄准市场前景，有方向地去谋划沿湖村的发展，而不是像过去一样，摸着石头过河，这样的话走得慢不说，还容易犯方向性错误，但是要想行得快、看得准、走得稳，必须有专业的、科学的、长远的谋划。

渔民特定的生活环境影响下，文化知识缺乏，没出过门、见过世面，村民的眼界没有那么宽，很多人只注重当下是不是实惠，只有立马能将利益拿到手，心里才算踏实。对于一些遥远的规划，有的渔民觉得有点不真实，不敢去尝试。而且，渔民们通过围网养殖，家庭收入相比之前有了明显的提高，对于当下的生活有了一定的满足感，面对刘德宝大胆的规划，很多人连想都不敢想。

对于这次邀请北京的设计师绘制蓝图的事，刘德宝先是召开党支部会议，讲述了自己内心的想法。他说，如果把咱们村看成一座房子，房子要想实现外观漂亮，里面利用空间又大又合理，造之前肯定要做一个精心的设计。哪边当客厅，哪边当卧室，怎么样能实现空间最优化，有很多技术成分在里面。建房子需要请设计师，规划一个村庄也一样，毕竟咱们走的是新农村建设路线，不像是以前农民盖房子，三间大瓦房算是好房子了，以后咱们不但要住楼房，而且要住漂亮的楼房。

刘德宝说，我说了这么多，其实只是想表达一个意思，沿湖村需要一个整体规划，前期的设计蓝图需要一笔不小的经费投入，之所以召集开这个会，就是要先统一一下意见，到时候再召开村民代表大会，咱们一步一步来。

作为党员干部，大家都知道书记的心思，一心想着把村子建设好，都没有意见，但还是有些村民觉得这样的支出太过离谱，毕竟现在大家的日子一天比一天好了，不少人存在"比上不足比下有余"的想法，心里挺知足的。

刘德宝苦口婆心，一番话最终打动了大家。他说，我们今天做这件事情，不单是为了我们自己而做，更是为了我们的子孙后代去谋划，只要程序规范合法，符合市场发展规律，咱们就应该做，而且必须做在人家前面。我们用 6 年时间把 600 亩水塘填平，这是当初大家都不敢想象的事情，今天我们做成了。做村庄的整体规划也一样，这注定也是一个漫长的、艰苦的过程，即便在我们这一代人身上实现不了图纸上的项目完整落地，我们还有下一代，我们"一张蓝图绘到底"，一任接着一任干，只要我们秉持一颗公心，就不要担心步子迈大了，毕竟形势的发展都是留给有想法、有准备的人的。

这一番描绘沿湖村未来发展壮阔图景的豪言壮语，听得人们热血沸腾，那些朴实的渔民，听到刘德宝说为了子孙后代的时候，先前的犹豫瞬间变成了支持。哪一个父母不热爱自己的孩子呢？自己再苦再累都可以，只要孩子能生活得好，他们都会觉得值得，这是全天下父母对于子女无私的爱。在这一点上，生活在沿湖村的人们一点也不例外。

刘德宝的话说得大家心里热乎乎的，对未来充满了向往。现场就有人表态，书记我们信你，你说咋干就咋干。有人挑头，大家都跟着附和起来，"书记，你就带着大家向前奔，我们相信你。"

对于设计师莫克力来说，这可能是她的职业生涯中最富有挑战性的一次。好的设计师自然也爱惜自己的羽毛，莫克力太想为沿湖村交出一份完美的画卷，为了她自己，也为了沿湖村那些渔民期待的眼神，她把自己的老师魏小安专门从北京请到了沿湖村。魏小安是北京同和时代旅游规划设计院的首席顾问，还是中国社会科学院旅游研究中心研究员、中国旅游研究院学术委员会主任，不但有大量的理论专著，还有丰富的实践经验。

国内顶尖的设计师参与此次任务，让莫克力心中添了更多的自信。不仅如此，考虑到沿湖村经济紧张，莫克力甚至不惜自费带着刘德宝一行人，专门到北京的古北水镇参观学习。这次北京之行，让刘德宝大开眼界，也让他为沿湖村乡村旅游的后期设计注入了"魂"。

古北水镇位于北京密云区古北口镇，北倚司马台长城，汤河流经全域。小镇整体风格古朴典雅，春夏秋冬四季景色分明，自落成以来，成为辐射北京及河北一带少有的郊游好去处。

小镇里的一宅一屋、一砖一瓦、一梁一柱、一桥一台无不散发着古朴典雅的味道，无不流露着历史沉淀的气息，无不彰显着北国水乡特有的魅力。说它"古"，并不是因为它仿古，而是它真真切切的"古"。设计师将原本山西要被改造拆除的老建筑的砖瓦和柱子，拆除后进行编号记录，然后在古北水镇内按原貌一砖一瓦复建，只为还原一个最为原始的古镇风貌。

刘德宝北京之行回来之后，当时沿湖村渔民上岸定居二期规划已接近尾声，但他却执意推翻了原有的方案。这到底是为什么呢？

乡下有句俗语：稻谷越饱满，离土地越近。刘德宝说，北京的古北水镇仿造的是山西建筑，一砖一瓦都是从山西运过去的，最大程度上保持了原汁原味，而这恰恰也是沿湖村所需要的。

后来，渔民上岸定居二期规划全部被修改，小区依水而建，渔船可以从邵伯湖直接进入小区，最大程度保留了渔民的生活习惯和特色。

莫克力说，乡村旅游规划一般分为两种，一种是将原住户全部迁出，由开发商请设计公司整体规划，乌镇是最为典型的代表；另一种是依托原有乡村建筑，简单对村容村貌进行设计。沿湖村，这个非常规意义上的村庄，想要走乡村旅游的新路子，就要深度开发渔家文化，放大乡情乡愁，让更多的人来到这里，让他们既能充满好奇、耳目一新，又能在诸多元素中找到共鸣以及对乡土生活的情感寄托和向往。

沿湖村设计图一推出，就被展示在村口的广场上，每个村民从面前路过，都要驻足看上一会儿，图上有小桥流水、亭台楼阁，还有错落有致、建造精美的一排排小别墅，河水在村庄流淌，树木繁茂，百花姹紫嫣红。大家心里欢喜，但多少还是有点不敢相信，将来自己真的可以生活在这样的村庄吗？

刘德宝也时常在那块宏伟的设计图面前停下，看着看着，脑袋里会闪现出一种遐想，若是自己轻轻一推，设计图倾倒在沿湖村的土地上，如魔

沿湖村鸟瞰图

法一般，原本图纸上平面的画作慢慢立体起来，越来越大，变成了真实的房屋。但是，现实里没有这样的法力，只能凭借整个沿湖村人民的齐心协力，一点一滴，一砖一瓦，将自己赖以生存的家乡建设得越来越美好。

设计图美如画卷，但首先必须面对艰难的现实。单是要付给设计公司的 80 万元设计费，就远远超过了沿湖村的财政资金，当时，村里东拼西凑，勉强才凑出了 40 万元，剩下的钱实在无处筹集，最后还是以方巷镇政府的名义，向企业借了 40 万元。

很多年之后，大家越来越深刻认识到，正是这张蓝图，给沿湖村带来了发展的先机和生机，他们也更加佩服刘德宝的魄力与眼光。对沿湖村来说，图画变成现实，特色的渔村文化，将是一棵金色的梧桐树，有了这棵梧桐树，自然会招来金凤凰。前面的路注定难走，刘德宝带领大家熬过了这段历程，为沿湖村日后的成功打下坚实的基础。

11　乡村旅游直通车开进了沿湖村

　　旅游业是综合性产业，关联交通、餐饮、酒店等多个行业，涉及面很广，带动性和辐射作用也很强，已经成为经济社会发展中最具活力的新兴产业，对于扩大就业、促进群众增产增收、改善群众生产生活条件、推动地方经济发展都具有十分积极的作用。

　　2014 年 8 月，国务院印发《关于促进旅游业改革发展的若干意见》，提出要大力发展乡村旅游，加强乡村旅游精准扶贫，扎实推进乡村旅游富民工程，带动贫困地区脱贫致富。

　　同年，江苏省人民政府发布《关于全面构建"畅游江苏"体系促进旅游业改革发展的实施意见》。其中，在拓展旅游空间方面专门强调，要大力发展乡村旅游：依托当地区位条件、资源特色和市场需求，挖掘文化内涵，发挥生态优势，突出乡村特点，开发一批形式多样、特色鲜明的乡村旅游产品。推动乡村旅游与新型城镇化有机结合，合理利用民族村寨、古村古镇，发展有历史记忆、地域特色、民族特点的旅游小镇，建设一批特色景观旅游名镇名村。加强规划引导，提高组织化程度，规范乡村旅游开发建设，保持传统乡村风貌。加强乡村旅游精准扶贫，扎实推进乡村旅游富民工程，带动贫困地区脱贫致富。统筹利用惠农资金加强卫生、环保、道路等基础设施建设，完善乡村旅游服务体系。加强乡村旅游从业人员培训，鼓励旅游专业毕业生、专业志愿者、艺术和科技工作者驻村帮扶，为乡村旅游发展提供智力支持。

政府政策是地方发展的风向标。从国家到江苏省相继出台的发展乡村旅游的文件，如同一阵春风，很快吹向江苏十三个地级市。这是一粒希望的种子，如果被人把握住，种在肥沃的土壤之中，并付出心血和汗水精心呵护，一定能顺利地生根、发芽，并茁壮成长。

如果用一句话概括沿湖村发展乡村旅游的成功历程，那就是遇到了"天时地利人和"。"天时"说的是政府大力发展乡村旅游的政策；"地利"优势体现在沿湖村填塘成功，第一批渔民顺利上岸定居，具备乡村旅游的地理空间；"人和"则是有时任分管宣传的副镇长崔卉、沿湖村核心领军人物刘德宝以及团结奋进的沿湖村村民。

作为分管宣传的副镇长，崔卉在工作中经常跟记者朋友打交道，一来二去，大家慢慢熟悉起来，外加她工作用心，对待每一个人都很真诚，时间久了，她与很多记者成了如兄弟姐妹般的朋友关系。

时间进入 2014 年的初秋，长江中下游地区依然处在高温笼罩之中。有一天，崔卉跟朋友一起吃饭，聊着聊着，她下意识就把话题聊到了沿湖村，绘声绘色讲起了沿湖村渔民独具特色的渔文化，以及他们在渔民文化美食节上组织的一些活动，说得大家都很感兴趣。

　　一个记者朋友听了，放下筷子说，崔姐我给你说件事，看你能不能抓住机会，前几天市里领导开会，提出要积极贯彻落实国务院和江苏省政府关于乡村旅游的政策精神，计划在明年春天选择几个有代表性的村庄，开通扬州首班乡村旅游直通车，你们沿湖村要是能抓住机会，赶上乡村旅游的第一班车，对将来整体发展肯定会有很大帮助。

　　机会是留给有准备的人的。能搭上政府政策扶持项目的首班车，对沿湖村的乡村发展意味着什么？作为体制内工作的人，崔卉再明白不过。她把消息告诉刘德宝的时候，刘德宝正站在邵伯湖与沿湖村中间的大堤上，西边是第一批上岸定居的渔民，一排排小洋楼坐落在厚实的土地上，像是一棵树在泥土中扎下了深深的根；东边的湖面上，有渔船停靠在湖边，有渔民在湖面上撒网捕鱼。渔民们的居住条件改变了，但生活方式依然和原来没什么两样。

　　如何让渔民过上更体面的生活，是刘德宝时常在思考的问题。崔镇长的信息一下子让他找到了沿湖村发展的方向。以前虽然也组织过"杀围节"、渔民文化美食节，但这样的活动，耗费的精力大，消耗的资金多，尽管一定程度上扩大了沿湖村的知名度，但产生的经济效益并不是很可观，而且这些活动只能在每年的特殊节点组织，不可能每天都开展。

　　刘德宝跟崔卉商量，全市那么多乡镇和村庄，比经济沿湖村肯定比不过人家，那咱就跟他们比风景、比文化，咱们背靠着 98 平方公里的邵伯湖，有着全市唯一行政渔业村的身份优势，咱们还得依靠"渔文化"来参与这次竞争。

　　既然是旅游，就必须得有一条明确的线路，在这条线路上必须解决好三个问题：游客看什么，玩什么，吃什么？

在这之前，刘德宝收集了大量跟渔文化有关的东西，比如渔民日常生活用的物品，渔民捕鱼用的工具，以及在渔民中世代传唱的《打渔令》，等等。2014 年，填塘成功之后，沿湖村投入四万块钱，筹建了一座"渔文化博览馆"，那些反映渔民生产生活方式的工具与资料，有了属于自己的容身之处。当初建这个博览馆，作为一个村子的领头人，刘德宝是有长远考虑的。沿湖村在他心中就是一个大家庭，每一个渔民都是家里的成员，村庄的一草一木都亲切得如同身上的发丝。那些被淘汰掉的生活用具或生产工具，每一件都是一代人、一段时光的见证，它们有了归宿，渔民内心深处对过往岁月的情感也就有了归宿。

对一次旅程来说，过程越饱满，游客越有体验感。沿湖村的乡村旅游线路，单纯地走走看看，吃吃转转，虽然也能让游客体验到不一样的风景，但总感觉还是缺少点什么。单纯是有物件还是不够，要赋予每一个物件生命，就是让它们中的每一个都能有独具特色的背景介绍或者故事。

崔卉对刘德宝说，我们分头行动，一方面在之前搜集整理的"渔文化"故事基础上进一步深挖，争取让讲解更加丰富一些，这点刘书记你来负责；我来联系镇文化站，一起参与写出一篇拿得出手的旅游讲解词，到时候再找一个相对专业的讲解员，准备工作弄好之后，我们先走一遍，把具体的时长和内容确定一下，等市里的政策一出来，我们第一时间向区里、市里申报。

沿湖村的前世今生，渔民生产生活中颇具特色的祭祀民俗、年蒸民俗、说唱习俗、渔家船菜等，这些朴实的渔家生活日常，一一被融入旅游线路的规划之中。

为了让游客的体验感达到最佳，崔卉专门找到镇文化站的站长，在文化站选出一个具备讲解员形象和气质的小姑娘。小姑娘名叫谢燕，之前做过幼儿园老师，形象好，说话的节奏让人听着也很舒服。

谢燕一听说要自己当旅游讲解员，吓得赶紧往后躲，说我带带三四岁的小孩子还是可以的，给一群大人当导游，这我可胜任不了。崔卉说你不用紧张，我陪着你多练几遍，大人小孩都一样，到时候你别把游客当大人，就当他们是你之前幼儿园班上的小朋友。

谢燕还是不自信，问崔卉："崔镇长，你真觉得我行？"

崔卉说："当然行，你相信我，我看人绝对没问题。"

从进沿湖村，到走完中间的设定参观点，一直到邵伯湖岸边，整个路线拟定在一个小时，讲解词写了十几页纸，有一万多字。谢燕看得眉头直皱，对崔镇长说，内容太多了，我背不下来。崔卉说，不着急这一时，多练几回就好了。

秋老虎的威力不容小觑，白天太热，模拟讲解只能放在早上和傍晚。或是在清晨太阳的威力还没有发挥出来，或是在傍晚太阳的热度已经偃旗息鼓的时候，刘德宝和崔卉陪着谢燕开始了一次又一次的模拟讲解。崔卉说，景点讲解不能靠死记硬背，要把自己融入这个场景，到哪个地方，该说什么话，要很快在你脑子里闪现出来，比如说你看到渔船，就要想到怎么介绍它的名字、结构以及具备的功能，渔民怎么在里面生活，等等。

谢燕不是渔民后代，有的知识点记不准确，记着记着就记串了。一遍不行就两遍，两遍不行就三遍，他们一遍遍走在沿湖村村口到邵伯湖大堤的路上，村民看见了觉得好奇。大家不认识谢燕，就问刘德宝，书记你们这是在干吗呢？一趟趟地来回跑，天这么热，都折腾几天了。刘德宝说，咱们村马上要搞旅游了。村民听了不敢相信，问真的假的，咱们村真能搞

崔卉任方巷镇副镇长时积极参与沿湖村乡村旅游宣传工作（图片摄影：房远和）

起来旅游？崔卉补充说，那当然，你们之前的活动每次都举办得那么精彩，外面人喜欢得很，你们到时候把渔家饭都做好，将来都能挣上钱。大家听了，笑得合不拢嘴，真要是那样，我们都能过上好日子了。好日子，是沿湖村人民心驰神往的奋斗目标，也是亿万中国人民最为美好的生活向往。

能不能搭上乡村旅游的头班车，刘德宝说了不算，崔卉说了也不算，把前期准备工作忙完，崔卉就带着刘德宝赶紧到区文旅局汇报沿湖村乡村旅游的筹备工作，向区里争取来年乡村旅游的项目。文旅局的领导一听，还挺意外，你们这消息还真是灵通，市里刚开完会没多久，区里正准备布置这项工作，你们已经筹备好了。崔卉说，我们沿湖村这不是想赶头班车吗？不提前准备不行啊。局长说，"我们沿湖村"，崔镇长你真是把自己融入这个村子里了，不简单。崔卉说，主要是渔民们不容易，日子过得太清苦了，现在村里填塘工程已经基本完工了，部分渔民已经上岸定居，要是能抓住乡村旅游的机会，帮助他们一步步摆脱贫困，也算是尽了我作为基层干部的一份责任。

在这之前，沿湖村举办的系列活动，都邀请了文旅局的领导参加，大家对沿湖村渔民的生活热情和特色民俗都印象深刻。这次村里、镇里的领导又专门跑过来申请项目，让区里看到他们走乡村旅游发展路线的坚定决心。多种因素融合到一起，沿湖村迎来了乡村旅游的新机遇。

原以为万事俱备只欠东风，不承想，区里领导一个电话，沿湖村遇到了新的难题。领导在电话里说，这次乡村旅游，游客可不是零零散散地过去，一次至少是一辆大巴车，你先看看沿湖村进村的道路情况，还有就是去那么多人，餐饮能不能跟得上，我说的跟得上是要让游客有良好的体验感，不能说去了一次埋怨声一片，到时候要是出师不利，沿湖村以后再想走乡村旅游这条路就难了，区里、市里领导的脸上也挂不住。

对当时的沿湖村来说，这确实是一个棘手的问题。进村的路比较窄，跑跑摩托车、小汽车都是没有问题的，又宽又高的大巴车就不行了。路两边载满了树，电线杆子上的线高度不够，关键的问题是，这些树木和电线杆，都不属于沿湖村，而是属于周边几个村庄。

大巴车进村，是开展乡村旅游的开始，车子一旦进不了村，也就意味着前面所有的准备都将前功尽弃。刘德宝为这事愁得晚上睡不着觉，他作为书记，沿湖村的事情不管是协调还是商议，他都好组织，但涉及周边村庄就不好说了，虽然跟各个村的书记也都算得上熟悉，但这毕竟要迁移树木、改架线路，涉及的工程量有点大。更何况，乡村旅游花落沿湖村，不少村子都眼红，如果又是移树又是改线，全是为沿湖村作嫁衣，自己村子没有得到一点实惠，换作谁都会有意见。

关键时刻，身为副镇长的崔卉顶了上来，她把涉及的几个村书记召集起来，专门开了个会，把事情的前因后果都跟大家坦白说了，说这是我们邗江区第一个乡村旅游的项目，争取过来很不容易，不管遇到再大的困难，都必须一个一个解决，还希望大家能克服一下，给予大力支持。

有的村书记当场就提出意见了，说崔镇长你不能只顾着沿湖村的利益，而牺牲我们几个村的利益，有好事你也得想着我们啊。崔卉能理解他们的心情，不急不恼，说大家放心，我心里有数呢，这次我们凭着沿湖村的渔文化把乡村旅游先搞起来，将来这条路线成熟了，客人多了，肯定会产生辐射效应，你们作为距离最近的村庄，肯定也能跟着沾光，到时候大家一起跟着挣钱。崔卉这么一说，算是把路子说开了，原本还有点不情愿的村书记们，最终同意移树改线。

讲解问题解决了，大巴车进村的道路搞定了，沿湖村发展乡村旅游的希望也就来了。

"故人西辞黄鹤楼，烟花三月下扬州。"李白的这句脍炙人口的千古绝唱，为扬州这座古城平添了无限风韵，即便历经千百年，依然是城市最具流量和影响力的宣传语。每年春天来临之际，全国各地的游客从四面八方涌向这座城市，开始一场美景与美食的体验之旅。不管是瘦西湖、东关街，还是个园、何园、大明寺，这些经典的旅游景点，处处都是人头攒动，一派热闹非凡的场景。

但对于扬州当地人来说，城市景点的诱惑力远远不如乡村的田园风光，一是响应政府号召，把景点资源让给远道而来的游客朋友，二是因为扬州城本就是一座大的园林，去不去景点区别并不是很大。乡村旅游，成为城里人另外一种休闲娱乐方式。

2015年4月11日上午7：30，扬州开往各县（市区）的乡村旅游直通车举行首发仪式。一辆辆旅游大巴在扬州西汽车站整装待发，数百名市民乘坐旅游大巴从扬州城区出发，分别去往江都、邗江、高邮、仪征、宝应等县（市区），赏乡村美景，品农家菜肴，观民俗表演，享田园野趣。

这次同时发车的5条线路，覆盖扬州全市区域，在每周六和节假日发车，开展最美乡村一日游活动，属于扬州对乡村旅游的一次尝试。因为政府对乡村旅游线路实行补贴政策，票价也比较便宜，最贵的高邮线路也只需要90元/人。而邗江一日游直通车只要30元/人，是5条线路中最物美价廉的选择，虽然在当时名气不如其他几个乡村响亮，但特色丝毫不逊其他线路，不仅可以游览融徽派建筑风格与扬州建筑特色为一体的古宅甘泉陈园，还可以参观沿湖村的全市首家"渔文化博览馆"。平日里人们接触不到的花罩、枪船、凳篓、马灯等渔民生产生活用具，以及即将消失的枪帮、卡帮、网帮等渔具，对丝毫不了解渔民生活的城里人来说，是十分新鲜、颇具诱惑力的事物。

大巴车第一次驶进沿湖村，村民们才彻底相信，之前德宝书记和崔镇长说的乡村旅游真的来了。这个躲在邵伯湖岸边原本闭塞的村庄，曾经被忽视甚至鄙视的小渔村，被一群外来游客的惊呼声唤醒了。长年累月在钢筋混凝土的建筑中生活的城里人，站在沿湖村的土地上，呼吸着乡村泥土的气息，顿时感觉天也高了，云也淡了，就连压抑许久的内心瞬间都变得敞亮起来。

这绝对是一次超值的乡村游。每个客人只需要花费30元，而且包含来回车费，就可以到沿湖村进行渔文化的探索之旅，中午免费吃上一桌十菜一汤的地道渔家宴。这种超值的体验，是之前很多人想都不敢想的，如果是开私家车，单是来回的汽油钱也不止 30 元。

渔家宴定在沿湖村知棠园，在当时，这也是沿湖村唯一的饭店，饭店老板徐流正是刘德宝的连襟。2010 年的时候，沿湖村填塘工程还没有结束，绝大多数渔民还生活在邵伯湖岸边的渔船上，整个村子一家饭馆也没有。刘德宝心里装着一张大蓝图，将来渔民上岸之后，想要搞旅游肯定要解决游客的吃饭问题。

徐流正烧得一手好菜，谁家有红白喜事，都是他掌勺当大厨，尤其是做渔家宴，堪称一绝。有一次，一大家人吃饭的时候，刘德宝鼓励徐流正说，你菜烧得好，可以在村里开个饭馆，专门经营渔家菜。徐流正一听，把头摇成了拨浪鼓，跟刘德宝调侃说，你这书记当得可真好，一家人跟你沾不上半点光也就算了，怎么坑人的时候还专门想起了我，你看看咱们村，就这么多人，家家户户都自己做饭，天天吃渔家饭菜，一个个吃得都腻了，我再做渔家菜，到时候谁来吃？

刘德宝说你看看咱们村，目前没有一家饭馆，你要开了就是第一家，咱们现在正在填塘，将来要是大家都上了岸、定居了，把村子建得漂漂亮亮的，肯定会有不少外面的人过来，将来想在你这儿吃饭说不定都得提前预约呢。

徐流正说你可别给我画大饼，那到猴年马月才能实现，再说开饭店得有房子，我连房子都没有，在哪儿开？

刘德宝说咱们村部不是搬到新地方了吗？老村部现在空着，回头我跟大家商量一下，让你先拿来用，将来要是赚钱了，该交房租交房租。徐流正一听，说那破房子，还要房租？刘德宝说，我是说等赚钱了，毕竟那是村里的资产，又不是我个人的，房子虽然破，但位置好啊，将来就是咱们村的中心位置。

徐流正问，那要是赔钱了呢？

刘德宝说，赔钱算我的。

话都说到这份上了，徐流正觉得这事值得考虑一下。后来，在刘德宝的鼓励下，徐流正砌灶台，买炊具，打隔断，买桌椅，设备置办齐全，取名"知棠园"。之所以叫这个名字，也是有深意的，邵伯湖又称棠湖，作为世代靠湖吃湖的渔民后代，他对邵伯湖再了解不过，内心有着深厚的情感，一个"知"字看似简单，对渔民来说，却藏着无法诉说的深情。

徐流正专门挑了个好日子开业，客人却寥寥无几。渔家菜渔民天天吃，自然不会来，外面的人不知道，也不会有人来，徐流正愁得直挠头。刘德宝安慰他，这事急不来，要看得长远点。

饭店是刘德宝鼓励徐流正开的，不管是作为家里人还是村干部，他都要对人家负责任。这不单是一家饭店，而是一个风向标，如果这个饭店开不下去关门了，起到了负面的作用，以后没有人敢在这方面再做尝试。

为了帮徐流正引来客人，刘德宝每次去镇里开会，都跟周围乡村的村干部介绍，"我们村现在农家乐都整起来了，地道的渔家宴，鱼虾蟹都是野生的，你们肯定没吃过！"同行半开玩笑地调侃他，你们那穷地方能做出什么花样。有人抽空去了一趟，还别说，饭馆虽然不大，老板加服务员里里外外也就两个人，但菜烧得没话说，个个赞不绝口。有了口碑，一传十，十传百，三年经营下来，知棠园客人天天爆满，原有的空间远远满足不了现实需求。2014 年，徐流正又扩大了经营规模，增加了好几个包厢，即便是这样，遇到周末和旅游旺季，有时候要是不提前预订，想订个位置还真没那么容易。

乡村旅游直通车开进了沿湖村，一辆大巴车就是 50 多个人，包厢里坐不下，只能在饭店门前的广场上搭建了农村办喜事用的大红色喜棚，这个原本不上档次的半露天场所，在城里人看来却是一种很新鲜、很接地气的安排。十个人一桌，一桌挨着一桌，既吹得到春天的风，也看得到外面的景，一群人热热闹闹的，不了解情况的还以为是哪家在办喜事。因为没有隔挡，吃饭的氛围很热烈，原本相互之间不认识、不熟悉的游客，也开始攀谈起来，困在城市中的压力无形之间消失得一干二净。而这恰是旅游带给人们最好的效果。

看着外面吃饭的人熙熙攘攘，徐流正心花怒放，要是大家对这次旅游满意了，回去之后口口相传，说不定以后更多人会慕名而来，到时候他饭店的生意肯定会更好。

其实，当初告知徐流正要接待乡村旅游团的时候，他并不愿意，主要是价格压得太低了。一个客人才 30 块钱的标准，10 个人一桌也才 300 块钱，而自己正常一桌都要将近 1000 元的标准，旅游团的餐费勉强只够成本。刘德宝说还是那句话，你得看长远点，旅游团的接待哪怕一分钱不赚，这生意也得接，他们都是你的潜在客户，将来一个人哪怕只是再来一趟，你的利润就上来了。

事实证明，这个思路是正确的，后来陆陆续续有曾经参加乡村旅游的客人带上家人和亲戚朋友，再次回到沿湖村，看小渔村的别样风景，吃正宗地道的渔家菜肴。

乡村旅游直通车像是一把打开沿湖村乡村振兴大门的金钥匙，外面的人推门进来，看到了独具特色的渔文化。无论是沿湖村，还是游客，双方都好奇地看着对方，进来的人说，原来我们身边还有这么神奇的地方。沿湖村说，原来我真的不比周边的村庄差，甚至一定程度上说，还比他们更有优势，更具特色。

⑫ 要富口袋就要先富脑袋

　　一个人有生理的、物质的生命，也有思想的、精神的生命。一个民族、一个人群同样既有物质的生命，也有精神的生命。精神生命力是中国人民精神独立发展的内在动力，也是中国人民精神凝聚的力量源泉。千百年来，中国人民以顽强的生命力、深厚的凝聚力、坚韧的忍耐力、巨大的创造力而闻名于世。中国人民所具有的凝聚力是中华民族和中华文明长盛不衰的能量之本，也是中国抵御并化解各种危机、战胜各种困难和危险的力量之源。

　　在填塘上岸这件事情上，沿湖村人民用自己勤劳的实践印证了中国人民强大的精神生命力，这种勤劳勇敢、不畏艰难的精神品质在无数个白天与黑夜的奋斗中，战胜了一个又一个困难，打赢了一场又一场战斗。

　　填塘的这几年，在刘德宝的四处奔走之中，同时借助沿湖村渔民健硕的臂膀力量和在实践中探索出的智慧，大量的渣土石方从村庄不同的方向运来，在机器的轰鸣声中被倾倒在水塘和荒滩之上。沿湖村人民将邵伯湖大堤下 600 亩水塘荒地改造成土地，建起了渔民上岸集中居住小区，永远告别了水上飘摇的日子。

入住新宅的第一天晚上，对世世代代生活在船上的渔民来讲，具有跨时代的历史性意义。夜晚的邵伯湖已经变得宁静，一条大堤之隔的沿湖村渔民，躺在建造在土地上的房子里，辗转难眠。这是因为他们祖祖辈辈生活在渔船上，每天晚上睡觉，都是在摇晃的船舱里，做梦都能听到浪花拍打船帮的声音。

如今，渔民们住在宽敞明亮的乡村别墅里，睡在席梦思床垫上，反而睡不着了。很多人在夜里翻身下床，脚踩在地板上的时候，还有一种不真实的感觉，直到走出客厅，站在庭院里，望着繁星点点的夜空，才真正相信，自己是在土地之上了。他们和之前自己羡慕的农民一样，在地上扎了根，有了属于自己的一席之地。房子里有随时都可以使用的自来水，用电也不用像在船上那样吝啬，住的空间大了，每个房间都有专门配套的电灯，渔民们用着和城里人一样的马桶，上完厕所只需轻轻按一下按钮，所有的问题就都解决了，又干净又省事，再也不用深更半夜从船上摸黑下来，找一个没有人的地方当作厕所了。

渔民上岸了，物质条件有了质的飞跃，在渔文化的招牌之下，乡村旅游产业也取得了很大的进展。渔民的口袋富了，但在刘德宝看来，这还远远不够。

"富口袋"是万事的基础。人们常说"一分钱难倒英雄汉"，以形容贫困给人带来的尴尬境遇。"仓廪实而知礼节，衣食足而知荣辱"，乡村振兴的第一步，就是要让人们吃饱饭、吃好饭，在衣食住用行方面没有后顾之忧。而只有经济上的富足，是低质量的富裕。现实中存在太多的反面教材，有些人有钱了，没有用于长远的发展，而是直接挥霍掉了，比如聚众赌博、大吃大喝等，这样的富不算富。

沿湖村如何实现优化渔村产业结构、提升渔民文化水平是重中之重。因为，在未来的发展道路上，文化软实力不可忽视，既可以起到振奋精神、凝聚力量的作用，又可以成为转变思路的突破口、另谋发展的加油站。

早些年，村里鼓励大家围网养殖的时候，曾把大家组织起来，在村部办夜校，邀请专家传授渔民养殖技术，帮助沿湖村人民勇敢迈出探索的第一步。刘德宝觉得，这种模式放在上岸后的渔民身上同样合适。在这样的背景之下，沿湖村两委创办了渔家学堂。

渔家学堂培养出了"最美巧渔娘"（沿湖村供图）

到了晚上，在邵伯湖上忙完一天的劳作，在家早早吃过晚饭，不识字的渔民不约而同地赶往渔家学堂。村里组织有文化的渔民或是专门邀请外面的老师前来授课。来听课的不是孩子，而是不识字的大人。没有文化，限制了他们的脚步，也限制了他们的认知。在学堂里，他们认识了自己的名字，一笔一画，将自己被人叫了几十年的名字落于纸上，左看看，右看看，字体写得歪歪扭扭，但在他们眼中，却像是一幅美到极致的作品。从此之后，他们就和自己的名字画上了等号，自己就是那简单的两个或三个字，那个名字就是自己。除了学习一些文化知识，渔家学堂还陆续开设了乡村旅游、民宿餐饮、渔产品包装销售等课程，为渔民的世界打开了另外一扇窗。

⑬ 给钱给物，不如来个好干部

自从当上了沿湖村的党支部书记，刘德宝深刻理解了村干部的不容易。当然，这种难易程度，取决于村干部本人有没有一颗积极向上的心，是否抱有带领村民走出困境、走向富裕的决心和实践精神。

对于很多村民来说，村书记是他们能接触到的最大的"官"，这种情况普遍存在于中国的广大农村。对于相对封闭的沿湖村渔民来说，这种情况尤为明显。不管是涉及渔民帮派之间的矛盾纠纷，还是自己家里的婆媳矛盾、家长里短，大家第一个想到的是找刘德宝。这种选择，基于坚实的信任基础，刘德宝与沿湖村村民的关系，厚实得如一堵墙。这堵墙，是在日复一日、年复一年的相处中，用法理和情感的一砖一瓦砌起来的。

如何定位一个村书记的角色，是刘德宝经常思考的问题。在多年的理论学习和实践当中，他深刻认识到，做好基层工作，必须走好群众路线。如果把村民比作是湖面上的一条船，党委政府是岸上的陆地，那么他这个村书记就是架在船头和岸边的一块木板，一头连着政府，一头连着村民。

翻阅有关党史的学习资料，都能看到这样的描述：群众与基层，是中国共产党百年历史的厚重底色，是中国共产党百年奋斗的重要原点。中国共产党根基在人民、血脉在人民、力量在人民。中国共产党一经诞生，就把为中国人民谋幸福、为中华民族谋复兴确立为自己的初心使命。江山就是人民，人民就是江山，打江山、守江山，守的是人民的心。作为基层干部，要如何才能守住人民的心？刘德宝觉得，在这一点上，并没有什么高深的秘密，就是凡事想着村民、让着村民、爱着村民，时时刻刻把群众当作自己家里的人。

在沿湖村走访的过程中，很多村民说起自己和刘德宝的故事。这些故事都算不上伟大，却一个个都是那么真实。他们在讲述这些故事的时候，有人难抑激动，有人眼含热泪，从那一双双真诚的眼睛里，我能真切地感受到，那种情感是发自肺腑的。

在刘德宝看来，基层干部要做好两件事，一个就是要让村民知道干部在做什么、想什么，另一个是干部要知道村民想什么、需要什么。这是他担任党支部书记以来始终坚持的两个原则。如果不到镇里开会，刘德宝就喜欢夹着笔记本在村子里转，看看谁家有个急事、难事需要帮助。他有30多本民情日记。他把每件事都记录下来，每一条都保证给一个答复，这个习惯坚持了10多年。

马前圣是最后一批上岸定居的渔民，二层小楼宽敞明亮，家里的小院子也被收拾得干净利落。房前和屋后，各留着一小块空地，被村里统一用低矮的小篱笆工工整整地围拢起来，院子的主人可以在里面种上自己喜欢吃的蔬菜。虽然之前在船上生活，但渔民对于种菜似乎有天然的学习能

刘德宝在渔民家里入户走访（沿湖村供图）

力，他们把空地上的土壤翻松了，混入农家肥，土地一下子就有了养分。不管是哪一种蔬菜，根须都长得粗壮，叶子绿得泛黑。每当到了饭点，渔民们想吃什么，随手在这样的小菜园里拔上几棵，清洗干净，在调料的搭配下，很快成为人们餐桌上热气腾腾的美食。

这是生活的滋味，也是上岸之前渔民从来不敢想象的日子。

我问马前圣，住在船上和上岸定居有什么明显的区别？

他说那区别大了，这房子建在地上，多厚实，再大的风、再大的雨都不用担心，喝水也方便，自来水管一拧，水哗啦啦流不完，吃菜也方便，想吃什么，就在门前种一点，而且这屋里有电、有网络还有天然气，生活方便得很。

我又问，渔民们现在生活好了，大家还有什么担心的事情吗？

马前圣说，我们这日子来得不容易，现在吃穿不愁，住宿条件也好得很，如果说担心的事情，那就是怕换当家人，历经这么多年，经历那么多事，我们真正明白了一个道理——给钱给物，不如来个好干部。

村民信任刘德宝，是因为他对沿湖村和村庄里的每一个人都真正做到了自身正、自身净、自身硬。刘德宝自己心里明白，当初，乡亲们正是看中他做人本分、做事踏实，才把手中的选票投给了自己。

有人说，现在村干部越来越不好当，在群众中没有威望，说话也不管用。刘德宝却不这么认为，他觉得群众是最通情达理的，只要你把村里的事情办公正了，把事情处理明白了，老百姓心中自然有杆秤。不是有那么一句歌词吗？"天地之间有杆秤，那秤砣是老百姓"。村干部只要将心比心，凡事从老百姓根本利益出发，想着大家伙所想的，肯定能跟大家打成一片。

村两委开会的时候，刘德宝经常会在会上强调，干部，就是为群众干事的人，当干部就是给群众"打工"，要舍得下力气，宁愿自己吃亏也不能让群众吃亏。

我在沿湖村村民中间还听到这样几件事：

退渔还湖工程实施之前，国家对渔民有燃油补贴的扶持政策，每年到了八九月份，就会按时给渔民发放燃油补贴。每次钱拿到手，刘德宝都要庆祝一下，去熟食摊上买上几斤老鹅，让母亲烧上一条大鱼，再去村里的小卖部买上两瓶酒，招呼一家人坐下来喝上二两。

母亲问遇到了什么喜事？刘德宝说，党的政策越来越好，这不，又给咱们渔民发钱了，值得喝两口，庆祝一下。

燃油补贴，按照渔船发动机功率的大小定标准，功率越大，油耗自然也越大，能拿到的补贴就多。刘德宝父亲和弟弟的渔船发动机功率小，只有 4.4 千瓦，只能拿到 3000 多元的补贴，其他渔民最高可以拿到 2 万多元。

有人劝刘德宝，你是咱们村里的书记，在发动机功率的数字上随便做点手脚，你父亲和弟弟的补贴马上就能翻一番，神不知鬼不觉，他们的日子也能过得滋润一点。

刘德宝知道人家也是一片好意，但还是没忍住，硬生生地回了一句，"大就是大，小就是小，我是书记，要是做这样的事，老百姓会怎么看我，真要拿了这笔钱，我怕自己家的渔船把邵伯湖里的水给弄脏了！"

国家的政策越来越好，每年的燃油补贴收入可观，这些都要经过刘德宝的手，要是真想给家里人谋点福利，简单得很，也就是张个口、动个手的事情。刘德宝非但没让家里人沾自己的光，占过村里的一点便宜，对家里人要求还"苛刻"得很。

2015 年，村里投资建设两个民宿，装修材料需要很多原木，木工完工之后，会剩下很多边角料和碎木头块，村里人觉得扔了可惜，纷纷捡回家当柴火烧。民宿的位置紧靠着刘德宝父母的家，母亲马长云看到了，也想捡点木块回家生火做饭，可以为家里省点煤球。

马长云刚走出家门，刚好迎面碰见二儿子。儿子问，妈你这是干吗去啊？马长云说，家里柴火不多了，前面民宿装修，有些碎木头，人家都捡回家烧火做饭，我也去捡点回家。二儿子一听，赶紧拦住母亲："妈，你赶紧回家，一会儿我哥就回来了，他要是看到，肯定又该不高兴了。"

"人家能捡，我们家怎么就不能捡？"马长云虽然嘴上抱怨，还是停住脚步，转身回家了。和很多农村妇女一样，马长云没上过学，不识字，儿子当了书记，经常让自己家人吃亏，她有时候虽然会抱怨两句，但最终都会选择支持儿子。她特别喜欢电视剧《焦裕禄》，在日常生活中，焦裕禄对妻子和子女非常严格，要求任何时候都不能搞特殊化。他看到妻子到县委食堂提了一壶开水，立刻批评妻子："这个开水，你提了用，你可是方便了，但你是县委书记的老婆，不能带头破坏了办公的秩序"；儿子焦国庆看了一场"白戏"被焦裕禄知道后大为生气，狠狠训了他一顿，更在第二天带着焦国庆去剧场认错，并补上了戏票钱。

马长云说，老百姓都喜欢焦裕禄那样清正廉洁的干部，如今自己的儿子想要成为这样的人，我可不能拖了儿子的后腿。

亲爹亲妈都跟着沾不了光，别人就更不用说了。

村里有2000亩的芡实资源，有个亲戚想承包，找到刘德宝，说愿意出资30万元。消息一出，很快在沿湖村传遍了，那块湖面属于集体资产，承包费要是分到每户的话，平均每家能分到2000多块钱。

茶余饭后，村民对芡实承包的事情议论纷纷，都想着村里能早点跟对方签下合同，毕竟钱拿到手才是最实惠的。迟迟得不到签合同的消息，有部分村民甚至等不及了，一个人不好意思去找村干部，三五个人结伴到村委会，问承包的合同签了吗？村干部说，还没呢，大家还在研究。心急的人说这有啥好研究的，大家都着急等着拿钱呢，合同签了，钱拿到手才算数，一直这么悬着，要是人家突然改变了主意，到头来竹篮子打水一场空。

刘德宝听到动静，从屋里出来，说大家别心急，我得先了解一下行情，争取能为大家多争取点效益。有村民说，书记，30万不少了，大家伙都盼着早点把钱拿到手改善生活呢。他这么一说，剩下的几个人也赶紧跟着附和，是啊书记，欠的不如现的，早一天拿到钱大家早一天安心嘛。刘德宝说你们先回去，要不了多久，村两委会让大家看到结果。

亲戚也跟着趁热打铁，说德宝你看看，村里人积极性多高，你这当书记的，民意不可违啊。

刘德宝对亲戚说，你也知道，这么大的事情，得有村委会和村民代表集体决定，我自己说了不算，得按照程序招标。

亲戚一听说要招标，心里慌了，私下里又找到刘德宝，死缠烂打，说自己家里有困难，想承办下来改善一下，辛辛苦苦干上几年，让家里人过上好日子。说到动情之处，哭得鼻涕一把泪一把。

刘德宝安慰亲戚，咱们是亲戚，你有困难我知道，但是困难家家有，真要是日子过不下去了，别说咱们沾亲带故，就是别的任何一个村民，村委会一样会想办法帮助，但这次芡实招标是村两委会的决定，必须得按照规矩办，到时候你按照程序投标就是了。

没能得到刘德宝支持，亲戚显得很不高兴，把脸拉了三尺长，气呼呼走了。

不是刘德宝故意为难自己家亲戚，是因为亲戚出的价格太低了。村里人不怎么关注外界的信息，不懂芡实的市场行情，一门心思只想着早点把钱拿到手。刘德宝专门上网查了芡实的市场价格，远高于亲戚给的租金。

后来，在芡实承包项目招标会上，一个外地客商最终以 75 万元中标，超过亲戚出价的两倍还多。每户村民分到了 5120 元芡实承包收入。意外多收了大红包，村民们一个个开心极了，说还是德宝有远见，了解行情，让咱们村民多受益这么多。

不是刘德宝针对自己亲戚，他只是想一碗水端平，尽最大努力把事情做得公平公正。作为土生土长的沿湖村渔民，刘德宝对这片湖、这片土地有着深厚的感情，他爱脚下的每一棵花草，更爱世代生活在这里的父老乡亲。

这种爱，是一种藏在心底的浓厚情感，也正是这份情感，让刘德宝对土地的挚爱、对渔民的挚爱，更成为一种力量，让他在带领村民奔向富裕的道路上敢于尝试、敢于担当。

在这一点上，村干部刘安说，刘书记没有半点私心，我最有发言权。刘安说，我给你们讲个故事吧。我们村里水多，野塘子也多，有水的地方就有鱼。有一次，大家在清理一处野塘时，水抽完了，几条野生鲢鱼"噼里啪啦"在水汪里跳得欢实得很，在我们这小渔村，鱼这玩意在老百姓眼里不值钱，看到那几条鲢鱼，我顺口说了句，书记，你爱吃鱼，这几条鱼你就拎回家吧。我刚说完，就看书记脸拉了下来。书记说，这鱼带回家，我能吃得下吗？我就知道我说错话了。

后来，在村两委会议上，刘德宝又专门说了这事。他说这是件小事，今天说这个也不是为了批评谁，几条鱼不值钱，但野塘也算是村里的集体资产，我要是把鱼提回去了，老百姓看到嘴上不说，心里会怎么想咱们这些党员干部？在这儿呢，我也再强调一下，以后凡是村集体的东西，不管大小，一律要充公。

后来，刘德宝让刘安把村里的会计喊上，一起去把那几条鲢鱼卖掉，所得的100元入了村集体的账。负责保洁的阿姨说，我在村里干活，有些小事特别让人感动，就比如说村部每次收集的旧报纸旧纸箱的钱，每一笔都记得清清楚楚。

刘安说，书记虽然批评了我，但人家把样子树得好，为人办事心里都只有沿湖村，从来没有半点私心。

法国著名作家罗曼·罗兰说过："灵魂最美的音乐是善良。"从小身处在贫困生活中的刘德宝有善良的心灵和朴实的情怀，每当生活在沿湖村的人遇到困难，即便别人不找他，只要他知道了，总会无私地雪中送炭。

家里人沾不了光，亲戚占不了村里的便宜，自己不拿村里人一针一线，却常常在面对困难群体时自掏腰包，而且即便是做了这样的好事，刘德宝也从来不张扬。若不是受到帮助的人亲口说出来，这些事大多数人并不会知道。

在刘德宝儿子刘雨童年的记忆里，很多年的除夕夜，父亲都要接一个跟自己家里毫无血缘关系的老人回家过年。老人名叫孙其友，是村里的五保户，没有子女，也没有亲人。

共同生活在一个村子里，对于孙其友，刘德宝并不陌生。早些年，老人身体还算硬朗，虽然生活有些邋遢，但人还能活动，没事的时候能在村里四处走走。随着年纪越来越大，身体也一年不如一年，后来听力也越来越差，生活慢慢开始不能自理。平日生活里，村里事务不忙的时候，刘德宝就会到孙其友家里看看，药瓶子要空了，去镇里开会的时候，就去趟药店，对着药瓶子上的名字买上几瓶，给老人带回来。床上的单子、褥子脏了，刘德宝就把被子拿到院子里，洗洗晒晒，干了再给换上。

这些琐事，如同邵伯湖中的一滴水，渺小、朴实，放在偌大的湖水里瞬间就无影无踪，落在厚重的土地之上，瞬间被泥土吸收而消失不见。但很多时候，一滴水的力量也不容小觑。雨天的时候，一滴一滴的水从屋檐上滴下来，以千百次的不懈努力，将下面的土地以及砖石击穿形成一个孔洞。若是放在阳光之下，一滴小小的水珠，一样能绽放出耀眼的光芒。

刘德宝慰问沿湖村困难群众（沿湖村供图）

刘德宝做的这些小事，就像是滴水之光，照亮了孙其友的生活，也温暖了沿湖村的渔民。每次村民看见刘德宝从老孙家出来，都会对刘德宝竖大拇指，"老孙这些年得亏有了你。"刘德宝说他是咱村的人，生活不能自理，村里不能不管。

这一管，就是好多年，直到老人去世。刘雨记得很清楚，老人还能动的时候，每到除夕的那天下午，父亲就会带着他去村里的小卖部买上一些米面油，到孙其友老人家里，给老人拜个年，然后再邀请老人到自己家里过年。刚开始，老孙觉得不好意思，除夕晚上是一家人吃团圆饭的时候，自己跟人家不过是同住在一个村里，又不是亲戚，哪好意思在大年三十上人家的饭桌啊，死活不肯去。刘德宝对老孙说，你一个人在家冷锅冷灶的，到我们家里人多热闹，也就是添一双筷子的事情。老孙还是不去，说平时怎么去都可以，今天大年三十，去了不合适。刘德宝说有啥不合适的，我们家上到我爸我妈，下到我儿子，哪一个你不认识。刘雨也跟着上来劝："孙爷爷，我们都把你当家里人，你就不要推脱了，饭菜都已经做好了，就等咱们呢，再不回去菜就凉了。"

很多年的除夕夜，孙其友都是在和刘家人的觥筹交错中度过，吃着吃着眼泪就下来了，那是一个孤寡老人内心的感动。他们一起告别旧的岁月，在凌晨的钟声中迎来新的一年。

在沿湖村，像孙其友这样的困难村民并非一个。潘学才是一名残疾人，也是村里的低保户，因为身体原因，干不了活，打不了工，外加身上有病，日子过得捉襟见肘。

潘学才说，残疾人是弱势群体，体力活干不了，想跟别人一样在附近小厂里找个工作，人家一看你残疾，门都没进就给回绝了。再加上我这身体还有别的基础疾病，就是托熟人找关系，人家给咱提供一个工作岗位，咱也不一定能把活给干好，到头来弄得熟人脸上挂不住，也对不住人家。没有收入也就罢了，关键是要常年吃药，一天一天下去，药费成了我生活的主要负担。

为了维持生计，潘学才买了一辆残疾人三轮车，平日里靠着载人拉客挣点辛苦钱来补贴自己的药费。2011年腊月，潘学才用于经营载客的残疾车到了报废年限，车子没了，唯一的经济来源也就断了，本打算利用春节前夕返乡人流高峰期多跑上几趟车挣点钱过个好年，车子一报废，所有的梦想都破灭了。看着儿子整天愁眉不展，潘学才90岁的母亲愁得整天以泪洗面。

当时的沿湖村正在大刀阔斧地实施填塘上岸工程，为了保证工程项目高质高效推进，除了睡觉回家，刘德宝别的时间基本上都待在工地上。有一天，刘德宝从工地上抽出身来，到了潘学才家，弄得老潘很意外。老潘说，书记，你工地上事情那么多，大事小情全都离不开你，平日里白天连家都没空回，今天怎么有空跑到我这儿了？

刘德宝说，听说你的车子报废了，天天为这事发愁，我来了解一下情况。潘学才一声叹息，有车子的时候，虽然每天风里来雨里去，多少还能挣点活钱，勉强够买药和油盐酱醋，如今车子没了，我这身体，别的活又干不了，你说能不愁人吗？

刘德宝说你别担心，也别沮丧，你当初支持我当书记，把票投给我，说明你相信我，你是咱沿湖村的人，遇到困难自己解决不了，还有我们这些村干部和党支部呢，村民要是遇到困难，村干部不想着念着，那要我们还有啥用呢？你放心，我们都是你坚强的后盾，回头我们一起来想办法。老潘听了半信半疑，心说我这情况，上不了工地，干不了重活，村里又没有钱，为了填塘一分钱恨不得掰成八瓣来花，能有什么好办法呢？

过了两天，刘德宝又来到潘学才家。进门之后，刘德宝把戴在头上的安全帽摘下来，头顶上瞬间热气腾腾，像是刚打开笼屉的蒸笼。还没等老潘说话，刘德宝就开口了，他一边拍身上的土，一边对老潘说，你把身份证、户口本、病历本找找，跟我走。潘学才不解，问刘德宝，书记咱们这是干啥去？刘德宝说，去镇上的民政所，看看能不能给你申请残疾证，对了，家里有 2 寸照片吗，有也带上。老潘问 2 寸是多大？刘德宝说，比一块钱稍微大一点。潘学才摇摇头。刘德宝说那咱们先去趟镇上的照相馆，先拍张照，你洗把脸，整利索点。

刘德宝骑上摩托车，带着老潘跑到镇里，先拍照，再去民政所，一路尘土飞扬。摩托车的排气管消音效果不好，一路骑过去"突突"声跟放鞭炮似的。他们从路边的民房旁飞驰而过，扬起的尘土混合着尾气跟在人屁股后面一路追赶。民房的院子里干净整洁，房前种着蔬菜，屋后长着庄稼，青壮年在田里劳作，老人在门口的菜地里施肥，生活不紧不慢，一切安然恬适。

老潘坐在摩托车后座上，看着道路两旁飞驰而过的村庄，羡慕得不行，扯着嗓门对刘德宝说："书记，啥时候咱们能像农民一样，住上这样的房子就好了。"

刘德宝回他说："老潘啊，你就耐心等着，要不了几年，咱们就能到岸上生活，而且住上比这还好的房子。"老潘不敢相信，说能住上农民这样的房子我就心满意足了，比这还好那得是啥样子啊？

刘德宝说，到时候你自然就知道了。

……

有了残疾证，潘学才享受到了政府补贴，在经济上多少有了一些收入，但补贴毕竟有限，并不能改变他的生活本质。刘德宝想着，还得给老潘找个挣钱的门路。他把自己熟悉的乡镇周边的大小企业在脑袋里过了一遍，分析来分析去，因为老潘的身体条件，这些企业里很少有适合他的工作，最好的选择还是让他干老本行，买上一辆适合残疾人开的三轮摩托，每天拉拉客人，挣点活钱。这行当老潘轻车熟路，时间上自己把握，随机灵活，而且每天都有现金进账，现挣现用，也比较实际。

单凭潘学才自身的条件，买车是根本不现实的。刘德宝打算给他找点赞助，抽空跑了几家熟悉的企业，跟老板介绍了老潘的情况，有的老板一听，眉头皱成了山川沟壑，说不是我不想帮，现在厂里几个工人的工资我都头疼。企业有困难，刘德宝也理解，毕竟这事不能逼迫人家，又接连跑了几家小工厂，一位热心的老板听了，跟刘德宝打趣说，早就听说你刘德宝人清高得很，不吃请、不收礼，没想到为了村里一个残疾人，竟然到处求人办事，就冲这点，我也不能袖手旁观。刘德宝嘿嘿一笑，公是公，私是私，为村里的事、村里的人，只要能办成事，我委屈点也值得，你看我们村现在在填塘，为渔民上岸打基础，为了找土方的事情，我就差给人家跪下了。对方听了，给他竖起大拇指说，沿湖村有你这样的领头人，不愁富不起来。

这位老板虽然乐于资助，但毕竟只是镇上的一家小企业，能力十分有限，赞助了 2000 块钱，远不够买上一辆三轮摩托。刘德宝又想起了办残疾证的时候，工作人员说残疾人创业可以申请扶持资金，专程又跑了一趟民政所，扶持资金虽然有，金额也很有限。扶持资金审批下来，距离买上一辆三轮摩托，还差 1500 元。该想的办法都想了，该走的路也都走了，钱不够，刘德宝索性自己掏了腰包。

潘学才坐在新摩托车上，高兴得合不拢嘴，问刘德宝，书记，钱都是哪来的？将来我得还人家。刘德宝说不用，有爱心老板赞助的，还有民政部门扶持的，唯独没提自己掏腰包的事情。

那年冬天，潘学才又骑上三轮车开始了拉客的营生，每次遇到村子里的人，人家跟他调侃，不错嘛老潘，新车变旧车，鸟枪换炮了嘛，这下要挣大钱了啊。老潘每次都回应说，能开上新车全靠德宝书记，要不是他，我跟我妈这个年都难过得去呢。

很多年后，一次不经意间，潘学才了解到，除了刘德宝说的赞助和扶持资金，书记还自掏了腰包，这让他内心感动不已。老潘经常跟人聊起刘德宝，要说这做人当干部，还得是我们村的德宝书记，不但没有因为我是残疾人看不起我，而且还时刻想着我们这些"边缘人"，解决咱的生计问题，他是我的恩人啊。

同样对刘德宝感激不尽的，还有渔民潘玉梅。2015 年 9 月，潘玉梅与邻居发生口角，邻居骑着电动三轮车要走，潘玉梅情绪有点激动，拦在车子前面不让走，在抢夺车把的时候，无意中碰到电门，车子猛地向前一窜，潘玉梅被撞倒在地，当时就爬不起来了。到医院一检查，她的股骨头碎裂，第一次住院就花了 10 万多的医药费，给两个原本都不富裕的家庭造成了很大的伤害。

生活在农村的人都了解，邻里之间一旦结下仇怨，时间越久越无法调解，甚至会像"遗产"一样一代代传下去。为了让两家人早日化干戈为玉帛，刘德宝隔三岔五就上门做双方的思想工作，由于医药费没法报销，他就跑民政所、医院寻求帮助，第一次手术的时候，自己还掏腰包垫了 2000 块钱。

2016 年 10 月，潘玉梅需要做第二次手术更换股骨头，这又是一大笔费用。对潘家人来说，穷不怕，苦不怕，日子再难熬也能咬牙坚持，但筹集做手术的钱让一家人实在没了招数。他们家掰着手指头查了三遍，也没找出一个经济条件好的亲戚，但凡有点沾亲带故的，都上过门了，就连村里关系说得过去的熟人，也都一一借遍了，手术费还差 5000 块钱。

人躺在医院的病床上，因为钱凑不够，手术一直做不了，潘玉梅觉着自己这辈子估计就跟床分不开了。刘德宝来了，对潘玉梅来说，那是照进来的一束光，让原本阴暗的空间里有了新生的希望。他从口袋里掏出一沓钱，放在床头上："你什么也别想，先好好治病，身体好了，什么都好了。"

潘玉梅一家人事后才知道，书记是瞒着妻子偷偷从工资卡上取的5000块钱。

对于刘德宝的这种慷慨，有的人并不理解，认为他家里又不是开矿、开厂的，父母身体也不太好，妻子在自来水公司当抄表工人，一个月工资也就2000块钱，他自己说起来是个村里的一把手，但基层干部又不是行政编制，工资也就那么回事，能把一家人养活好就不错了。

刘德宝却考虑得要长远一些，虽然自己年纪在村里算不上大，但既然当了书记，就得把自己当成一个大家长，家里有人闹矛盾了，自己必须调解好，有人遇到迈不过的坎了，他不能坐视不管。像潘玉梅这样的事，如果她因为没钱手术而瘫痪一辈子，邻里之间极有可能形成世仇，随着子孙后代一代代延续下去，不管是对于当事双方的两家人，还是对于整个沿湖村来说，都是压在精神上的负担。只有潘玉梅手术成功了，身体逐渐恢复，将来能像正常人一样重新参加劳动，到时候村里再出面帮忙调和，矛盾才可能有缓和的机会。事实证明，他的这种选择是正确的，不但最终让两家人重新握手言和，也让他在老百姓心中的位置越来越重要。

每一个第一次进入沿湖村的游客，都会被村委会对面的"湖口人家"广场所震撼，湖水清澈见底，野鸭与许多叫不上名的水鸟悠闲地在水面上游动，水中鱼儿清晰可见，岸上摆放着老旧的渔船。那些船，曾经是渔民的家，是他们在邵伯湖赖以谋生的工具。如今，渔民上岸，渔业生活退出历史舞台，渔船也成了一种乡愁的寄托。

"湖口广场"是沿湖村最气派、最敞亮的地方。老书记金广来从家出来，一眼就看到了"湖心岛"上树立的"绿水青山就是金山银山"八个红色大字。每次站在广场边上，眺望着这一湖清水，再想想当年一片烂泥滩涂，金广来都是一脸满足，嘴里自言自语一句："这小子，给他打酱油的钱，他能煮锅猪头肉。"

当年，筹建广场的时候，村集体经济还处于一贫如洗的阶段，没钱买砖，也没钱买树。村民潘万生指着广场内的一棵树说，你猜猜这棵树多少钱？还没等我回答，潘万生自己反倒按捺不住了，前段时间，有专家估价，目前这棵树市场价要一万多块。看到我眼里带着惊讶，他随即又说，你再猜猜，当初买这棵树花了多少钱？

潘万生真是个急性子，我还在犹豫，他又开始抢答了，"当时德宝书记买的时候才花了180块钱"。回答完这个问题，他显得很有成就感，哈哈大笑起来。

沿湖村是刘德宝的家，他为村里办事，比为自己家办事还要上心。建广场没有砖头，刘德宝就发动自己认识的周边村干部，哪里有拆迁工地都要第一时间通知他，他带着村民买回来。旧砖相比新砖，要便宜好多，核算下来，一块砖才一毛钱。该砌的墙砌好了，该填的土填完了，广场上看着光秃秃的，大家想着种上些树木才和谐。

树从哪里来？刘德宝一边继续发动朋友资源寻找，同时又发动起自己的摩托车，到处在周边村庄转悠。如果发现哪个村庄平整土地，把一些碍事的树木刨出来时，刘德宝就跟人家讨价还价，以最低价格把树买回来，一棵棵栽种在广场上，成为点亮村庄的一抹抹绿色。

⑭ 村庄里的凡人壮举

没有上岸定居之前，渔民以船为家，与水相伴，他们从小在湖面上长大，夏天几乎整天泡在水里。渔民和湖水之间，就像两个亲密无间的朋友，相互知道彼此的秉性。水是人类赖以生存和发展的不可缺少的物质资源之一，人的生命一刻也离不开水。在大自然中，水给人提供生命的能量，但有时候，一些人在遇到人生艰难的时刻，一时间想不开，武断地选择在水中结束自己的生命。

每一个人都是家庭幸福的根本存在。从这个角度上来说，沿湖村的渔民先后阻止过许多个幸福家庭的破碎。沿湖村被评为"国家级最美渔村"，除了村庄美、环境美，还有一个不能忽视的因素，就是这里的人朴素善良，心也美。

杨绍贵祖辈父辈都是渔民，在船上出生，在船上长大。除了小时候在学校的那些时光，他人生中剩下的所有时间全是在渔船上度过。这是渔民生活的常态，每个人从小就练就了船上生活的硬功夫。

　　生活在邵伯湖岸边的渔民，大都局限于自己熟知的渔民生活圈子之中，与外界始终保持着一定的距离，在自己的小世界里过着朴实无华的生活。

　　淳朴善良的父辈，是杨绍贵为人处世的启蒙老师。在家庭氛围的熏陶下，杨绍贵从小就是一个勤恳善良、乐于助人的孩子。

　　渔民中的男青年到了谈婚论嫁的年纪，想在附近村庄找一个老婆，简直比登天还难。周边村庄的农民，没有谁愿意把自家女儿嫁到沿湖村的渔民家里。沿湖村的女孩子到了嫁人年龄也是一样，大家都想着如何能托人嫁到岸上的农村去，住在结实的房子里，既安稳又暖和。可惜没有谁家的男青年愿意娶一个渔民家的姑娘当媳妇。

　　渔家汉娶渔家女，这种从生物学角度来说，并不是十分科学的婚姻组合方式，在沿湖村当年贫穷落后的时代背景下，是渔民圈子内最为普遍的选择，对绝大多数青年男女来说，也是唯一的选择。

　　杨绍贵的妻子邰居英也是沿湖村人，两人结婚后，和父辈一样，生活在船上，按部就班地过着渔民朴素的生活。

　　渔民的生活是流动的，但无论怎么流动，归根到底都离不开水。为了让日子好过一点，杨绍贵和妻子吃了不少苦。他们夫唱妇随，跑过邵伯湖、高邮湖，在大运河上一生活就是几十年。后来，他们定居在京杭大运河扬州大桥附近，靠捕鱼捕虾养家糊口。

　　2012 年 7 月的一天，凌晨的大运河依然处于漆黑之中。为了抢到新鲜的鱼虾等水产品，杨绍贵夫妻觉都顾不上睡，从扬州大桥开着船赶到邵伯湖，买完鱼虾回来的时候，已经到了凌晨三点钟。

为了防止鱼虾在运输途中死掉，杨绍贵特意把鱼虾养在水里的鱼篓子里。船刚开到京杭大运河扬州大桥的北面不远，黑夜中传来"扑通"一声。

夜空很静，运河的水面也很静，一声沉闷的声响显得特别突兀。邰居英以为是有人往河里丢垃圾，刚开始没太当回事儿，后来她觉得不对劲，扔垃圾的声音肯定没有这么大。紧接着，邰居英听到不远处有人急促喘气的声音，突然意识到有人跳河了。她冲着杨绍贵喊："快把锚拉起来，有人跳河了，快点，快点！"

杨绍贵一听，不得了，得赶紧救人。邰居英刚停下桨，杨绍贵就跳进了河里。河里视线不太好，杨绍贵凭借着良好的水性在水中搜寻。寻找了好一阵，杨绍贵终于来到了落水者的跟前，这时候他突然觉得腿不听使唤了。

杨绍贵年轻时当过兵，在部队训练的时候，腿部受过伤，在水里泡时间长了，就开始不听使唤。瘦瘦弱弱的邰居英站在船上，看到丈夫不对劲，把船划到丈夫身边，弯下腰一把把杨绍贵和落水的人拖到了船边。事后想起当时的场景，邰居英都不敢相信，自己哪来那么大的力量，一下子能把两个人拖过来。

落水的是一名年轻人，邰居英问他："孩子，你有啥想不开的，敢往这河里跳？"年轻人缓了好一会儿，才从刚才的恐惧中回过神来。他觉得死是一件容易的事情，没想到过程那么痛苦，跳入水中之后，他猛然就后悔了，但为时已晚，若不是遇到杨绍贵夫妻，自己肯定就淹死在这大运河中了。

邰居英赶紧打了110报警电话，警察到了现场，对杨绍贵夫妻见义勇为的行为大加赞赏，随后问清楚年轻人的家庭住址，陪着小伙子一起上了警车，准备把他送回父母身边。

临走的时候，获救的小伙子转过身来，对着杨绍贵夫妻深深鞠了个躬："我的第一次生命是父母给的，第二次生命是你们给的，这辈子我都忘不了你们。"

郜居英冲着小伙子挥挥手："孩子，赶紧回家，以后可千万不要想不开了，你要真有个意外，让你爸妈可怎么活。"身为一位母亲，郜居英太懂得孩子在一个家庭中的地位，孩子要是有什么三长两短，当娘的想死的心都有。

跟年轻人告别后，杨绍贵跟妻子准备赶往市场，他想趁着早市，把鱼虾卖上一个好价钱，多挣上一些钱，补贴一下儿子的生活。当他们把鱼虾拎出来的时候，发现它们全死了，原来刚才只顾救人了，鱼虾被扔在边上，缺氧导致全部死亡。

杨绍贵叹了一口气，这笔买卖赔大发了。郜居英安慰他，今天咱们救人一命，就是积德，不是有那句话吗？救人一命胜造七级浮屠，这孩子要是真没了，他的家就彻底毁了。

在运河边的几十年里，杨绍贵夫妻遇到过多次跳河寻短见的，有的因为学习压力大，有的因为恋爱失败，也有的因为做生意失败欠了一屁股债，觉得活着没有什么意义。在救人的同时，杨绍贵夫妻两个还试着给轻生者做心理辅导。

2013 年 4 月的一天，扬州的天气并不温暖，河水有些冰冷。下午 5 点左右，杨绍贵发现不远处有人正一步步往运河的深水区走去。他看到的时候，河水已经没过了那人的腰。凭借经验判断，这人八成是要轻生。杨绍贵就冲着水里的人喊："不能再往前走了,再走水就没过头顶了!"

那人听到了杨绍贵的喊声,非但不领情,还冲着他喊:"你们不要多管闲事。"杨绍贵一听,印证了自己最初的判断,这人肯定是想要轻生了。他赶紧把一根绳子绑在身上,"扑通"一声跳进水里。男子已经被水没过了头顶,每一秒都珍贵无比。杨绍贵拼了命地往轻生男子那边游,终于来到男子身边,从后面抱住他。邰居英站在船上,死命拽着绳子往船上拉。

在夫妻两个的相互配合下,男子总算被拉上了船。他躺在船上,一点动静也没有,已经处于昏迷之中。

杨绍贵夫妻赶紧给他做心肺复苏,折腾了半天,一口水从男子口中吐出来的那一刻,邰居英才算放下心来。

男子醒了之后,痛哭流涕。杨绍贵安慰他说:"大兄弟,你遇到啥困难了,非要走这一步?"过了好久,男子平复了情绪,说家里出了变故,父母死了,一个亲人还出了车祸,自己感觉一座山压在心口,活着也没什么意思了,不如死了痛快。

杨绍贵说:"大兄弟,你可千万不能这么想,只要活着,一切就都有希望。不说远的,就说我自己,家庭条件一直不好,儿子的工作也不稳定,家里在外面还有欠款,有压力咱大老爷们扛着,只要咱向前看,早晚能迈过这道坎。人最重要的是要想得开。"

男子听了点点头。杨绍贵还是不放心,说:"以后有啥想不开了,就过来找我聊聊,咱们喝上点小酒,交交心,没啥过不去的。"

在杨绍贵跟邰居英的多次救助当中,不少人事后都跟他们成了朋友,有事没事隔三岔五联系一下,相互问候,彼此多了一丝没有血缘关系的牵挂。

村民杨绍贵和妻子邰居英从 2012 年至今，在京杭大运河扬州大桥附近 4 次救助落水群众、1 次成功救起一只落水的国家二级保护动物麂鹿，在当地传为佳话，夫妻两人先后被评为"扬州好人""江苏好人"，2014 年 10 月，成为"中国好人榜"候选人。

榜样的力量是无穷的，一个典型就是一面旗帜。杨绍贵夫妻两人的先进事迹不仅传遍了沿湖村，在整个社会都产生了很大的影响。这种正向的激励所营造的乐于助人的氛围，影响着生活在这个村庄的每一个人。

沿湖村渔民袁珠海现在是村里的护渔员，从捕鱼到护渔，身份变化了，心里的干劲更大了。老袁今年 53 岁，祖籍江苏泰州，家里主要靠放丝网捕鱼为生。

丝网在湖泊、小溪、池塘、河流等淡水流域的捕鱼活动中使用频繁，在水深和水浅的水域都能使用。如果水不深，就适合白天下网。在下网后，不要让网绷得太紧，然后用东西在外界制造一些响声，让鱼钻入网中，过一段时间之后将丝网拉上来。丝网的网眼大小有所不同，可根据水域中鱼的平均体型选择，若想捉小型鱼就用网眼小的，捕大个头的鱼就用网眼大的。

沿湖村渔民的捕捞区域面积大、线路长，袁珠海家的生产水面在凤凰河。在扬州，有一个景点叫"七河八岛"，凤凰河就是"七河"中的一条。"七河"自东向西分别为：高水河、金湾河、太平河、凤凰河、新河、壁虎河、京杭大运河。在这七条河流的分割下，天然呈现出了八个岛屿，自东向西分别为：聚凤岛、芒稻半岛、金湾半岛、自在半岛、凤羽岛、山河岛、壁虎岛、幸福岛。

"七河八岛"是中国古代数千年水利建设的见证地，是至今仍完整保留古运河与京杭大运河并仍发挥重要运输功能的核心地区，有着极度深厚的运河文化和秀丽的水域风光。并且，这里还是中国古代四个伟大的人工水利枢纽工程——"归江十坝"的遗址地。此外，"七河八岛"作为国家南水北调东线工程的"清水走廊"，属于取水源核心保护地，又赋予了运河文化以新的时代内容。

凤凰河周边风景很美，作为渔民袁珠海觉得自己在这样的环境中捕鱼，本身就是一件幸福的事情。2014 年中秋节那天，他忙活了一上午，到了午饭时分，他把渔网下好，开着"机划子"回到沿湖村自己家的生活船吃饭。

午饭之后，袁珠海开着船回到凤凰河。此时水面之上的扬溧高速京杭运河大桥，车流量明显比上午多了不少。突然一辆车在桥面上停了下来，驾驶员从车上下来，毫不犹豫地翻过桥面的护栏，"扑通"一声跳进了河里。袁珠海跟老婆看到了，赶紧将船开到落水处，把轻生的年轻人拖到船上。

因为救得及时，小伙子没有生命危险。袁珠海一看小伙子年轻得很，刚 20 岁出头，问他："你这么年轻，遇到什么事了这么想不开？"小伙子一声叹息，说自己是泰州人，谈了个南京的女朋友，女方父母死活不同意，自己觉得失去了女朋友，活着就没有意思了。

袁珠海一听，赶紧劝他："你才 20 出头，人生才哪儿到哪儿啊，可千万不能这么想，只要活着，就一切都有可能，真要是死了，你喜欢的姑娘这辈子估计都没法安宁，你家里的父母估计也没法活下去了。"

经过袁珠海一番苦口婆心的劝说，小伙子总算意识到自己行为的鲁莽，对着袁珠海夫妻再三表示感谢。袁珠海说，不用跟我们客气，把自己心态调整好，今天是中秋节，赶紧开车回家跟父母好好团圆。

　　小伙子上了车，随后消失在滚滚车流之中。袁珠海把丝网从水里拎上来，鱼儿在网中欢快地跳跃，他觉得今天特别有成就感，在他看来，能拯救一个人的生命是件无比幸福的事情。

　　在沿湖村，除了杨绍贵、袁珠海，还有在扬州大桥救活 6 人、打捞死亡人员 20 多人的江苏"见义勇为新市民"颜金栋，拾金不昧的好渔嫂宰华英等。他们如一粒粒发光的种子，点亮了沿湖村，助力村庄变得越来越好。

15 年轻人回村创业了

一个村庄想要发展乡村旅游，交通是一项极为重要的条件。从扬州城区到沿湖村，颠颠簸簸、曲曲折折需要一个半小时车程。2014 年，扬州市委、市政府重点城建工程 611 省道沿湖大道开工，这条沿着高邮湖、邵伯湖西岸 31 公里长的南北快速通道，打通了湖西的交通盲区，给沿线的居民出行带来了极大便利。其中，也包括毗邻邵伯湖的沿湖村。

沿湖大道一开工，刘德宝就意识到，这条路将来会给渔村带来巨大红利。他当初之所以敢于用 80 万巨资邀请北京专家为沿湖村做乡村发展的规划设计，也正是看到了沿湖大道通车后带来的交通便利。

2017 年底，沿湖大道建成通车，沿湖村到扬州城北门户的距离缩短到仅剩 20 多分钟车程。凭借便利的交通、优美的环境、独特的渔家文化以及热情好客的村民，在政府前期乡村旅游直通车的基础上，沿湖村吸引了一批又一批的游客。

　　日新月异的沿湖村在吸引外来游客的同时，也吸引着村子里外出打工的年轻人重新回到村庄，尝试在家乡创业发展。

　　2015 年，也就是乡村直通车开进沿湖村的那年，马明斌回来了。在这之前的很多年间，他无数次从村里出去，然后再从外面回来，在出去与回来之间寻找谋生的路子。这次回来，却与之前有着本质的不同，他不准备走了，打算在村里开一家渔家菜馆。

　　在沿湖村的年轻人里，马明斌是个有想法的人，之前之所以出去，就是想去外面找一条路子，他不想再当渔民了。一条小小的船，住上一家三代人，吃不方便，住不方便，巴掌大的地方，一家人都在的时候转个身都难。说得不雅一点，晚上睡觉的时候，谁要是放个屁，一家人都能听见响、闻到味儿。

　　这倒还是次要的，渔民本来就穷，外加这两年过度捕捞，渔获的收成越来越少，经济就显得更加紧张了，年轻人想讨个老婆都讨不到。好在马明斌长得帅，个子也高，小伙往那一站，人精神得很，家里虽然穷，偏偏被一个镇上的姑娘看上了。

　　在一般人的眼中，娶一个镇上的姑娘一点不必大惊小怪，但对沿湖村的男青年来说，则成了一件令人稀奇的事。别说找个镇上的姑娘，就是能找到岸上附近哪个村里的姑娘，那已经是极为罕见的事情。说一千，道一万，归根到底还是"穷"字惹的祸，也正是因为日子艰难，才有了周边居民口中"呆男不娶渔家女，傻女不嫁渔家汉"的顺口溜。

　　有一个场景，马明斌一直记得特别清楚。2005 年，他结婚的时候，妻子娘家人围坐在一起吃饭，马明斌一家人过去敬酒，敬完酒转身走的时候，听到一个亲戚对丈母娘耳语："你怎么舍得把女儿嫁到这样一个穷村子。"马明斌假装没听到，心里却是五味杂陈，他暗暗发誓，这辈子一定要有点出息，不然连自己家亲戚都看不上自己。

马明斌开渔家菜馆的想法很好，但如何迈出第一步，他却不知道该从哪里入手。他找到刘德宝，说不想出去了，在外面辛苦，钱还不容易挣，这么多年折腾下来也没存到几个钱，想在家跟老婆开个渔家菜馆，守着家，守着父母，安安稳稳过日子。

年轻人肯回来，说明沿湖村走的方向是正确的，村子要发展，乡村要振兴，归根到底还是靠年轻人。马明斌回来，这是一个好的苗头，将来他的生意做好了，红火了，这就是一个榜样，会吸引更多的年轻人回到沿湖村创业。不久的将来，沿湖村的旅游肯定会越做越好，不单有餐饮、酒店民宿，还有其他的旅游体验项目也会接踵而来，会衍生出一个很大的旅游市场。这个市场如果承包出去给别人做，可能只会考虑经济效益，但如果是这里土生土长的人在经营，则会付出更多的感情在里面，除了经济效益，还会想着村庄的荣誉和沿湖人的面子。

听说马明斌要留在村里，刘德宝十分高兴，说咱们村现在各方面都好了，你想怎么干，我都支持你。

马明斌说，我就是想着，把老家的房子改造一下，开个特色的渔家菜馆。

刘德宝说可以啊，房子是你自己的房子，没有房租，减少了投资成本，人也都是家里的，不用开工人工资，又省了一笔开支，做一点就赚一点，换句话说，咱们做最坏的打算，万一将来生意不好，就当是自己给自己家装修了，钱又没有花到别人家。

马明斌说，我也是这么打算的，服务员就不请了，就让我爸妈和老婆帮着一起干。不过，我之前没有开过饭店，到时候装修怎么设计，开张了怎么经营，我还有点迷茫。

刘德宝鼓励他说，这个不用担心，崔镇长是这方面的行家，你可以先请教请教她，到时候有什么困难，咱们一起想办法，只要敢干、肯干、勤干，肯定能干出一番名堂。

时任方巷镇副镇长的崔卉，正在倾力打造沿湖村乡村旅游，经常驻在村里，跟村民们打得火热。马明斌找到崔卉，说崔镇长我有个想法，但不知道该怎么去做，想听听您的建议。

没走出村庄之前，沿湖村的人只见过村里的干部，镇里的领导在他们眼中是相当大的干部，有点遥不可及。崔卉刚到沿湖村的时候，村民看见她一个个紧张得不得了，站也不是，坐也不是，话都不知道该怎么说。时间长了接触下来，村民们才发现这个女镇长待人热情、说话和气，没有一点领导的架子，前前后后为村庄的发展做了很多实事。朝夕相处下来，沿湖村的居民也把崔卉当成了村里的人，她也跟长辈人处得像母女，同龄人处得像兄弟姐妹。

崔卉听了马明斌的想法，很支持他的选择，说现在村里就需要像你这样的年轻人，你看啊，现在来我们这儿旅游的人越来越多，餐饮自然是必不可少的，只要你口味做得好，不愁没有生意，到时候我帮你设计，教你媳妇怎么做游客喜欢吃的菜，再帮你好好宣传宣传。

马明斌说，那可太好了，不过我们也没什么启动资金，小打小闹就行。崔卉鼓励他，资金不是问题，缺钱我先借给你，我手里刚好有闲钱，暂时也没什么用处，先支持你五万。

马明斌一听，有点不敢相信，说崔镇长这可不行，你帮我出谋划策已经很不好意思了，怎么还能用你的钱。崔卉说，钱用了才有价值，先帮你解燃眉之急，再说我这是借给你的，将来等你挣了钱再还我就是了。见马明斌还是不好意思，崔卉开玩笑说，利息就算了，到时候我带客人去你那儿吃饭，你可得给我打个折。马明斌听得内心十分感动，说到时候我开张了，请崔镇长吃饭，不收钱。

崔卉说，不要钱可不行，那性质就不一样了，打折是咱们的情分，不要钱那传出去可就是我吃拿卡要了。你就记住一句话，我帮你是为了让你们这些年轻人过得更好，让沿湖村将来发展得更好，不是为了让大家吃亏，占村里的便宜。

为了让马明斌的渔家乐顺利开张，崔卉从自己家的存款里拿出五万块钱，转给小马。马明斌说，崔镇长，我给你打个欠条吧。崔镇长说，我敢借给你说明我相信你，你这孩子我了解，村里人也了解，不是不踏实的人，欠条不用打，到时候好好干就行。

崔镇长的一番话，让马明斌深受感动，信心也更加坚定了，一心扑到了饭店的前期筹备上。刘德宝不忙的时候，也会抽空去看看，有活的时候顺手帮上一把，临走还不忘叮嘱一句，需要帮忙了直接打电话。

说干就干。因为房子的面积也不大，外加紧锣密鼓地施工，前前后后，也就一个多月的时间，装修工作就接近尾声。

硬件装好，锅碗瓢盆陆续进场，买桌子，添椅子，马明斌的饭馆即将开张了，夫妻两个在家又兴奋又紧张。兴奋的是，自己终于要当老板了，虽然规模不大，但好歹也是一个店，以后全家的生活就指望它了；紧张是因为自己开饭店是"大姑娘坐轿——头一回儿"，没有正儿八经拜过师学过厨，城里人各种高档的饭菜都吃过，不知道自己的厨艺能不能满足人家的胃口。

崔镇长知道了马明斌的担心，联系了厨师现场教马明斌妻子如何烧制农家菜，放什么调料，怎么掌握火候，每一道菜都手把手教会。这么一来，马明斌老婆心里才有了底。

酒香也怕巷子深。饭馆生意开张之后，曾当过宣传科长的崔卉，把马明斌扶上马后，还将其送一程，她主动帮助小马哥饭店进行宣传，首篇推文《跳动舌尖的渔家味》被凤凰网采用，马嫂的私房菜一下子火了。先是崔卉的朋友过来，后来朋友传朋友，外加网络的助推作用，马明斌饭馆的生意越来越好，杂鱼贴饼、生爆土鸡、山芋粥……一道道渔家土菜让城里来的游客啧啧称赞。要是不提前预订，临时到地方想吃都吃不到。

生意好了，马明斌一家人干得越来越有劲儿，一年不到，不但还上了崔镇长当初借给自己的五万块钱，腰包里还有一些盈余。好日子一点点在向自己招手，每天一大早，马明斌就要出去买野生的水产，他要保证每一道端上客人饭桌的菜肴，用的都是最为新鲜的食材。

时间久了，马明斌又陷入了新的烦恼之中。家里的老房子地方太小，两间屋子的平房，当初只能隔出来一个包厢，外面再放几张桌子。这导致顾客的需求与自己所能提供的接待能力严重不匹配，常常会出现一桌难求的局面。不少客人都是提前好几天预订，有的朋友提前一天打电话，结果桌子早满了。一次两次还行，次数多了，有的朋友就会不高兴。作为老板，马明斌肯定希望客人越多越好，但现实条件不允许，人坐不下，只能婉拒。

马明斌找到刘德宝说，书记，现在饭店生意不错，但地方太小，我想把饭店规模扩大一些。刘德宝说，可以啊，这事我支持，有生意做不了太可惜了，这次再整，就整得像模像样一些，有啥困难，你跟我说，咱们一起把它解决掉。

有了刘德宝的支持，马明斌也就有了信心。在马明斌心里，刘德宝虽然是村里的书记，但人和气得很，跟村民交流从来没有一点架子，带领村民发展、帮助村民解决问题的时候他是书记，私下里他就像是邻家的大哥哥，贴心得很。

得知马明斌要扩建饭店，崔卉专门帮忙联系了帮助沿湖村做整体设计的设计师莫克力。马明斌有点不好意思，说莫总那是做大项目设计的，我这小饭馆可请不起那么专业的大咖。崔卉说，我们现在处得跟姐妹一样，放心吧，这事交给我，我卖个老脸也得帮你把这事办成。

在帮助沿湖村年轻人创业方面，崔卉从来都是使出浑身力气，不但借助自己的资源，还时常借助朋友的资源，一起为这个曾经落后的村庄向前发展出谋划策和奉献力量。

在崔卉的协调下，莫克力不但免费为马明斌设计了饭店的布局，还帮他起了个时尚大气的饭馆名字"小马哥渔家乐"。"小马哥"这个称呼来自20世纪80年代风靡我国的一部中国香港电影《英雄本色》，由周润发扮演的"小马哥"帅气潇洒，一度成为众多青年男女的偶像。马明斌姓马，有父亲在，称呼"老马"不合适，称呼"小马哥"既可以蹭一下影视剧的流量，叫起来亲切上口，辨识度又高，很容易让人记住。

设计方案有了，名字有了，剩下的就是开工了。新设计的渔家乐，是一栋三层楼房，建设加装修，投入成本比较高。为了凑钱，马明斌把城里一套房子卖掉了，钱还是不够。

刘德宝没事的时候，喜欢到马明斌的工地上看看，问问有没有什么要帮助协调的事情。马明斌说，工程量有点大，钱上还有点紧张。刘德宝说这样，房子你先建着，我来帮你想想办法，钱肯定能凑齐的。

于是，刘德宝问银行打听贷款政策，银行说像马明斌这种情况，贷款是可以的，但必须有个征信良好的担保人。刘德宝问，我担保行不行？银行工作人员说，你是以沿湖村村委会名义担保，还是以个人名义担保？刘德宝说，这是我个人帮助人家的，就用我个人的名义。后来，在刘德宝的担保下，银行向马明斌放款 20 万元，这些钱得以让"小马哥渔家乐"顺利完工。

在马明斌心中，刘德宝和崔卉是他创业路上的两个贵人，在自己最需要帮助的时候，一个镇里的领导，一个村里的领导，两个跟自己非亲非故的人，毫无私心地帮助自己承担风险，而且不计较任何回报。

马明斌回忆说，渔家乐建造升级的时候，为了能在"十一"黄金周前开张，赶上一波旅游高峰带来的红利，装修必须得日夜赶工，我天天跟着装修工人一起没日没夜地干。刘书记知道后，带着村干部一起过来了，说小马你别怕，我把村里的干部都带过来了，咱们一起加把劲儿，肯定能赶上黄金周。那时候虽然说是秋天，但"秋老虎"的威力大得很，天气很热，外加干的都是体力活，个个忙得浑身上下都湿透了，连正儿八经的饭都顾不上吃。我心里特别过意不去，刘书记看出了我的心思，说小马我们口渴了，去给大家一人拿一瓶矿泉水。水拿过来后，大家拧开盖子，"咕嘟咕嘟"喝了个底朝天，刘书记半开玩笑地说，水就算是我们的工钱了，大家继续加油好好干。遇到这样的村干部，是我们村的福气，也是我们每一个村民的福气，看到他们干活那么卖力，我总感觉，家里的亲哥哥也不过如此。

　　房子装修完之后，整个饭店看起来十分漂亮，既大气亮堂，还带着浓厚的渔家文化气息，光是一楼就有五个包厢，大厅还能摆好几张桌子。不仅如此，餐厅门前的荷塘更是一个让人解压的好地方。尤其是到了初秋，微风吹来，一簇簇荷花在池中欢舞，像是一个个美妙的精灵，碧绿色的荷叶铺在水面之上，约上三五好友，坐在露天的荷塘前，听着鸟叫虫鸣，喝上二两小酒，所有的疲惫瞬间溶解在大自然的空气之中。

外出打工的年轻人马明斌回村创业和家人开起了渔家乐（沿湖村供图）

除了做餐饮，小马哥还顺带卖起了沿湖村的农副产品。有的村民利用村里的水域资源养殖鸭子，小马哥便收鸭蛋过来做成咸鸭蛋，端上客人的餐桌。因为是散养，鸭子靠着吃水中的植物和鱼虾长大，这是纯粹绿色养殖，不管是鸭肉，还是鸭蛋，品质都特别好。不少客人吃过之后，就问小马哥，你们这咸鸭蛋有卖的吗？小马哥说有啊，这鸭蛋都是我们自己腌制的，有需要的话吃完饭可以带走。时间久了，鸭蛋成了店里的畅销产品，尤其是逢年过节的时候，顾客需求的量很大，小马哥就一趟趟开着车子往城里送，车子的后备厢装得都是满满的咸鸭蛋。他说虽然很累，但看着自己家庭的生活水平越来越好，听到客人对自己一次次的夸奖，就是再苦再累，也觉得付出是值得的。

日子一天天过去，在马明斌的精心经营下，如今的"小马哥渔家乐"已经成为沿湖村的一个地标性建筑，人们提到沿湖村，就会下意识想起"小马哥"，说起"小马哥"，自然就会与沿湖村扯上联系。一个渔家乐与一个村庄，在新时代的发展进程中，同呼吸共命运，一起向着乡村振兴的方向大步前进，走向更加辉煌的明天。

和马明斌一样，沈常来也是沿湖村发展的直接受益者。

2015年，乡村旅游直通车抵达沿湖村后，沈常来看准了旅游市场带来的机遇，决心大干一场。

在沈常来回来之前，他的父亲沈桂付开了一家小规模的饭馆。沈桂付吃过苦，当过兵，做事有魄力，干事有远见。2014年，沿湖村的规划图在村里立起来的时候，沈桂付看到了村子发展的希望。况且，刘德宝这孩子是他看着长大的，踏实、能干、有远见。沈桂付之前当过生产队长，从党龄上来说，也是村里的老党员，他们当年推选德宝当书记的时候，就是觉得这孩子能带领村里这帮穷渔民致富。

第二年，也就是 2015 年，乡村旅游直通车开进了沿湖村，那是多少年以来，第一次有大巴车开到村子里。外面的人进来了，村里开始有了新的生机。

沈桂付在 65 岁那年，跟老伴在村里开起了饭店，刚开始的时候没经验，而且那时候儿子还在外面打工，为了省钱，他们老两口不舍得雇人干活，只能天天起大早、熬大夜，买菜、杀鱼、择菜、洗菜、炒菜、洗碗、刷盘子，全都要亲力亲为。为了能过上好日子，老两口当时十分拼命。后来，乡村旅游越做越好，从村里出去的人陆陆续续回来了，不单是之前在外面打工的，包括一些出去上大学的孩子，毕业也都回到了村里工作。村里有了年轻人，就有了活力，有了生机。沈桂付说，后来，我们实在忙不过来了，儿子看到村里发生的变化，也不再打工了，跟着我们一起干。

回村之前，沈常来在外面四处打工，木工、电焊都干过，累且不说，活有时候有，有时候没有，挣钱并不稳定。

沈常来家的房子位置好，紧挨着沿湖村的主干道，这是发展餐饮极为重要的一个条件。他之前虽然长年在外面打工，但攒下的钱并不多，房屋改造的资金远远不够，他就通过向亲戚朋友借钱，把家里原本的小规模饭店提档升级，与一个做厨师的朋友合伙开了农家乐，饭店的名字就用自己的名字——"常来渔家"，既体现出了"渔"的特色，也包含着常来常往的寓意。

湖水煮湖鱼，食材新鲜，服务热情，常来渔家的生意也日渐红火起来。但沈常来并不满足于现状，他觉得餐饮只占乡村旅游市场份额的一部分，当看到村里尝试打造民宿的时候，他也觉得，从长远看，民宿方面将来肯定有发展空间。

身边的人一听说沈常来要在村里开民宿，劝他不要干的人多，支持他的人少，大家觉得毕竟是村里，不是市区，这么远的地方会不会有人来住？即便是有人来住，投资那么大，什么时候能回本呢？

沈常来有自己的主意，他坚持这么干，除了有对市场的自我判断，还有另外一个原因，就是他觉得德宝书记都尝试在村里建民宿了，他只要跟着走就行了。回顾沿湖村发展的这些年，凡是德宝书记决定尝试的，基本上都成功了。这一次，沈常来也决定在村民中做第一个吃螃蟹的人，他不仅在农家乐的运营当中看到了前景，也看到了市场的魅力，从而清醒地意识到渔民过去靠着捕鱼、卖鱼以及养鱼获得收入，只不过是挣了点差价，而今天，他们是在真正地用资产、资本和文化来做生意。虽然他说的资本市场与资本市场上运用的资本相差甚远，但这种投资意识已经在渔民的心里萌芽。

第一家渔文化主题民宿在沿湖村落成，陆陆续续有城市里来的客人在此居住，人们才逐渐相信，这条路子是可以走的。

在沈常来看来，他之所以敢放心大胆这么做，是因为国家关于乡村振兴的政策越来越好，而且这种政策在前沿的农村阵地得到了有效落实，他们又有像刘德宝一样带领大家敢闯敢干的基层干部，是天时地利人和的难得机遇。沈常来作为沿湖村返乡创业的代表接受《农民日报》采访的时候，打了一个特别形象的比方：政府帮扶就像是一趟开过来的列车，当它来的时候要抓紧赶上，如果赶不上，车走了，就空留你一个人在原地迷茫了。

⑯ 村里陆续来了大学生

考出去的大学生陆续回来了，这像是一个村庄迎来了新的春天。

清晨一大早，沿湖村村委会副主任刘安的电话就响了。

电话那头，是一个村民的求助，"刘主任，我们家后门做台阶的事情抽空要帮我们解决一下啊。"刘安对着手机话筒说，这事我知道了，一会儿忙完就过去，你放心，这事我肯定帮你们解决好。

当初，村里集中建房子的时候，一位村民觉得房子后面留个小门没什么必要，人家建的时候，他就没建。建好之后，他看到别人家都是统一标准，多一个门确实进出方便，就想着让村里出面，帮着在房子背面开个小门，并搭建几级台阶。

类似于这样的事情，刘安每天要处理很多。平均下来，每天的电话不下几十个，大事没有，小事常有，这是基层村干部工作的日常。在这个面积不大，人口也算不上多的村庄里，一件件小事的解决，将村干部与村民之间的距离越拉越近。

"枫桥经验"是中国特色的基层社会治理经验，新时代"枫桥经验"的内涵是"矛盾不上交、平安不出事、服务不缺位"。在这一点上，沿湖村一直是样板一样的存在，村民与村民之间、村民与村干部之间矛盾很少，即便左邻右舍之间偶尔有摩擦，村干部到场后，三下五除二就解决了。矛盾不出村，一直是沿湖村两委坚持的一个目标。

刘安既是沿湖村村委会副主任，也是村两委当中第一个返乡的大学生，因为综合能力强，他不仅分管村委会的日常工作，还要负责村里所有水域环境整治和湖区的生态保护。

村里事情多，处理大部分工作都是在室外，且长江中下游的夏天常态化高温，长时间在烈日下行走，这个 1985 年出生的年轻人，虽然还不满40 岁，但因为皮肤被晒得黝黑，看起来比实际年龄要成熟许多。

刘安是土生土长的沿湖村渔民，也是村干部中第一个大学生。

2007 年夏天，刘安大学毕业，和很多立志走出家乡想闯荡一番事业的年轻人一样，他没有选择回到家乡，而是留在经济较为发达的苏南城市工作。大学期间，刘安学的是广告设计，毕业后在一家广告公司上班，也算是专业对口。

"理想很丰满，现实很骨感"。在广告公司工作，并不是一件轻松的差事，加班、熬夜甚至通宵都是再正常不过的事情。很多时候一张海报改上十遍八遍都不奇怪，只要客户有一点不满意，就要花费时间和精力去满足需求。有时候，自己用尽全部精力做好的一个设计作品，结果被一个夹着小皮包、剃着锅盖头的"混子"一样的年轻人拿着指指点点，这里不美观，那里不满意，面对这种门外汉的不认可，刘安一点办法也没有，毕竟人家是客人，只能按照对方要求再返工，加班修改。

对于渔民出身的刘安来说，辛苦一点也不可怕，自己刚走出校门，还年轻着呢，吃点苦怕什么。况且外面再苦，能有当渔民苦吗？世间有三苦，撑船打铁磨豆腐，而且这三苦之中，撑船排在第一位，辛苦程度可想而知。

在外面打拼了几年，刘安盘算了一下，每天都加班加点，折腾了这么长时间，钱没存到多少，房子也买不起。这些倒是次要的，有时候活干了，力出了，还要受一肚子窝囊气，这让刘安心里多少有些不能接受。

出门在外，太不容易，每一个客居他乡的人，都有强烈的思乡情结。虽然之前上大学的时候，他们可能想尽一切办法离开，走得越远越好，但真正离开后，对于故乡的思念又开始一天比一天浓厚。"金窝银窝不如自家的草窝"，这句话放在外出打拼的人身上，再贴切不过。

在外面闯荡了几年，刘安并没有找到预期的成就感，一次回家探亲，看到村民正在大规模搞网箱养殖，效益不错，他就跟家里人商量，决定回家创业。

回家的前几年，刘安尝试了螃蟹育苗养殖。这项技术并不神秘，捕捞和养殖之于渔民就像耕地和种植之于农民，一代又一代人的经验，加上在不断摸索中寻找新的突破，人类的智慧就是在日积月累和不断创新中一步步向前。

在刘安的印象里，自己刚回村的那一年，村里正在实施填塘工程，到处都是机器的轰鸣声。刘安就问村里的人，咱们村这是在干啥？村民说，刘书记要填塘上岸，让咱们将来都能搬到岸上，跟农民一样有房子住。

刘安有点不敢相信，村子里穷成这样，人均年收入就几千块钱，没启动资金又没地，想干成这样的大事得有多大的勇气和魄力啊？村民说，大家都不敢相信，但咱们刘书记心里在下一盘大棋。书记刘德宝这个人，刘安是认识的，虽然书记比自己大个十岁左右，但大家都是渔民，还都在一个村住着，相互自然比较熟悉，关于老书记劝说刘德宝留在村里的事情，刘安也听说过。从人品上来说，刘德宝绝对是"呱呱叫"，为村里办事也有魄力，但填塘这么大一个工程，毕竟不是一朝一夕的事情。除了佩服，刘安也在心里打起了问号。

刘德宝得知刘安回村创业了，心里特别高兴。有一天，刘德宝忙完工地上的活，特意来到刘安家的船上。

刘安一看书记来了，赶紧迎了出来。刘德宝晒得黑黢黢的，但脸上的笑容无比灿烂，他对刘安说，听说你回来创业了，我特别高兴，特意来跟你聊聊。

夕阳已经落山，晚霞铺在水面上，整个邵伯湖都被染得通红。水鸟一会儿从水里探出脑袋，一会儿又一个猛子扎进水里，水面随之泛起一圈圈波纹。此时的天气也不再炎热，一阵风从湖面上刮过来，吹在人脸上，舒适凉爽。

刚开始，两个人都没说话，就那么肩并肩坐在大堤上，看着夜幕下朦朦胧胧的湖水。后来，刘德宝问刘安，你回村都有啥打算，就准备一直养螃蟹？

刘安说，暂时没想好，螃蟹养得还不错，比在外面上班收益要好些，而且就待在咱沿湖村，熟门熟路的，家里老人也能照顾得上。

刘德宝说，想没想过到村部来上班？刘安摇摇头，说没有想过，我性格有点内向，也不是那块料，养养螃蟹，再跟家里人出湖打打鱼，一家人的日子也过得挺好。刘德宝说，祖上一代代都是这么过的，你是个大学生，也准备这么过一辈子吗？

刘安没说话，他确实没有想好更长远的路该怎么走。

刘德宝说，看见你的时候，我就想起了当年老书记来挽留我，那是一个冬天的夜晚，湖面都上冻了，老书记是踩着冰来到我家船上的。他挽留我说，咱们这个村子过得太穷了，村部形同虚设，破得四处透风，没人管事，也没人问事，老百姓的生活全靠自力更生，一群散兵游勇。所以我决定留下来，想带着村里人一起往前奔，不想再让人看不起咱们渔民。现在咱开始网箱养殖，你也知道，这是渔民的一次新尝试，但咱不能局限于靠养殖过日子，还可以不断去尝试别的路子，这点就需要像你这样有文化的年轻人，咱们村之前之所以一直不发展，很大程度上吃了没有文化的亏，你看看咱们父辈一代，有几个认字的？能上个小学就不错了。如今你大学毕业了，又回到了村里，正是你发光发热的时候，可不能指望着养一辈子螃蟹。

刘安说，书记，我感觉自己能力不行，你又不是不了解我，性格太内向，不适合村里的工作。刘德宝鼓励刘安，在村里工作，能力并不是最重要的，这在以后的工作中可以慢慢锻炼出来，关键是人品要好。我比你大十一岁，可以说是看着你长大的，你家里的情况，你个人的情况，我都了解，你干活踏实，待人真诚，有知识有文化，是你们这一茬年轻人中比较出色的。当然，这事也不能强迫你，你好好考虑考虑，我还是那句话，希望你到村里工作。

刘安没拒绝，也没同意，说书记我考虑考虑。刘书记走后，躺在渔船的床上，翻来覆去睡不着觉。夜晚的湖水被风吹起一层层浪花，从湖中间一点点延伸到岸边，"哗啦啦"地拍在船帮上。小船摇摇晃晃，书记的话在脑海里盘旋，何去何从，刘安一直拿不定主意。

很长时间，刘安都没有给刘德宝一个准确的回复，他深切地知道，如果真到村里工作，就目前的情况来看，肯定是个苦差事，关键是村里的经济情况一直不容乐观，待遇也好不到哪儿去，自己毕竟将来要娶妻生子过日子，有些现实问题无法回避。

刘德宝很长时间没有再过来，但这件事并没有就此搁浅。后来，刘安家里又来了别的村干部，大家先拉拉家常，再聊聊以后的打算，归根到底还是那个意思，村里需要年轻人，更需要有文化的年轻人，想让刘安到村里工作。

村干部走后，刘德宝又专门来了一趟。刘安一看书记又来了，挺不好意思。《三国演义》中，刘备请诸葛亮出山，也不过三顾茅庐，村干部三番五次来，自己一个普通的渔民，有点担待不起。

刘德宝说，刘安啊，这次我来给你带来个好消息，想不想听听？

刘安问，书记，啥好消息？

刘德宝说，现在大学生村官招聘工作又开始了，我觉得你可以考一下试试。为什么这么说呢？你看现在国家对大学生到基层工作大力支持，这项工作从很早以前就开始实施了，以前很多大学生觉得自己有知识、有文化，到村里工作是一种浪费，但这几年时间过去，不少大学生到了农村，干得风生水起，在乡村振兴道路上做出了很大贡献。你回到村里有一段时间了，村里发生的变化你也都看到了，原来咱们村，大家辛辛苦苦干上一年，人均年收入才几千块钱，你再看看现在，经过这几年发展，填塘工程基本结束，捕鱼、养殖的多元化模式并存，村里的经济发展势头正好。就拿今年 2013 年来说吧，咱们村水产品产量达到了 1000 吨，总产值 4500 万元，村集体收入超过 70 万元，村民人均收入达 1.8 万元，是几年前的三倍。这说明什么？说明咱们的思路是对的，这种思路来源于知识的积累，来源于人敢于改变的魄力，谁有这样的条件呢？有文化的年轻人具备这样的优势，有思想，有文化，有胆识。何况，现在国家的政策也好，在乡村振兴上，不管是从政策还是资金方面，都给予了很大的扶持力度，值得你去尝试一下。

刘德宝的一席话，说得实实在在，分析得头头是道，听得刘安茅塞顿开。外加这几年村里发生的翻天覆地的变化，和刘德宝为了填塘上岸做出的巨大努力，让刘安做出了决定，他对刘德宝说，书记，我听你的，马上就报名。

刘德宝听了高兴得嘴都合不拢，说有了你们年轻人加入，将来咱们村子就有更大的希望了，等大家全都上岸定居，把家家户户都发动起来，大力搞乡村旅游，走出属于咱们渔民自己特色的发家致富的道路。

那一年，刘安加入了大学生村官考试的队伍。那时候，沿湖村刚刚处于经济发展的起步阶段，各方面优势不明显，所以岗位竞争压力并不大。刘安凭借自己出色的表现，顺利通过笔试、面试，成为沿湖村村干部中的一员。

刘安说，当时沿湖村在刘书记的带领下已经有了明显起色，书记对今后村庄发展道路的走向，有着明确的定位，他的这种韧劲和精神，让我也产生一种使命感，想要一起参与到村庄的发展当中，让自己的家乡将来能发生更大的变化，让村里的老百姓对自己产生认可，像刘德宝书记一样，在村子里，不管谁提起来，不管走到哪儿，个个都竖大拇指。那是一件多么有成就感的事啊！

如今，十年过去了，刘安从一个内向的青年成长为成熟的乡村干部。村里的事情琐碎繁杂，大部分都是些邻里纠纷或是其他鸡毛蒜皮的事情，但处理不好就会衍生出大的家族矛盾。刚开始的时候，刘安面对村民之间的一些小矛盾发愁，经常不知道该如何处理，跟着刘德宝书记的时间久了，他慢慢悟出来一个道理，只要一碗水端平，处理事情不偏不倚，老百姓心里自然有杆秤。

很多时候，刘安跟别的村的干部一起开会，经常会听到一些抱怨，说农村的工作很复杂，村民不听话，不好管理，不配合村两委的工作，但在沿湖村，他并没有这种感觉。沿湖村的干部，遇到好处往后让，有了困难往前冲，村民们虽然文化程度不高，但眼睛是雪亮的，村干部为人做事，一点一滴影响着大家。就拿村里填塘上岸来说，按照农村一户一宅的土地政策，刘德宝兄弟三个，可以拿到三块宅基地，刘德宝不但自己放弃了，还做工作让二弟也放弃了，只有三弟拿了一套房，为的是给上了岁数的父母养老。

刘德宝觉得，村里土地紧张，房子数量有限，自己作为村干部，要先让村民享受乡村振兴带来的红利，在村民还没有安置好的情况下考虑自己，实在是不应该。后来，镇里国土所的领导听说了这件事，很受感动，一次开会的时候遇见刘德宝，说按政策你完全可以拿上一块宅基地，现在不拿，以后房子盖满了，想要都没有了。刘德宝说这个我知道，组织给咱们发工资呢，遇到好处就不能跟老百姓争抢了。国土所所长说，你这话说得对，但是有没有宅基地，将来还是差别很大的，要不这样，咱也不违反政策，我在别的地方给你协调一块宅基地，房子你自己建。刘德宝连忙摆手，说你的好意我心领了，我做这个决定的时候，已经进行了深入的思考，也做好了家人的思想工作，既然不在沿湖村拿，也不会在别的地方拿，这对我以后在村里开展工作，比较有帮助，不是有那句话嘛，"其身正，不令而行；其身不正，虽令不从"，我既然当了村里的带头人，就不能总是考虑个人利益，更多的责任是带着大家伙向前奔，把日子过好。

这件事让同为村干部的刘安深受感动，也让他找到了沿湖村村民对刘书记工作支持的密码。

水塘填好之后，房子怎么建，内部户型怎么设计，村里拿出了几套图纸，召开村民代表大会，征求大家的意见。既要考虑房子的美观，又要考虑居住的实用性和造价，大家一起商量，寻求性价比最好的方案。

不做一言堂，凡事一起商量，充分发扬民主精神，让村民在村庄的发展中找到自己的存在感，享受到作为主人的权益。这是刘德宝带领下的村两委治理村庄的原则。

随着长江流域生态保护力度的加强，政府要对渔民进行水上拆迁，说得直白一点，就是收回养殖水面，拆解用于捕鱼的渔船。虽然上岸居住条件改善了，但是对于渔民来说，这种拆迁彻底改变了一个人的生产生活方式，注定了难度会很大。

人的眼界与自己的知识储备和见过的世面密切相关。世代生活在沿湖村的人，既很少有人读过万卷书，也很少有人走过万里路，大家常年生活在相对封闭的环境中，在遇到大的利益诱惑时，很难做到不心动。其实，不单是沿湖村的渔民，对于任何一个人来说，在大的利益面前都很难保持不动摇。

在进行渔民水上拆迁的时候，刘德宝充分意识到这个问题。刘安具体负责渔民拆迁中对渔民财产的评估。刘德宝再三叮嘱他，必须严格做到一把尺子量到底，绝对不能厚此薄彼。

刘安一直把刘德宝当作自己的榜样，日常工作和生活中，为人处事他也都拿书记当标杆。渔民拆迁是一项庞大且复杂的工程，这像是一个重担压在刘安肩膀上。刘德宝鼓励他，你放心大胆干，只要一碗水端平，大多数渔民还是理解的，真要遇到实在解决不了的问题，你就给我打电话，咱们团结协作，一点点把问题解决掉。

书记是坚强的后盾，但刘安也清楚地意识到，不能遇到一点问题就找书记出面，那样自己永远也成长不了。基层的工作就是这样，需要在各种繁杂琐碎的事务中千锤百炼，在多次受委屈与不被理解中沉淀自己，经受住各种各样的考验，这样才能积累丰富的群众工作经验，成为一名合格的基层党员干部。

在拆迁的过程中，大多数渔民都表示理解支持，这么多年在村干部的努力下，村里的变化有目共睹，他们从内心感恩这一切，对于政府制定的拆迁政策，也最大限度地积极配合。很多渔民没等村干部上门，就主动来到村委会签字，说我们相信村里，相信德宝书记。

但是，从哲学的角度来说，矛盾往往又具有普遍性、客观性，不以人的意志为转移。人的诉求有差异，立场、观点特别是利益立足点不同，往往会产生矛盾。

在现实生活中，无论关系再亲近，即使是父母子女、夫妻、兄弟姐妹间，也会有小摩擦，更何况与他人呢？

有利益的地方往往就有竞争，无论那利益多小。一个企业老板可以为上万上亿的利益去拼去搏，一个农民也可以为几分几毛的菜价利润去争。

个别渔民有点固执，听说拆迁能拿到很大一笔钱，就把期望值放得很高，结果没有达到自己的预期，工作人员上门谈拆迁补偿的时候，就找各种理由，想多要点拆迁款。

刘安举了个例子：两条一模一样的船，因为不同年份的原材料成本不同，造价自然也就不同，但在拆迁的时候，政府对两条船的价值评估，只按当下的评估标准。有的渔民就不同意了，说我当时造的时候花的钱比邻居多，补偿款也要比邻居高。我去给渔民讲政策，没想到刚进门，对方抓起桌子上的茶杯就摔到地上了，连吼带推就把我们赶出来了。当时感觉受到了很大的委屈，但自己作为村干部，又不能跟村民发火，只得回去慢慢消化。生气并不能解决问题，关键是要把政策和道理跟村民讲清楚。后来，我们带着村民代表、生产队代表、专业评估公司的工作人员，一次又一次上门做工作，一起宣传渔民拆迁补偿政策，共同为这次拆迁评估做见证人，并向渔民做出承诺，每一家每一户的拆迁，保证做到公平公正，才算做通这户渔民的工作，他最终在拆迁协议上签了字。

这种事情对于刘安本人来说，是个人成长过程中必经的历练；对于沿湖村来说，是村庄发展过程中不值一提的困难。这里的年轻人和这个村庄一起茁壮成长，在岁月的日积月累中变得日益强大，一点点成长为深扎在江淮大地的一棵棵大树。

2016年，从沿湖村走出去的大学生屠苏，也从打拼的大城市回到了沿湖村。这个土生土长的渔家姑娘，大学学的就是跟旅游相关的专业。毕业之后，她在省城南京工作了一段时间，每次回家，她都发现村庄在发生着日新月异的变化。

2015年冬天，时间已经接近腊月，气温一天比一天低。一直关心着沿湖村乡村发展的方巷镇副镇长崔卉，听说了村里有一个学旅游专业的渔家姑娘，觉得要是村里能有懂旅游的年轻人，对于助力沿湖村走"渔文化"特色的乡村振兴道路，肯定会有积极的促进作用。如今，政府的政策有了，乡村旅游直通车也开进了村里，最缺的就是人才。

有一天，屠苏下了班回到住处，刚打开电脑准备上网，QQ头像闪烁，显示有陌生人添加她为好友。对方自我介绍说是老家镇政府的，叫崔卉。她有点半信半疑，自己从来没有跟政府部门打过交道，对方加自己QQ做什么呢？

心里虽然存有疑虑，但看对方名字和资料应该是女性，就试探着加了好友。崔卉跟屠苏闲聊了一会儿，说你们村现在正在搞乡村旅游，你本身就是学旅游专业的，有没有想过回家发展？屠苏说，我没想过这事，家里应该也不会同意。崔卉说，过段时间就过年了，你肯定是要回家的，到时候咱们好好聊聊，你也做个参考。

城市再繁华，故乡永远带着情感的牵绊。家穷也好，家富也罢，回家过年，是每一个在外漂泊的游子对亲情最诚挚的表达。

临近春节的时候，屠苏从南京回到了沿湖村。在进村的路上，刘德宝看到屠苏，问她在外面工作怎么样？屠苏说，省城压力大，节奏也快。刘德宝鼓励她说，咱们村正在大力发展乡村旅游，上面有扶持政策，咱们有渔文化资源，村里正是用人的时候，尤其是缺像你这样科班出身的年轻人，要是在外面觉得压力大，就回咱村里，别的不说，乡村旅游还是很有发展空间的。

屠苏说，前几天有个叫崔卉的阿姨加我QQ，跟我聊过这事。刘德宝说，你说的是崔镇长，她是咱们镇里的副镇长，刚好对口联系咱们沿湖村,一直在帮助咱们村搞乡村旅游呢!你看,现在咱们村的变化越来越大,市里的乡村旅游直通车都开到村里了,目前虽然还没有形成规模,但肯定会一年比一年好,你要是能回来,那咱们做旅游就更有希望了。

屠苏被刘书记夸得有点不好意思,说我回家想一想。刘德宝说,没事,你先回家,好好陪陪家里人,顺带考虑考虑。

其实,早在之前的几次回村时,屠苏就有过这种想法,但因为不知道自己该以哪种方式回到村里,一直有些犹豫。毕竟,对于很多 90 后的年轻人来说,大家都想着能到大城市干事创业,好不容易走出去了,有谁愿意再回到村里呢?

前几天跟崔镇长聊天,这次又遇到刘德宝书记,和他们交流之后,屠苏逐渐有了方向。

在内心深处,每个人都知道自己的长处和不足。屠苏也一样,这个性格内向、不爱说话的渔家女孩,学的偏偏是旅游专业,在高精尖人才集聚的省会城市,发展空间小,生存压力大,方方面面都面临着巨大的挑战。

返回南京之后,屠苏考虑了一段时间,最终下定决心,回到她魂牵梦萦的家乡沿湖村。那里水美、景美,既能干事创业,也能在父母膝前尽孝。

父母听到女儿想回家工作,刚开始十万个不同意,人家都往外面跑,你怎么能往回跑呢?这么多年我们培养你读书,花那么多钱,耗费那么多精力,就是想让你到城市里生活,城市那么繁华,那么热闹,不比这小渔村强多了吗?回家算怎么回事,咱们这左邻右舍会怎么看?

屠苏说,我在南京其实工作很一般,辛苦不说,工资也不高,还要租房,一年忙到头,钱也攒不下多少。母亲说,只要能在城市生活,头几年不挣钱也没事，工资要是不够花，我跟你爸每月再贴补一点给你都行。

屠苏妈妈和大多数渔嫂子一样，学历很低，小学都没有毕业，外加渔民生活圈子的局限性，看待事情有时候会局限在自己的认知里。她说别说沿湖村还没有发展好，就是将来发展得很出色，但终归是个小村子，村子再好，能跟市里比吗？更何况女儿所在的城市是南京，那可是省会。抛去别的不说，南京那么大的地方，那么多人，优秀的小伙子也多，女儿找到好对象的可能性也大。要是回到村里，终身大事都会有问题。眼看女儿到了谈婚论嫁的年纪了，村里的年轻小伙子没上学的早就结婚了，上学的都留在外面了，要么去北上广，要么去苏锡常，女儿要是回村了，到时候别连个对象都找不到。

"呆男不娶渔家女，傻女不嫁渔家汉"，沿湖村没有迎来大发展之前，这种观念依然根深蒂固地存在于很多渔民的思想之中。

屠苏说，我学的是旅游管理，现在咱们村乡村旅游已经起步了，而且势头越来越好，国家对乡村振兴也有很大的扶持力度，将来肯定会一年比一年好。再说了，我回家工作，就在你们眼前，你们天天能看到我也放心，家里有什么事情我也能照应上，一举两得，多好呀！

女儿这么说，父母觉得也有道理。女儿从小到大都在自己身边，上大学后就离开家了，心里还真是不舍得，虽然南京距离沿湖村并不算远，但想见一面也不容易，想女儿了，要么打视频电话，要么只能等到逢年过节的时候才能见上一面。

因为女儿回村这事儿，屠苏妈妈专门找到副镇长崔卉，说出了自己的担忧。崔卉说，我的姐姐啊，你可真是个操心的命，屠苏这时候回来是好事儿，现在村里的旅游才刚起步，正是缺人手的时候，她这时候来，又是学的旅游，将来肯定大有作为呢！到时候，沿湖村发展好了，那就是一棵大梧桐树，有了梧桐树，还愁没有金凤凰，你还担心你家屠苏找不到对象？我看到时候说不定外面的人想找个沿湖村的姑娘当媳妇还找不到呢！

屠苏妈妈将信将疑，问崔卉，咱们这小渔村真能发展那么好？

崔卉说，你先别说以后，你就看看现在，再想想十年前，变化有多大，原来的"渔花子"村，现在可是"江苏省卫生村""江苏省生态村""江苏最美乡村"，咱们的"沿湖渔民风俗"被扬州市人民政府列入"扬州市非物质文化遗产"，这些可都是金字招牌，而且这才只是开始，将来要走的路长着呢！

镇上的领导都这么说，屠苏妈妈才算是心里有了底。她对女儿说，我跟你爸都没有文化，除了会捕鱼和养螃蟹，别的什么都不会，在工作上也帮不上你什么忙，如今你也长大了，自己的路自己选择，不管怎么选，我们都支持你。

屠苏说，我就知道你们觉悟高，要不当初村里填塘的时候，你们也不会主动把家里的水塘交给村里。父亲屠春冰说，那刘书记都带头先把自己家鱼塘捐出来了，你爹我是党员，也不能落后嘛，党员就得讲求奉献精神。

屠春冰一句话，把妻子和女儿都说笑了。妻子笑他，跟你过了几十年，都不知道你还会给自己戴高帽。屠春冰也笑，要不说没文化真可怕呢，你要是像我一样能读个高中，再当个党员，觉悟肯定比我还高。

屠春冰说完，三个人不约而同又笑了，笑声充满了家中的每一个角落。

大学生屠苏（左二）回到沿湖村与村民学习交流"龙馒"制作技艺
（图片摄影：夏存喜）

2023年5月，共青团中央表彰全国五四红旗团组织和优秀共青团员、共青团干部，渔家姑娘刘柳被评为全国优秀共青团员。

2020年，刘柳从扬州大学毕业后，没有选择在市区找工作，而是直接回到村里创业。上大学的时候，因为学校离家不远，周末的时候，刘柳经常从市区的学校回沿湖村的家，每回来一次，就能感觉到村庄发生着明显的变化，小桥流水、亭台楼阁，还有那夏季开满荷花的池塘，她喜欢不断变美的家乡。

刘柳的家，是一个设计成"渔船"样式的两层民宿，虽然房子建在土地之上，但住在里面还是有当时住在邵伯湖船上的感觉。生活的区域，主要集中在"船舱"。

刘忠香是刘柳的二爷爷，他坐在"船舱"里，向我们讲述着之前渔民的生活状态。他说我们全家六口人生活在一条船上，小木船不大，宽一米六，长七米，按照现在流行的说法，也就是十平方米，你想想这么小的地方住那么多人，条件有多么艰苦。人家不常说吗？世上有三苦，撑船打铁磨豆腐，到了冬天最受罪，手心里全是磨的老茧，手背上全是冻疮，即便是那样，你该撒网还得撒网，该下簖还得下簖，你得吃饭啊，没一点办法，现在这种生活那时候连想都不敢想。

社会在发展，时代在进步，人的思想也在一点点发生着变化。

刘柳的父亲刘德玉 40 岁出头开始创业，当时家里穷，没有钱，为了降低个人投资成本，就跟人合伙分摊成本；没有场地，就把自己家里的渔船拾掇一下；请不起厨师，就自己学着烧菜；外地游客想留宿，他就将房子装修一下，自己开起了民宿。

到了刘柳这一代，渔民的生产生活方式发生了根本性的改变，父辈们丢掉渔网，从湖上搬到岸上，但"渔民"的标签一直未曾改变。

中国年轻一代人有着独特的生活态度。他们不仅关注自己的个人发展，也关注社会的发展。他们渴望拥有自己的事业，并且愿意为自己的理想而奋斗。

作为新时代的年轻大学生，刘柳选择连接上互联网，开启创业新模式。第一次做网络直播，刘柳做了大量的准备，每一句台词都翻来覆去练好几次。真正开了直播之后，却远远没有达到自己的预期，准备的文稿她来来回回讲了好几遍，只吸引到十来个观众，货只卖出去一百多块钱。

刘柳和几个年轻伙伴们在一起反思，问题出在哪儿呢？会不会是这种传统的就产品介绍产品的销售方式太单调了？后来，大家一想，咱们村是渔村，大家来自好几个省份，有着不同的生活方式和别人不具备的渔民文化，可以在直播间里边卖产品边跟大家聊一聊，说不定大家会有兴趣。

这个想法得到了创业伙伴的一致认同，说咱们就先讲讲刘柳一家三代的创业经历，试个水看一看怎么样。

在普通人的日常生活中，很少能有机会接触到渔民，很多人觉得那是"诗和远方"，对渔民来说，那是每日为生计奔波的当下，如果有机会能走进渔民的生活，了解真正的渔家故事，想必很多人感兴趣。

渔民的生活方式，渔文化的历史故事，以及刘柳一家人的创业故事，像是一把互联网直播的钥匙，打开了沿湖村与城市居民之间那扇紧闭的大门。

渔文化故事搭配当季农产品，这次大胆的尝试，让沿湖村的土特产在网上走红。刘柳家之前滞销的鸭蛋一口气卖出十万多枚，成功打开了渔家姑娘们通过互联网创业的又一条路径。

17 名校大学生志愿者来到了沿湖村

党的十九大报告指出，农业农村农民问题是关系国计民生的根本性问题，必须始终把解决好"三农"问题作为全党工作的重中之重，实施乡村振兴战略。

习近平总书记曾指出："乡村振兴要靠人才、靠资源。如果乡村人才、土地、资金等要素一直单向流向城市，长期处于'失血''贫血'状态，振兴就是一句空话。"足见"人才振兴是乡村振兴的基础"。

习近平总书记在广西考察时，在全州县才湾镇毛竹山村，他勉励村民王德利，"要注重学习科学技术，用知识托起乡村振兴"。这是习近平总书记关于乡村振兴的又一重要论述。

对于村民文化水平并不高的乡村来说，知识的重要性不言而喻。

从一定程度上来说，知识是致富的工具。用知识托起乡村振兴，发展科学技术是优先选择。科技是第一生产力，对于农民而言，掌握知识首先就是掌握农业科学技术。从"生活宽裕"到"生活富裕"，农业科技必不可少。

在知识文化的掌握上，相比于传统耕作的农民来讲，大学生知识储备更加丰富一些。毕竟，在日新月异的农业发展过程中，想要实现乡村振兴，让老百姓实现更高收入，传统种植与耕作模式已经不能满足人们对农作物高质高产的现实需要。

在地方的具体实践中，如何弥合城市与乡村之间的发展缝隙、赋予乡村以内生动力，是乡村振兴的难点之一。

为了解决这一难题，江苏省委组织部、省教育厅、省财政厅、省人力资源和社会保障厅、省乡村振兴局、团省委联合实施江苏大学生志愿服务乡村振兴计划，面向全省普通高等学校应届毕业生或在读研究生招募乡村振兴大学生志愿者。这项计划不仅探索了人才要素在城乡双向流动的可能性，更为当下大学生就业提供了另一种解决方案。

2023年夏天，江苏省2330名大学生加入乡村振兴计划志愿者队伍。志愿者的服务地涉及全省88个县（市、区）和32个功能园区，参与高校达到116所，90%以上的志愿者将下沉到全省近千个乡镇（街道）及村（社区）。

"00后"女孩单祺是2022年度江苏省"最美乡村振兴计划志愿者"。在一年服务期满后，单祺主动又续了一年，她将在扬州市邗江区方巷镇沿湖村续写青春的答卷。

2022年夏天，即将从南京师范大学旅游管理专业毕业的单祺看到乡村振兴计划志愿者校地定向招募通知，抱着"到基层锻炼过渡"的心态，来到了沿湖村。

刚到沿湖村的时候，单祺的工位设在村委办公室里，主要工作是协助村干部们申报材料，整理文字素材，工作单调得如同一碗白开水。这样的日子没过多久，村里就调整了她的工作岗位，不再局限于密闭的办公室和枯燥的文字材料，而是轮换到观光渔船、电瓶观光车和渔家书房等不同的地方。

因为来自好几个省份，沿湖村村民说的方言种类比较多，不仅有扬州方言，还有泰州、山东等多地方言，为了让初来乍到的单祺尽快适应，村委会安排她先在办公室工作，熟悉熟悉村部的环境，再逐步熟悉村里的环境，这些都是特意的安排。

当初，刘德宝得知南京师范大学旅游专业的毕业生要来村里做志愿者，心里别提多高兴了。南师大是"211工程"高校，来的学生又是旅游专业科班出身，这对于沿湖村这个小渔村来说有着深远的意义。这种意义不仅仅是志愿者对于村庄发展能带来多大帮助，更是一种良好的导向，知名高校的大学生愿意过来，充分说明了沿湖村在外面所产生的影响力和吸引力。这就好比他们这几年的努力都是为了栽梧桐树，如今梧桐树栽好了，真的引来了凤凰。

在村干部中，屠苏跟单祺的年纪最为接近，又都是女孩子，两个人一见面就没有了陌生感，相处得十分愉快。屠苏是土生土长的沿湖村人，单祺在这里人生地不熟，于是屠苏既在业务上做好指导，也在生活中热情帮助着这位志愿者小妹妹。

说起单祺，屠苏像是在说自己的家里人，"别看我们家单祺刚毕业，能力可不一般，啥都能干，不但材料写得好，现在给游客做讲解也是游刃有余，观光车开起来更是驾轻就熟，已经成为全能型人才。"

南京师范大学志愿者单祺（后排居中）与村干部一起推荐沿湖村特色产品（沿湖村供图）

能得到这样的评价，单祺背后其实付出了很大努力。

刚到沿湖村的时候，单祺看到这么美丽精致的村庄，内心特别喜欢，很庆幸自己来对了地方。说起那时候，单祺下意识笑了起来。她说，方言对我来说是最大的挑战，刘书记跟屠苏姐聊天，我一点也听不懂，后来他们意识到我的窘况之后，只要我在场，他们说话会下意识切换到普通话模式，或者主动给我当翻译。时间久了，单祺慢慢适应了这里的环境，这里的人和这里的方言。现在，只要不是太过难懂的方言，单祺自己也能说上几句，虽然不是特别地道，但多多少少有了当地村民的感觉。

入了乡土，随了俗，与老百姓之间沟通无障碍，单祺开始一点点发挥出自己旅游科班生的优势，全力参与到乡村旅游发展当中去。

2023 年，中秋、国庆双节叠加，被网民称为"超级黄金周"，为了应对即将到来的游客旅游高峰，沿湖村上下提前开始谋划。单祺作为其中的一员，也参与到旅游活动的组织策划中。等到节日真正来临，包括单祺在内的每个人，变得格外忙碌。

到沿湖村来游玩的客人中，有的选择在此小住上一两日，白天到邵伯湖岸边走走，面对一望无际的湖面，繁重工作和琐碎生活带来的压力，如一张渔网一样洒向茫茫水面，卸下包袱，收获一身轻松。晚上，大部分游客散去，行走在村庄的小路上，灯光柔和，鸡鸣犬吠，乡村的宁静把人带回返璞归真的世界，所有的一切都变得简单起来。

也有不少人选择半日或是一日游，体验划船、采摘、露营以及手工劳作。单祺说，这些项目看起来并不复杂，但作为接待人，每一个细节都不能马虎，虽然很累，但每次得到游客的称赞，内心的成就感瞬间就会将疲惫覆盖。

单祺说，现在的农村早已不同于往日的农村，我们这些从事农业、扎根农村的青年人，所处的环境虽然没有城市繁华，但一样能仰望星空，这片星空与城市一样高远、深邃、明亮。

也正因如此，单祺在一年志愿服务期满之后，选择了续签。她在这里找到了属于自己的舞台，成为乡村振兴的青年人才，觉得自己还有更多事要去完成。如今，沿湖村成了多所高校的活动实践基地，越来越多的大学生从四面八方来到这里，在农村的大地之上寻找到更多可能。这就是新时代的年轻人，他们站在广袤的土地上，对未来充满着无限的期待。

2018 年 5 月扬州大学乡村振兴产学研合作基地在沿湖村成立（沿湖村供图）

18 村里有了第一家民宿

　　在众多乡村旅游的成功案例中，民宿是不可或缺的元素。民宿作为小型经营设施，不仅可以合理利用闲置住宅，还解决了农村剩余劳动力的就业问题。在结合农村自身的自然风光以及传统文化底蕴基础上，通过建成乡村民宿，充分发挥本地建筑特色，传承传统地域文化，从而进一步带动当地旅游业的发展。

　　在沿湖村实施乡村旅游的方案中，也把民宿作为一个重要的试点项目。屠苏刚回到村里的时候，村里为了深度发展旅游业，租下了一户渔民的两间民房，准备打造沿湖村第一家民宿，屠苏是旅游专业科班出身，刘德宝就把这个任务全权交给了她来负责。

　　这是村里第一家民宿，因为紧挨着湖面，取名"湖口人家"。

　　民宿开工建设是在深秋时节，一场大风将树上所有的枯叶扫尽，大地之上一片金黄。

民宿设计风格以自然为基调，家具也都以原木为主，这种原生态的居住环境，给人一种返璞归真的感觉。民宿装修并不复杂，跟着设计图一步步来就行，计划到了第二年春天，百花盛开的季节正式开张，在新一轮的乡村旅游热潮中好好检验一下市场行情。

好事有时候总是来得无比突然。这边装修还在有条不紊地进行，沿湖村村部就接到一个来自北京的电话。电话那头的人说，我们是北京的，一直在寻找邵伯湖边上的乡村旅游目的地，在网上看到你们村在这方面做得挺好，我们想在春节的时候带父母孩子过去玩几天，你们那边有住宿的地方吗？

还没开张就有了生意，这绝对是一个好的兆头。屠苏跟刘书记和崔镇长请示后，两个人都很意外，说赶快回复他们，就说有，来了之后吃的、住的、玩的保证给他们安排好。

说出去的话，就如钉在木板上的一颗钉，没有回旋的余地。为了让客人有一次满意的旅行，"湖口人家"民宿的装修必须加快进度，一定要在春节到来之前，把所有硬装软装全部完工。

这是屠苏接待的第一波民宿客人，也是第一批在沿湖村留宿的客人，相比之前乡村旅游直通车当天来当天走的游客，想让留宿的客人打出高分，从当时沿湖村的旅游配套条件来讲，还面临着不小的压力和挑战。

对于沿湖村来说，北京是神圣的所在，那是祖国的首都，不要说是北京人，就是有谁去过北京，不管是上学、旅游，哪怕是打工，跟别人说起来都自带一种"优越感"。对于北京来的朋友，沿湖村自然是奉为上宾接待。

春节到了，北京客人如约而至。来的是一家五口，一对年轻夫妻带着父母和孩子，谈吐之间带着知识分子的文雅。深入一聊，得知对方是教师家庭。

人在祖国不同的地域，对于冬天的体验感有很大的不同。北方的冬天，空气的湿度小，属于干冷，这种冷通过多穿衣服可以抵挡。南方的冷则截然不同，空气湿度大，无论穿多少，都有一种冷在骨头缝隙里的感觉。何况沿湖村紧靠着邵伯湖，东北风从湖面吹过来，带着水汽，空气里的湿度更大。除此之外，南北方取暖方式也有很大差别，北方有地暖、暖气，南方只有空调，因此很多北方人刚到南方时，有很多不适应的地方。

客人远道而来，一定要让人家有种宾至如归的感觉。担心北京客人晚上睡觉冻着，细心的崔卉提醒屠苏买两个电热毯和泡脚盆，客人泡完脚睡觉，打开电热毯，晚上睡觉就不觉得冷了。这个贴心的细节，让客人特别感动，没想到一个村庄里的民宿，工作人员心思竟然如此细密。

客人问屠苏，小姑娘，你们这都有什么玩的？当时，邵伯湖还没有禁捕，捕鱼依然是渔民的一项主要生产活动。屠苏说，我们这整个村子里的都是渔民，主要打的是"渔文化"招牌，你们要是有兴趣，可以安排你们坐渔船，出湖打鱼，还可以看湖上日出。

客人们一听，一个个都特别高兴，尤其是小孩子，一听说跟着去捕鱼，兴奋得恨不得在地上打滚。对于生活在城市的人来说，这实在太难能可贵了。

相比水网稠密的长三角，北方的水系相对匮乏，北京虽然在什刹海、颐和园等一些景点也有水系，甚至还有好几处规模不小的海洋馆，但相比如茫茫原野般的邵伯湖，视觉感受还是差别很大。

渔船行驶在湖面上，冷风虽然吹得人受不了，但丝毫不影响客人们的热情。孩子的爷爷奶奶说，自己长这么大，坐过好几种船，渔船还是第一次坐，从来没想过这次来还能坐上渔船出湖捕鱼，太新鲜了。

旋网从渔民手中挥洒出去，在空中形成一个巨大的圆，如幕布一样落在水中。等到旋网一点点在水中沉没，渔民开始轻轻拉住网绳，一点点拽向船边，平静的湖面先是泛起一片涟漪，随后突然涌出一朵朵水花。一条条落网的鱼似乎突然意识到即将失去自由，拼了命地在网中挣扎，用尽浑身力量为自己的生命寻找最后的可能，但为时已晚。

看到鱼在船舱里活蹦乱跳，孩子兴奋地拍手大叫，爷爷你真厉害，爷爷你真厉害！等鱼归了舱，孩子问渔民，爷爷，您撒网的时候鱼为什么不跑？渔民说，鱼跟人一样，都喜欢聚在一堆儿，他们喜欢躲在深水里，网撒在湖里的时候把它们包住了，你看到我渔网下面的铅坠子了吗？我轻轻往回拉的时候，它们就在水里紧紧地吸在一起，把鱼死死地包裹在里面，它们想跑也跑不了了。

孩子听了觉得特别神奇，又问渔民，爷爷，这么厉害的网是您发明的吗？渔民说，这可不是我发明的，我记事的时候就有了，这是祖辈的智慧，在日常生活中一点点积累起来的。

鱼满舱后，一群人驾着船回到岸上，渔民顺口哼起了渔歌：渔翁小船尖又尖，两把船桨顺水颠。左手拿着青丝网，右手又拿钓鱼竿。有鱼无鱼撒一网，撒条鲤鱼斤四两……

船体经过水面，划过一道长长的水痕，暖阳照在湖面，映衬出别样的风景。

白天打回来的鱼，晚上就端上了餐桌。菜是专门安排会烧菜的渔家嫂子做的，鲜嫩的食材外加渔家人特有的湖鲜烹饪手法，一桌地道的渔家宴，让客人们惊喜不已。大家如家人一般热情交流着，客人们艳羡于渔家人优良淳朴的生活方式，渔家人向往着首都北京的繁华，你一言我一语，欢笑声不时飘荡在民宿的上方。夜的宁静一次又一次被笑声打破，那是城市与乡村的美好互动，也是首都与小渔村的第一次互动。

除了出湖捕鱼，品尝渔家宴，村里还特意安排他们去邵伯湖外滩，看湖上日出。那一天也真是幸运，太阳还没出来，邵伯湖上空出现了日出朝霞的壮美景观。朝霞是太阳在清晨睁开眼睛的目光，万丈霞光映着漫天的云彩，如同一幅美轮美奂的油彩画卷。用不了多久，太阳开始一点一点从湖水中探出脑袋，一轮红日从东方升起，阳光洒在邵伯湖的湖面上。白天鹅在金色的湖面上嬉戏，白鹭在湖上时起时落，一艘艘渔船在湖水中摇曳，一张张旋网从渔民手中撒出，朝霞与湖面在远处交织在一起，天地之间勾勒出人间美景，人与大自然的共处，在邵伯湖奏出了一首优美的协奏曲。

美好时光总是短暂的，几天的旅行很快结束，北京客人对于这次渔村体验之旅流连忘返，孩子吵着想要多玩几天，老人也有点恋恋不舍，但作为需要工作的中间一代，假期终归是结束了。孩子的父母说，在沿湖村的这几天，每天精神都很放松，仿佛在精神上彻底放空了自己，比看再多心灵鸡汤的辅导都有用，一年工作的疲惫全被这几天给治愈了。

临走的时候，屠苏说，这几天哪里做得不周到的地方，你们一定要告诉我，以后我们好提高。客人们半开玩笑地说，你们考虑得太贴心了，没有一点不满意，如果非要说有，就是还想多待几天。

屠苏听了有点不好意思，说那我在这儿等着你们，欢迎你们一家人下一次再来，到时候我们的村子肯定更漂亮，我们的行程肯定会更丰富，到时候我还负责接待你们。初次的相见，短暂的相处，离别时却像是一家人一样依依不舍。

与第一拨客人的友好相处，让屠苏觉得做民宿接待很轻松，但接下来的一次经历让她又受到了不小的打击。刘德宝交代屠苏，客人来到咱们村里，安排好食宿问题，是最基本的要求，还要有一套标准的讲解，既让人家玩得开心，还得让人家了解渔村的风土人情和文化氛围。

屠苏听了并没觉得有什么压力，而是信心满满，心里想着，自己在这里土生土长，不管是道路，还是民风民俗，都再熟悉不过，一个小小的民宿讲解工作肯定不在话下。

让屠苏没想到的是，原本信心满满的她，很快就吃了个下马威。一家人带着孩子来到沿湖村，准备在民宿里住上两天，好好感受一下田园生活。民宿的装修融入了很多渔文化元素，游客家的小女儿指着装饰墙上的一个浮雕图案问屠苏："姐姐，这个是什么啊?"屠苏看了看，一下子就被问住了。在这之前，她只是着重把一些主要的讲解内容给记住了，这些细节上的东西她并没有当回事儿，没想到孩子会问到这个问题。她答不上来，气氛显得有些尴尬。

小孩子好奇心强，见这个东西屠苏答不上来，又指着墙上的一个飞禽类的图案问："姐姐，那这个是什么呢?"屠苏看了看，又愣住了，这种鸟她在村里见过，但是具体学名叫什么，她还真不知道，为了不让自己太难堪，也让气氛不那么尴尬，只能牵强地说："这个应该是只燕子。"

谎言哄得住孩子，但骗不了父母。孩子妈妈一看这个讲解员水平也太差了，原本兴致昂扬地打算在这住上一两天，突然觉得没了兴致，带着孩子转身走了。

　　游客问起这些民俗文化相关问题，屠苏一问三不知，备受打击。刘德宝知道后，专门找屠苏谈话，民宿住宿的游客反馈说不太满意，生意没有做成，到底什么原因？屠苏说，人家提出来的两个问题，我一个也没答上来。

　　面对屠苏的第一次失利，刘德宝并没有过多责怪，他觉得年轻人还是要多鼓励。屠苏自己也清醒地意识到，回到乡村并不是就意味着躺平，一样要撸起袖子加油干。

　　从那以后，屠苏开始刻意提升自己的综合能力，每天对着镜子，自己给自己当"导游"，每一句话，每一个词，不管是大面上的，还是小细节里的，每一点都不放过。

　　在乡村当导游，不单是要会讲解，还要具备很多别的技能。一段时间之后，屠苏不但能接待散客，还能游刃有余地带团队游客，开起旅游观光车来也轻松自如。说话热情，讲解到位，尤其受到游客的喜爱。

　　来过民宿的客人中有一对母女，因为一次旅游，几年过去了还跟屠苏保持着良好互动。客人是扬州城区来的，在城市生活得久了，整天局限于高楼之中，内心觉得压抑，就想到近郊的农村放松一下，乡村没有高楼，走在外面内心会觉得特别敞亮。沿湖村作为扬州乡村旅游的一个标杆，成了不少城市游客周末放松的首选。

　　民宿没有早餐，但可以做饭，客人不会做，屠苏就喊来妈妈为客人做好一顿贴心的早饭。屠苏妈妈是一个勤劳的渔家女人，虽然不识文断字，但丰富的生活实践，让她成为制作菜肴的智慧能手。

　　雪里蕻是一种十分常见的蔬菜，在祖国的大江南北随处可见，烹饪方法也十分简单，既可以凉拌，也可以清炒，甚至可以作为馅料做成包子、饺子。在沿湖村，它还可以被渔民腌制成一道美味的咸菜，早晨配上一碗粥，成了舌尖上的一种美味享受。

客人对这种简单的小咸菜给予了高度评价，说我们经常到这个老字号吃早茶，到那个美食店吃早饭，都赶不上这一碗粥、一碟腌制的雪里蕻，这小菜让我吃到了家里的味道。

这种评价是客人无意间的肺腑之言，说得屠苏妈妈有点不好意思，说你们要是觉得好吃，回头走的时候我送给你们两罐。客人一听，那怎么行，不过这小菜确实好吃，我们出钱，你卖给我们吧。屠苏妈妈说，这菜在咱们这遍地都是，又不值钱，你来我们这里玩，就是我们的客人，给钱就生分了，你们回到市里，给我们村做做宣传，让更多的人过来做客，就什么都有了。

客人被热情的渔民感动坏了，说那肯定的，我们回去肯定要好好宣传一下。

如今，好几年过去了，屠苏跟这一对母女还保持着联系，周末没事的时候她们就来住上两天，放松一下。通过她们的热情宣传，不少朋友也陆陆续续来到了这个美丽的小渔村。

这是一种良性循环，游客多了，餐饮民宿生意自然也就好了，渔民们的土特产销量也上去了。渔民尝到了甜头，看到了希望，日子过得越来越有信心。

一家又一家民宿和渔家餐馆开张营业，渔民们不聘请外面的厨师，里里外外全靠自己勤劳的双手，他们凭借特色的渔家菜肴和热情的招待留住了客人的心，依靠渔家特色文化吸引了越来越多的游客来到沿湖村参观体验。

⑲ 小渔村走出了俏渔娘

　　清晨的第一缕阳光照进船舱的时候，渔家姑娘黄成娟就开始准备客人订下的宴席。邵伯湖禁捕后，原本用来捕捞和生产的渔船在时代的发展中退出历史舞台。为了留住渔民的乡愁，沿湖村特意留下了几条渔民生活居住的船只，其中一条还做成了用于党建工作的红色教育基地，村里把党支部的很多活动安排在渔船上举行。对渔民来说，渔船就是他们的来处，它像是渔民的一个坐标，提醒着每一个奋斗前行的人。如今生活好了，日子过得富裕了，无论将来的路要走多远，到曾经生活过的渔船上看看，他们都能找到自己的初心。

　　沿湖村为了让游客对渔民生活有深度的体验感，专门将两条生活渔船从邵伯湖岸边移到村里棠湖的湖面上，用于经营船宴。游客可以在船舱里吃饭、喝茶、休息，感受地地道道的渔民生活方式。

　　在沿湖村，负责经营船宴的是渔家姑娘黄成娟。她把这几条船看得很重，经营过程中对这两条船也无比爱惜。船承载着渔民生活的过去，是渔家生活的一种记忆，一种传承，也是渔民乡愁的寄托载体。同时，这两条船也承载着当下美好生活和未来村庄发展的使命，成为游客们感受渔家生活环境、体验渔民日常生活、享受渔家独特风情的"网红打卡地"。

当然，相比渔民之前的生活条件，这两条船要好上很多。船在布局上保留了渔民生活的原貌，为了让游客有更舒适的体验感，村里专门拉了一根电线接到船上，配备了冰箱、空调，并开通了网络。

一般情况下，一条船每天只接待一批客人。三五好友或是一家人往船头上一坐，品茶、闲聊，阵阵微风迎面扑来，轻柔得如同邵伯湖中的水。到了中午时分，坐在船舱里，吃着渔家特色菜，把酒言欢。食材全是新鲜的当地食材，黑鱼汤、老母鸡汤都是当天杀好现炖，素菜更是现采现做，绝对新鲜。

到沿湖村的客人，似乎就是来寻找一份醉意，可以放松心情在对饮中喝醉，也可以在如画的风景里沉醉。不管是哪一种方式的醉，餐后都可以躺在船舱里的床榻上小憩一会儿。睡醒之后，落日的余晖倒映在湖水里，喝喝茶，打打牌，弹弹琴，远离钢筋混凝土的城市喧嚣，所有的疲惫在一天的村庄之行中烟消云散。

黄成娟说，她觉得自己比祖辈和父辈都幸福，她比他们更幸运地赶上了新时代，享受到时代发展带给渔民的红利，让他们这个家庭依托乡村旅游的发展走出了生活的困境。

和生活在这里的很多渔民一样，黄成娟的祖上并不是沿湖村人。当年，老家山东遇上饥荒，树皮草根吃完了，人们恨不得吃棉被里的棉花。为了寻一条生路，一家人划着一条小船顺水而行，一路漂到了邵伯湖，发现这里是渔民安家的好地方，决定在此安家落户。

渔民的生活艰难困苦，风险无时不在。北宋政治家、文学家范仲淹写过一篇关于打鱼的诗《江上渔者》，其中两句"君看一叶舟，出没风波里"很形象地写出了渔民捕鱼时的场景。面对茫茫的邵伯湖，一条渔船渺小得如同一片树叶，在波浪中摇摇晃晃。要是老天爷不赏脸，遇到狂风暴雨，小小的渔船根本抗衡不了风雨，渔民都不敢出湖捕鱼，一家人只能坐吃山空。

我问黄成娟，你们当年生活的船只和现在经营船宴的船一样大吗？黄成娟说，那时候的船太简陋了，远远比不上现在的船。她打了个比方，如果把现在经营的船比喻成别墅，当年的船只能是茅草屋。她回忆说，原来家里的船是 5 吨位的，差不多跟乌篷船一样大小，后来生活慢慢有了起色，换了一条水泥船，不过也只有 7 吨位，而现在经营的这条船是 15 吨位的。

黄成娟说，一条小船上生活着父母、她和妹妹四个人，遇到狂风暴雨的时候，外面下大雨，里面下小雨，睡都没法睡，一家人只能坐着熬到天亮。

童年的记忆中，家里最愁的时候是每个学期开学要交学费的时候，渔民本来就穷，但因为多是外地户口，除了要交正常的学费，还要额外交一部分借读费，很多家庭拿不出钱，孩子一般上到三四年级就辍学了。他们上一代的父母上过学的不多，觉得孩子只要认识一部分字就行了，卖鱼的时候会算账，出门的时候能看懂路牌和门面上的字，生活里就够用了。

孩子一旦辍学，每天只能耗在船上给父母打下手，到了结婚的年龄，在渔民圈子里找一个对象，然后结婚生子，重复渔民周而复始的劳作与生活。

黄成娟没有听从父母的建议提前辍学，吵着闹着非要去学校。那是她与父母的一场战争，也是与命运的抗争，作为一名未成年人，想让自己的人生之路有更多的可能性，上学是唯一的出路。父母拗不过自己的孩子，只能勉勉强强支撑着孩子的愿望。

读完初中，黄成娟顺利考进了高中，但是父母在经济上实在无能为力，她哭闹了整整一个暑假，这次却再也没有办法如愿。哪个父母不心疼自己孩子呢？但有心无力，梦想只能输给现实。这是渔民家孩子存在的普遍现象，他们是多么羡慕岸上村庄的农民啊，有房子住，有土地种，有条件上学。

初中毕业的孩子，虽然还达不到法定的成人年龄，但在早些年，乡镇的一些工厂并不会拒绝为他们安排岗位。黄成娟不想留在渔船上打鱼，她想走出去，选择了去镇上的一家玩具厂打工。

对黄成娟来说，那是个痛苦的选择。决定辍学的那个晚上，她一个人趴在船头的甲板上，"月黑见渔灯，孤光一点萤"。小小年纪的她，在内心暗暗发誓，将来不管多难，一定要带妹妹走出沿湖村。

时间抚慰了黄成娟心里的创伤，也让沿湖村走出了颇具特色的乡村振兴之路。回想这漫长的历程，有太多痛苦，也有奋发向上带给人的成就感。她觉得沿湖村是幸运的，有刘德宝这样的带头人，用十年持之以恒的坚持，让原本贫困落后的村庄走出了困境；她觉得自己也是幸运的，在最迷茫的时候遇到了副镇长崔卉。

镇上的玩具厂是黄成娟的第一份工作，虽然很辛苦，但她依然干得十分认真，因为那时候的她，拼了命地想离开渔船，离开沿湖村。她出色的表现得到了厂里领导的关注，半年之后就被调到了厂里的玩具设计室，做出口玩具的试样排版。

对很多沿湖村女孩子来说，即便是到乡镇上，也算是一定程度上的见世面。黄成娟有属于自己的想法，这种想法包括对人生的追求和生活的态度。

若是没有走到镇上，她的命运或许跟父辈们一样，在渔民圈里找个对象，把自己嫁了，然后继续过着枯燥的渔民生活。走出去改变了她的命运，也改变了她的人生方向。但是，对于一个赤手空拳闯社会的渔家姑娘来说，想要真正实现人生命运的转变，注定要付出超乎常人的艰辛。

成家、怀孕、生子，这是绝大多数女人的必经之路，但是，相比别的女孩子，黄成娟的路走得稍微曲折了一些。为了能多挣些钱，让家人过上相对宽裕的生活，不到万不得已，她不会放弃前进的脚步。谁知欲速不达，怀孕之后，要强的黄成娟依然拼命地在厂里工作，结果导致女儿早产。不幸中的万幸，孩子虽然早于预产期出生，好在成活了。为了好好照顾孩子，她只能从工厂辞职回家。

对于一个要强的人来说，困难从来不是阻碍人生前行的阻力，而是激发其奋斗前行的动力。不甘无所事事的黄成娟，一边带孩子，一边开始在淘宝上卖东西。刚开始的时候，只是小打小闹地做，销售镇上一家鞋厂的鞋子。有了一点销售经验的时候，她发现当时微商正在兴起，大胆尝试做起了微商。为了拿下某品牌在扬州的总代理，她寻找各种销售渠道，硬是在一个月内将三万元的货全部销售掉了。

天有不测风云，人有旦夕祸福。2016年春节，日子刚到正月初八，城里的人已经开始上班了，但对于生活在农村的人来说，年远远还没有过去。人们还沉浸在春节的余温当中，黄家却发生了重大的变故，黄成娟的妹妹在出门的时候遭遇车祸，造成盆骨多发性骨折。

俗话说，伤筋动骨一百天，盆骨多发性骨折让黄成娟的妹妹在床上一躺就是一年多。在那一段时间里，黄成娟突然之间成熟了很多。父母年纪渐渐大了，已经吃不消渔船上生活的苦，妹妹将来即便是养好了，劳动能力肯定无法恢复到正常人水平，要找工作肯定也比较困难，作为家里的长女，赡养父母、照顾妹妹的重担自然全落在了他的肩膀上。

在当时，城市化快速发展的浪潮中，乡村旅游直通车已经开进了沿湖村这个祖祖辈辈从事捕鱼、养鱼、卖鱼的小村落，外面的游客陆陆续续开始知道这里，了解这里，并推介这里。水流动起来，河岸边才不会发臭，人流动起来，村庄就不会受穷。

一个村庄的变化，归根到底在于人的变化。在国家各种惠农惠渔政策的扶持下，一条条大路将外界与村庄联通，让原本封闭的渔民看到了幸福生活的希望，他们对国家的认同感，对社会的认同感，以及对渔民身份的认同感，开始变得越来越强烈。

早些年的时候，渔民总是自卑地以为，自己天生就矮人一等，一群人把自己封闭在一个密封的环境中，外面的人进不来，里面的人也不出去，即便是与岸上邻近的农民村庄，也是"鸡犬之声相闻，老死不相往来"。

人有两次生命的诞生，一次是肉体出生，一次是意识觉醒。如果把沿湖村看作是一个人，当时的她，已经开始了一次脱胎换骨的意识觉醒。这种觉醒，通常是以一种强烈的心灵体验为开端，这种体验可以带来内心深处的平静、新的视野和更为广阔深刻的理解。同时它也能使人更加关注自己的行为、想法和情感，从而更好地对外展开探索和实践。

村庄发生了变化，人的思想也跟着发生了变化。原本想尽一切办法逃离村庄的年轻人，陆陆续续开始回村创业了。黄成娟也动了这样的心思，一是她觉得别人能做到的，自己也能做到，二是在村里创业能帮衬家里，既能照顾父母，也能照顾妹妹，算是一举两得。

黄成娟说，她从内心里感谢时任方巷镇副镇长的崔卉，那是她创业过程中的贵人。没有崔卉，就没有她的今天。

当时，黄成娟找到崔卉，说自己想要回到村里开个小店，专门售卖村里的土特产。和沿湖村党委书记刘德宝一样，每次看到年轻人从外面回来，崔卉都特别高兴，因为不管时代如何发展，村庄未来干事创业的顶梁柱，永远是年轻人这个群体。

黄成娟家住的位置一般，没有在旅游主干道上。崔卉实地看了之后，帮黄成娟做了客观的分析，依据当时沿湖村旅游发展的规模和她家位置的实际情况，并不赞同她回村开店卖土特产的想法。

崔卉对黄成娟说，你想回来，我特别为你感到高兴，说明沿湖村有影响力和吸引力了，但具体到你个人的实际情况，现在我并不支持你回来，村里虽然比之前有明显的改善，乡村旅游也有一定的客流量，但是规模上还不足以支撑实现你现在的想法，毕竟你家的位置不在村里目前的旅游线路上，没人从家门口过，你的东西卖给谁呢？这是个客观现实的问题。何况，想要开一个店，房子需要改造装修，对于你们来说是个不小的开支，钱投下去，看不见效益，对你创业的积极性会是个很大的打击。

崔卉建议黄成娟再等等，等村里的旅游业再成熟一些，客流量再大一些，到时候回村比较稳妥。

相比自己盲目性的创业热情，崔镇长的分析更加理性，黄成娟暂时放弃了回村开店的想法，带着妹妹到黄珏学校门口租了一个小门面，干起了卖花甲的小店，顺带卖卖村里的土特产。生意不温不火，勉强养家糊口。

让黄成娟意外的是，2018 年 8 月，时隔两年之后，崔卉主动找到了黄成娟位于黄珏的花甲小店。

"崔镇长，你咋来了，是来黄珏办事的吗？"黄成娟操着山东口音的普通话，满脸诧异地看着满头大汗的崔卉。在她眼里，副镇长好歹也算是大领导了，竟然大老远跑到自己小店里来。

"娟子，我专门来找你的啊，两年前，你说想回村里创业，那时候不合适，我让你再等等，现在时机到了，我专门请你来了。"崔卉擦一把脸上的汗，进了黄成娟的店门。

听崔卉说是专门来找自己的，黄成娟心里特别激动，都两年了，她自己都快忘记两年前的事情了，跟崔镇长非亲非故，人家还一直记在心上，这样的领导干部，让她眼眶里直闪泪花。

"崔镇长，那我回去干啥啊？"黄成娟兴奋得有点迫不及待。

"村里新建了渔家书房，我跟村里的领导商量过，想让你回去参与经营管理，不收租金，我觉得挺适合你。"崔卉说。

黄成娟一听，心里既兴奋，又有点担心，自己毕竟只有初中文凭，那么高大上的地方，自己怕是胜任不了。崔卉鼓励她，又不是让你过去当老师给大家讲课，就是有活动了帮着忙活忙活，还可以卖卖咖啡、奶茶，外面的游客去了，也可以卖卖咱们渔家人的土特产，而且村里为了支持你们年轻人创业，还不收租金，多好的机会啊。

虽然内心还是很忐忑，但黄成娟在心里鼓励自己，这样的机会不正是自己之前一直求之不得的吗？村里给免费提供地方，相当于是不用改造房屋，不用装修，零成本创业，多好的机会啊。

她想了想，对崔卉说："崔镇长，我听你的，回村里创业。"

从沿湖村走出去，又回到沿湖村，黄成娟不是第一个，也不是唯一一个。沿湖村是中国乡村振兴的一个实践样板，在广袤的中国大地上，有许多像沿湖村一样的村庄，在国家政策的扶持与基层领导干部的引领下，成千上万的劳动人民用智慧与劳作，让村庄和自己摆脱贫困，走上富裕之路。

年轻人回来了，村庄变得更加具有活力。青年是整个社会中最积极、最有生气的群体，在返乡创业、振兴乡村中也扮演着重要角色。不少返乡创业的年轻人接受过良好的教育、有过在市场打拼的经历，具有开阔的视野、活跃的思维，了解市场需求，善于培育高效优质农产品，延伸产业

沿湖村走出来的"俏渔娘"黄成娟被评为"邗江区向上向善好青年"（沿湖村供图）

链、提升价值链。同时，这些返乡创业的年轻人善学习、肯钻研，在实现自我成长的同时，也让更多人看到乡村发展的机遇，带动更多人投身乡村这片热土。可以说，年轻人返乡创业，拓展了乡村产业，让资金、技术、人才等要素加速向农村汇聚。

回到农村创业的黄成娟，像是打了鸡血。她觉得，村里把建设好装修好的渔家书房交给她打理，是对她的信任，也是对她的关爱，她不想辜负村里，也不想辜负关心自己的人。

2019年10月1日，位于沿湖村的渔家书房正式开放。村党委书记刘德宝说，建设江淮生态大走廊的规划，以及611省道的开通，对于沿湖村来说，是一个新的机遇、新的起点，我们在全面退养、渔民上岸定居的大背景下，推动传统产业不断转型，尝试人才、文化、生态、资产、资源等发展载体创新，形成"旅游＋""生态＋""互联网＋"等发展新模式，在成功打造渔家餐饮、渔家民宿之后，全力打造的渔家书房已经成为沿湖村的又一大亮点。

渔家书房位置在村庄的核心，紧挨着村文化广场，充分考虑了渔家文化传承、交通便利、服务需求、阅读需求等因素。相对于遍布于市区的城市书房，沿湖村的渔家书房建设体量算不上大，建筑面积约200平方米，设计风格为乡村休闲生态风，藏书3000—5000册。规模虽然不大，但图书配置实用性比较强，包括水产养殖捕捞技术、美食烹饪技术、旅游休闲度假以及文学类的图书。更为关键的是，藏书并非一成不变，而是与市图书馆实行通借通还制度，每个礼拜由市总馆调配更新300册书籍，充分保证图书的更新与流通率。

除了具备常规的图书馆的阅读功能之外，渔家书房还特别设置了一个区域，用来展示渔家人的新兴业态。

负责城市书房的，主要是黄成娟。除了她，村里还安排了另外两个"新沿湖人"，一个是从泰国嫁到这里的姑娘，村里人习惯称呼她"泰妹"。泰国这个地处中南半岛中部的国家，旅游业十分发达，以其迷人的热带风情、浓厚的民族气息，吸引着来自世界各地的游客。

"泰妹"的老公是沿湖村人，当年去泰国旅游的时候认识了"泰妹"，两人一见钟情，留下联系方式，回国之后依然保持联系，越聊越投缘。后来，"泰妹"到沿湖村走了一遭，水美、景美、人更美，征得家里人同意后，成了地地道道的渔家媳妇。"泰妹"之前虽然没当过专业导游，但说句俗气一点的话，没吃过猪肉还没见过猪跑吗？作为土生土长的泰国姑娘，"泰妹"身边有很多人吃旅游的饭，在这样的环境中成长，"泰妹"有丰富的旅游推荐经验，刚好能为渔家书房的经营助上一臂之力。

除了"泰妹"，沿湖村还有一位从新疆嫁过来的女孩，大家喜欢称呼她为"疆妹"。江苏与新疆是对口援建单位，从"诗画江南"到"塞外江南"，从扬子江畔到伊犁河谷，相距8000多里的江苏与伊犁因对口援疆而紧紧联系在一起。

沿湖村的人们特别喜欢"疆妹"，除了人好，还有一个重要的原因，她会制作地道的新疆美食。对于外地游客来说，能在邵伯湖畔品尝到正宗的西域美食，是沿湖村之行的意外惊喜。而黄成娟也有着三年下午茶制作经验，刚开始经营渔家书房的时候，三个人从早到晚在一起摸索研究，经过一次次尝试，将各自的拿手菜融入沿湖村的特色美食中，南北美食的融合，给游客带来了意想不到的舌尖上的美味。

渔家书房的很多事情都是从零开始，从基础学起来，从形象打造到微笑待客，从环境布置到图书借阅，从经营项目到运作模式，都是她们没有经历过的。回忆起当时的场景，黄成娟说，那时候的每一天感觉都是新的，特别是一个人被选派到城里的城市书房去学习，既新鲜又紧张，她要先当徒弟，跟专业的老师学习怎么做甜品，怎么磨咖啡，怎么在咖啡上面做漂亮的拉花。学成回来之后，她又要做老师，把学到的技能交给一起经营渔家书房的小姐妹们。

不管是学的时候，还是教的时候，黄成娟都觉得自己身上肩负着一种使命。村里专门派她出去，是对自己的信任与认可，也在自己身上寄托了很大的希望。学的时候，她一丝不苟，老师教的知识，一点一滴都记在心里；回到渔家书房，教的时候也丝毫不敢大意，每一个动作都不敢走样，每一个细节都不敢遗漏，生怕忘了哪个环节，导致做出来的产品出现问题，影响了顾客的体验感。

一棵树苗需要肥沃的土壤、充足的水分、充分的阳光与合适的温度才能茁壮成长。一个人也是一样，要想发展起来，需要合适的环境和平台。渔家姑娘们经营村里的特产，没有包装，也没有一个像样的名字，虽然效益还说得过去，但总感觉有些不够专业。这就像一个人，长得很漂亮，人品也很好，但没有一个属于自己的名字，这是典型的美中不足。

为了让渔家姑娘们创业更有积极性，有自己专属的品牌，在副镇长崔卉和村党委书记刘德宝的帮助下，黄成娟和村里的四位小姐妹成立了俏渔娘文旅公司。

这几个地道的渔家姑娘做梦都不敢想，她们有属于自己的公司了，名字不但响亮，还那么贴切，看似简单的三个字组合在一起，听起来不但高大上，还能真实反映她们团队的身份和产品的特色。

在生态环境优质的沿湖村，大自然馈赠的天然素材很多，如果融入俏渔娘们的智慧，就能制作出天然素雅的系列产品。比如，她们开发了带有渔村元素的植物印染生活用品创客课堂，用荷叶、菱角混入紫树叶做染料，用拓印的方式印染在白色的布艺上。然后，再经过俏渔娘们的巧手缝制，把白布做成小香囊包或是各种流行的麻布包。

随着沿湖村名气越来越大，慕名而来的游客越来越多，除了旅游公司跟团游和家庭游，公司的团建队伍、学校组织研学的团队也日益增多。

在村里的支持下，俏渔娘们把植物印染纳入团建和研学的项目中去。这种团建或研学使游客沉浸其中，既感受到了一种不一样的乐趣，又实实在在学到了东西，让他们真真切切感受到什么叫不虚此行。

伟大的科学家爱因斯坦说过："兴趣是最好的老师。"这就是说一个人一旦对某事物有了浓厚的兴趣，就会主动去求知、去探索、去实践，并在求知、探索、实践中产生愉快的情绪和体验。

为了让游客有更好的体验感，黄成娟和小姐妹们使出了浑身解数。她们把自己会的所有技能都融入文创作品的开发中，遇到制作困难时，几个人就坐在一起研究，寻求解决问题的办法，创新制作出一系列带有渔家特色的文创产品。

黄成娟之前在玩具厂工作过，当时负责产品研发，既懂技术，也懂设计，凭借着多年前积累的经验和创新意识，制作出了渔翁、渔娘的卡通形象，个个生动形象、栩栩如生，成了游客们十分青睐的渔文化文创产品。

跟黄成娟一样，俏渔娘之一的倪传雪也是地地道道的"渔三代"，回村创业之前，她跟老公在广东打过两年工，还曾经做过十年的玉器打磨，和很多平凡人家的孩子一样，在一次次摸索之中寻找自己在社会中的生存空间。后来，倪传雪当了妈妈，开始全身心照顾孩子，孩子上小学之前，一直是家庭主妇，基本上与社会脱节。

村里大力发展乡村旅游后，为年轻人创业提供了很好的平台，倪传雪借着这股东风，加入俏渔娘队伍，开始了自己的文创开发之旅。

倪传雪之前学玉石打磨的时候，学过很多玉石挂件绳子的编制手法，外加自己的丈夫是一名玉雕师，她便将体现渔文化特色的玉石加入文创中，编织一些带有小鱼小虾小蟹形象的玉石手链和挂件。通过融合玉石与特色文创，既开发了新的产品，也带动了玉石生意。玉石与这些水中生物，原本是风马牛不相及的两种事物，一旦被有心人赋予情感，一下子就成了默契度极高的搭档。这些看似不足为奇的创造，其实就是劳动人民日常生活实践和智慧的结晶。

在倪传雪的不断创新下，她的文创代表作"莲蓬车挂"花费了一年半的时间终于"面世"，由风干莲蓬、珠子与绿色流苏串起组成，极具沿湖村特色。

除了做文创，倪传雪还通过创客课堂教游客自己做文创。为了呈现更好的状态，她经常对着镜子练习，或者在老公和儿子面前练习，让他们帮忙提建议。现在，倪传雪已经能在课堂上谈吐自然、声情并茂地为游客们讲自己、讲沿湖村、讲文创了。倪传雪说，文创让我看到了另外一个世界，也让我在这条道路上收获了自己的价值。去年我参加了全国文创比赛，还上了电视，从来没敢想过一个家庭妇女能上电视，当时把我给激动坏了，自豪得很，今年我还要多动脑筋，不断开发新产品，努力多挣钱，让家里的日子过得一天比一天好。

一个村庄的发展需要具有创造力和创新思维的年轻人，一个时代也一样。人类的进步，社会的发展，都是劳动者推动的，这些劳动者，包括工人、农民、手工业者、小商贩、工程师、科学家，当然，也包括像"俏渔娘"这样新时代下奋斗的新生代渔民。她们对已经积累的知识和经验进行加工和创造，展现了创造新产品的能力。

靠湖而生的沿湖村，水生植物十分丰富，当人们的智慧与大自然的馈赠融合在一起，会衍生出许多让人眼前一亮的艺术品。除了卡通形象的渔翁、渔娘和玉石手链、挂件，水塘里密密麻麻的莲蓬，经过俏渔娘们的加工，成了既独具风格又有烟火气息的"莲蓬车饰挂架"和"莲蓬杯垫"，时尚又实用。它们被摆放在渔家书房之中，将来此旅游的客人与世外桃源般的沿湖村联系在了一起。

如今，俏渔娘们通过自己的努力成为沿湖村的一张名片，在创客课堂与其他事务上，她们会相互帮助与合作，在工作之余，她们也会聚集在渔家书房交流各自的经验，希冀能够靠自己的努力创造更好的生活。

时间不紧不慢，大自然有着自己固定的节奏。节气到了白露前后，湖泊沿岸的浅水中，芡实开始成熟。这种被誉为"水中人参"的水生植物，在百姓的日常饮食中有着十分重要的地位。芡实据说是"婴儿食之不老，老人食之延年"的良菜佳品，它具有"补而不峻""防燥不腻"的特点，是冬季进补的首选食物，除去果皮，取出种子，洗净，再除去硬壳，晒干，生用或炒着吃都可。

芡实因为果实状如鸡头，在南方人的称呼中，有着极具烟火气的名字——鸡头米。"最是江南秋八月，鸡头米赛蚌珠圆"。这句诗，充分说出了人们对它的喜爱。随着人工栽培技术日渐成熟，市面上售卖的芡实大多数为人工种植，纯天然的野生芡实成了市面上稀缺的存在。毗邻邵伯湖的沿湖村有着得天独厚的水域资源优势，这里盛产的野生芡实，与虾米、虾粉并称沿湖村的"渔家三宝"。

在芡实收获的季节，外地人若是到沿湖村做客，热情的渔家人会将剥下的芡实配上糖和桂花，做成甜美可口的芡实羹，或者是芡实糕、干果。这是勤劳朴实的渔民们在一次次对美食的探索中创造出的智慧成果。

在社会的多元化发展进程中，人们对物品的选购途径越来越多，传统的实体店面营销手段在信息化快速发展的今天，已经远远跟不上节奏。充满智慧的俏渔娘们十分懂得与时俱进。

"芡实渐渐成熟，明天就可以尝鲜了……"时间刚进入八月中旬，"俏渔娘"团队成员黄成娟就在自己的微信朋友圈向好友发出了预告。同时与文字搭配的，是水面上长势喜人的芡实图片，如锅盖一般大小的叶子，一片片铺在水面之上，绿油油的，十分壮观。

这几年，黄成娟把握住了互联网传播的"流量密码"，将沿湖村文创产品和当地土特产放到了网络上售卖。网络直播中，黄成娟自信地向地处祖国各地的观众们介绍着农产品的相关知识。以前的她无论如何都不敢想象，当初那个内向害羞的渔家姑娘，在一次次的失败和继续前行中，能蜕变得如此成熟自信。

从前，黄成娟是一个不爱讲话的人，她说，以前我没怎么出过门，最远的就是去附近的工厂打工，要么就是在黄珏镇上开小店，有交流的陌生人，基本上都是厂里的工人和去店里买东西的客人，根本没上过舞台。

黄成娟第一次登上舞台，是在常州溧阳举办的长江两岸民俗论坛上。她说，以前她到村里、镇里看演出，都是坐在舞台下面，看到上面的主持人、嘉宾或是演员，个个表现得都神情自若、神态自然。等她真正站在台上，一下子就慌了，舞台下面乌泱乌泱的全是人，那一双双眼睛都看着舞台，像是一个个带尖的小刺，让她浑身不自在，脸上火辣辣的，心怦怦乱跳，腿也不知道怎么回事儿，总是下意识在抖，感觉特别丢人。如今，说起当年的窘态，黄成娟忍不住大笑起来。

如果用一个词来形容现在和当初的黄成娟，"今非昔比"最为合适。曾经，她只是一个只有初中学历的渔家姑娘，最高光的时刻也不过是厂里的工人、美甲店的老板，现在，她不单是"俏渔娘大娟子"团队的负责人、船吧的主要经营者，还是扬州市渔文化博览馆的讲解员。客人从进沿湖村的大门，到游完心满意足而归，整个过程，黄成娟能讲解得头头是道。她是渔民的后代，深爱着这片土地，生在这里，长在这里，见证了村庄翻天覆地的变化。新时代发展的进程中，村庄的命运在改变，村庄的命运也改变着村民的命运，她作为沿湖村中的一分子，赶上了时代发展的红利，享受到了村庄在奔小康路上带给穷苦渔民的真真切切的实惠。

在没做直播之前，沿湖村的特产还都是通过线下经营。旅游旺季的时候，外地的游客大量涌入，特产十分畅销。到了冬天，地处长江中下游地区的沿湖村，旅游也跟着进入了休眠状态，特产的营业额呈断崖式下降。

在困难面前，俏渔娘们从来不会畏惧。游客不来，她们便主动出击，带着"渔家特色渔产品"，到市区的小区里摆摊。摊位上的渔产品全部来自沿湖村且种类多样，有湖虾米、豆腐圆、虾饼、鱼圆、芡实、虾粉等。俏渔娘们将自己对未来美好生活的向往，寄托在这些朴实美味的乡土特产之中，把渔家人深厚的情感融入一个个产品之中，变成千家万户餐桌上的佳肴。

村庄在与时俱进，俏渔娘们对美食的探索也一直没有停歇。湖虾米豆

"俏渔娘大娟子"(黄成娟)带货沿湖村非遗文化产品(沿湖村供图)

腐圆是由扬州市邗江区杨寿镇的非物质文化遗产豆腐圆改良而来。在这个产品的研发上,方巷镇副镇长崔卉给了俏渔娘们很大的启发。她们将海虾米换成邵伯湖的湖虾米,并添加藕丁等食材体现沿湖村特色,在一次次不断的调试之中,寻找到优质食材与调料的最佳融合比例。这些渔家人的特色食品都是由俏渔娘们和村里一些擅长厨艺的老人手工制作,有着严格的筛选机制,以保证食品的质量。黄成娟说,我们尝试摆摊的第一个冬天,就卖了七八万,这些钱可能在城里人看来并不算多,但对当时的我们来说,是个巨大的鼓励,让我们对未来的道路充满了信心。

当然,在创业的道路上并非都是一帆风顺,遇到挫折也在所难免。

潘兰是"俏渔娘"团队中的一员,她最开始负责菱秧饺子,这种市面上并不多见的馅料，在推向市场后，获得了不少顾客的青睐。但顾客吃完之后，回馈的意见并不乐观，不少顾客反映，馅料味道挺特别，但是饺子皮不是很筋道。

饺子这种寻常百姓家都经常吃的食物，做起来并不困难，但想要做得好吃并不容易，馅料的口味以及面和得好不好都是重要因素。

饺子皮要想有筋道，除了对面粉的选取、水的比例有要求，揉搓的时间和力度也很有讲究，一定程度上可以说，揉面是个体力活。

潘兰家的饺子皮不够筋道，大家在一起分析原因后发现，负责和面的潘兰婆婆年纪大了，揉面的力度跟不上，导致饺子吃起来口感让人有些不够满意。

对于刚开始创业的人来说，顾客的口碑是至关重要的。若是没有及时改进，将来肯定越做越差。潘兰家的饺子市场体验不好，俏渔娘们只好再做选择。渔娘刘德芳的老公原来是做包子生意的，在包子皮、饺子皮的擀面技术方面有着丰富的经验。刘德芳老公馅料拿捏得精准，婆婆长期在家里打下手，专门负责和面、揉面、擀面，面团在她的手上，像是一个无比听话的玩偶。

"俏渔娘"团队在尝过刘德芳家的饺子、包子之后，决定将这两种产品同时推向市场。精心的选择之下，保证了食材的味道，这种美好一旦进入味蕾的记忆，时间久了不吃，舌尖会产生一种下意识的条件反射，告诉人们它的需要。新推出的产品在各个小区里卖得很好，顾客的反馈也很好。

最开始的时候，虽然销量并不是很大，产品都是土特产，品牌也不响亮，但姑娘们对产品种类都做了相应的规定，如果想要额外增加品种，必须进行前期的考核和评比，如果大家评审通不过，产品就不能加入销售行列。这是她们对待经营的态度，宁可不挣这一分钱，也不能将不满意的产品推向市场。她们在乎"俏渔娘"的品牌，也在意沿湖村的脸面。她们与村庄，本就是一个命运共同体。

"俏渔娘"是一个十分团结的集体，像是一个大家庭中的姐妹，在生活中抱团互助。一个村庄的发展需要一个好的领军人物，更需要每一个村民的团结前行。在五名姐妹的不断努力下，"俏渔娘"的品牌越做越好，影响也越来越大。如今，原本由五位"渔三代"组成的"俏渔娘"团队，核心成员已经增加为七个人。

崔卉是新加入的成员之一，虽然不是沿湖村本土的渔民，但她在第一次来到沿湖村之后，就与这片土地结下了深厚的情缘。不管是当初身为乡镇副镇长，还是后来调到区政协任职，她都一直关注着沿湖村的发展，即便是现在在工作上退居二线，依然在尽自己最大的努力去帮助这里的年轻人创业。

在新的"俏渔娘"团队中，崔卉虽然年纪最大，但积极向上的心态让她一直处于青春的状态，不但担任"俏渔娘"团队的创业导师，还被聘请为"方巷镇沿湖村乡村旅游义务辅导员"，一路助力"俏渔娘"团队走得更远。

尤其是近两年来，直播带货越来越有市场，给"俏渔娘"团队的特产经营插上了翅膀。

"这是我们俏渔娘自己家里腌制的湖滩野麻菜，从挖麻菜、洗麻菜、大缸腌制到小缸封存，每一个环节，我们都十分用心。小虾炒麻菜，麻菜鸡蛋汤，一定是您餐桌上的最爱……"对于直播，黄成娟已经驾轻就熟，和直播间里的观众们交流，已经如同和老朋友聊天一样自如。

一块土地的丰收在于深耕，一个平台同样如此。最好的货品，最好的态度，最好的互动，几年的精心耕耘下来，"俏渔娘"团队的带货直播间已经成为"网红"般的存在，本就是"网红打卡地"的沿湖村，也更加火热起来。这是村庄与村民互利互惠和良性互动的成果。

㉟ 乡村旅游辐射周边村庄

　　刘德宝说，我们的村北面是兴弯村，生产结构比较单一，主要靠农作物种植和鹅养殖，我们发展乡村旅游之前，这个村庄比我们发展得要好很多。这些年，我们凭借自身努力和国家政策的扶持，走上了乡村振兴的发展道路，一改曾经贫穷落后的面貌。我们一直在思考探索，一个人再富也不算富，一个村庄也是这样，必须带动周边一起发家致富，形成一个大的产业格局，才能走得更久远。2021 年，我们向着兴弯村的方向做了长达 3 公里的旅游环线，不仅改善了村民的出行条件，还能将到沿湖村旅游的人引流到兴弯村，带动这个村庄村民的旅游收入。沿湖村南边是玉合村，我们在两个村子之间做了 1000 亩的标准养殖基地，投入 1600 万，养殖螃蟹、虾和观赏鱼，带动大家共同发展。目前，我们正在筹备以沿湖村为中心，联合周边 7 个行政村，形成沿湖片区发展板块，实施新的集体发展模式。

一个村庄的思维方式影响着生活在这片土地上的每一个人。"俏渔娘"团队作为土生土长的渔家儿女，经营理念与发展格局与自己热爱的村庄高度一致。

除了自己致富，勤劳善良的渔家儿女，对于别的村庄的邀约，只要产品优良，从来不会拒绝。她们深切地知道，在乡村的大地之上，人与人需要互帮互助，村庄之间也同样需要，人作为乡村振兴的关键所在，必须时刻发挥主观能动性。

除了沿湖村的特产，"俏渔娘"团队还在吸纳高邮湖、宝应湖等地的绿色芡实加入销售范围，形成一个良性互动的"好物群"，一起联手去开拓更大的市场。

黄成娟介绍说，随着我们团队的影响力不断扩大，产品销量也在不断增加。就拿芡实来说吧，沿湖村产出的野生芡实已经远远不能满足客户群的需求，到别处去"甄选好物"既符合我们多元化发展的思路，也能帮助农民同胞们发家致富。也有人建议我们用基地养殖的芡实冒充野生芡实，我们并不认同这样的营销模式，并坚持对销售产品的严选。我们的客户群维系得很好，大家之所以对我们这么认可，根本原因还是我们推销的每一样产品都做到了保质保量。

每一种优质食品端上人们餐桌之前，都有着不为人知的艰辛付出。野生芡实与基地养殖芡实有着明显差别，口感也不一样。基地养殖的芡实果实藏在叶子下面，而野生芡实的果实暴露在叶子之外，且果实外面的刺坚硬得跟刺猬身上的刺一样，农民在采摘的时候经常被刺扎到手，严重的还会引起感染。黄成娟说，我们坚持只卖野生芡实，它的功效比人工种植的要好，还有一个原因，这些都是农民付出血汗的劳动成果，我们有责任将它们推销出去。

与沿湖村所属的方巷镇毗邻的槐泗镇下辖林桥村，有着十多年种植经验的徐州人袁夫丁，在这里承包了一块土地，取名"光头家庭农场"，全年种植草莓、黄桃、水蜜桃、葡萄、香瓜、西红柿等十几种果蔬。因为坚持绿色生态种植，不打农药，施农家有机肥，种出的果蔬都是几十年前的老味道。

产品虽然好，但在社会快节奏发展的当下，再好的农产品如果销路打不出去，到头来只能烂在地里，所有的辛苦最后只能付诸东流。老板人在他乡，没有本地的朋友圈，经营模式很单一，只能靠在自己的农场门口摆摊售卖。

天气对于农副产品种植有着十分重要的影响，一些特别的关键时期，能不能保证收益，要看老天爷的脸色。另外，瓜果蔬菜到了成熟期，如果不及时采摘，时间久了就会烂在菜地里。不管是哪一种情况，对于辛勤耕耘的农民来说，都是一种致命的打击。

黄成娟带领的"俏渔娘"团队的参与，像是一场及时雨，让"光头家庭农场"看到了希望。有机种植的果蔬，通过"俏渔娘"团队的推销，从田间地头端上城市人的餐桌，既让追求生活品质的客户群体吃到了高质量的产品，也解决了种植户产品滞销的难题。黄成娟说，我们打算与"光头家庭农场"长期合作，挂上"俏渔娘好物甄选基地"的牌子，长期帮助农场做好产品销售。在黄成娟看来，在这个不缺吃穿的年代，大家怀念的是一种纯正乡土的味道，只有秉承原生态的原则，让农产品遵循大自然的规律自然成熟，真正实现从田间到舌尖上的安全健康，才能真正征服人们的味蕾，将农产品经营之路走得更远。

槐泗镇团结村种植着大片的果树，每年7月底到10月底，是无花果丰收的季节。这种果实含糖量高，营养丰富，但成熟后极易腐烂，需要及时采摘。除了售卖鲜果，富有智慧的劳动人民在多途径尝试之后，成功将无花果制成无花果干，便于长时间储存。无花果干制作的流程非常耗时，一般第一天下午三四点洗净切好，放进烤箱，第二天上午10点左右才能烤成果干。

"俏渔娘"团队与团结村无花果农场老板合作后，除了合作推销鲜无花果、无花果干，更是突发奇想，创新制作出了无花果月饼。

其实在这之前，黄成娟曾想过依托沿湖村的芡实制作月饼，但多次实验之后，做出的产品并不理想。看到团结村的无花果，她脑袋里闪现一个大胆的想法：无花果的成熟期与中秋节属于同一个时期，人们对于这个阖家团圆的节日有着特殊的情感，如果将无花果与月饼有机融合，或许能为无花果的销售助上一臂之力。

黄成娟敢想敢干，在一次次失败之后，精准寻找到月饼与无花果的优质配比，无花果月饼在2023年的中秋来临前夕，成功出现在城市与乡村人的餐桌之上。月饼皮酥肉嫩，一口咬下去，无花果激发的多巴胺能治愈所有的烦恼。

无花果月饼有酥皮新五仁口味和广式风味两种。酥皮新五仁口味的无花果月饼是用方巷镇当地农民种的南瓜子仁、黑芝麻、白芝麻和时令的腰果、核桃配成了新五仁，加上少许冬瓜糖、青丝、红丝和无花果干做成馅心，再用酥皮包上烘烤而成；广式风味的无花果月饼是将当地产的黑芝麻炒熟压碎，拌上无花果干制作而成。两种月饼推出之后，顾客反馈的口碑很好，订单也一天比一天多。

黄成娟说，我们对于食材选取和配送时间有着严格的要求，无花果月饼每周一、周二接单，周三制作，周四配送，江浙沪地区会在一周内到货。团结村的无花果干不同于市面上的产品，口感软糯，并且没有添加剂。每次制作无花果月饼时，我们都会去无花果农场现取无花果干，几乎都是刚出炉还烫手的，只有这样，才能保证我们卖出的每一块月饼新鲜美味。

在乡村振兴的道路上，黄成娟和她所在的"俏渔娘"团队，是参与者，是见证者，也是实实在在的受益者。她们享受到乡村振兴带来的红利，并没有满足于目前的所得，而是用自己的行动和力量助力乡村振兴向前再走一步，实现"乡村共兴"，带领大家一起走向更加富裕的明天，过上更加幸福的生活。

在沿湖村片区发展模式的影响下，"俏渔娘"团队也开启了以沿湖村为中心，带动周边乡镇和村庄，辐射全市的"1＋N"带货助农模式，通过与多方一次次成功的合作，走出了一条属于自己的创业道路。裔家村的牛肉、梨子，许巷村的瓜果、血糯米，林桥村的水果、家禽，利民村的松茸，通过"俏渔娘"团队，已经成功销往全国各地。

⚫21 中央电视台的三次聚焦

如果你去过沿湖村，一定会被它世外桃源般的美丽所倾倒。尤其是日出和日落时分，红霞满天，静如平镜的湖面，一轮暖阳缓缓升起，飞鸟从空中掠过，整个湖面静谧悠然。

2023年夏天，沿湖村最新推出的"星空露营地"，十分受城市市民的青睐。这种轻奢露营项目，改变了以往只是看风景、吃鱼鲜、体验渔家生活的传统方式，而是推出民谣演奏、帐篷、篝火、露天电影、户外烧烤等新形式，让市民玩出新鲜感。

在很多人眼中，沿湖村已经成了扬州乡村旅游的代名词，甚至可以说，在江苏中部大地之上，它已经成为一个标杆。沿湖村真正"火出圈"，源于中央电视台的三次聚焦。

自从李白"烟花三月下扬州"的诗句问世以后，"扬州"与"三月"几乎成了捆绑在一起的两个词语。说起扬州就会想起烟花三月，到了三月就会联想起扬州的绝美景色。李白当年古诗中的扬州跟今天的扬州并非同一个概念，而是指现在的南京、镇江、扬州一直到苏州一带，诗中的"三月"说的是农历也并非公历。但在一千多年之后，人们早已淡化了这种认知，依然对如今的扬州情有独钟，时间刚进入公历三月，便受到国内外游客的极大恩宠。

一个地方美与不美，与它的自然环境密不可分。自 2016 年年底开始，为了让天更蓝、地更绿、水更清，江苏开始了一场刀刃向内的"263"环境整治专项行动，在全国产生了极大的影响。

"263"就是"两减六治三提升"专项行动，是江苏落实中央环保督察整改要求提出的专项行动，主要针对突出环境矛盾，来推动产业结构绿色调整，着力解决群众反映最强烈的突出环境问题，提升生态保护、环境监管执法以及环境经济政策调控水平。

2017 年 3 月，中央电视台一个采访小组来到扬州，准备采访报道江苏省"263"环境整治专项行动以来，扬州在生态环境保护方面采取了哪些措施，产生哪些明显的成果。

央视记者正式采访之前，计划先召开一个调研会，邀请了几个跟环境整治相关的乡镇和村庄的干部一起座谈交流。

对于一座三线城市来说，能在央视露脸，是极其难得的机会。当时的沿湖村，虽然渔民上岸工程已经结束，乡村旅游也开始有了起色，但并没有在扬州地区产生众人皆知的影响。原本的调研会邀请对象，沿湖村并没有名列其中。

说起当年的那次调研，时任方巷镇副镇长的崔卉，十分庆幸自己做过四年的乡镇宣传科科长。在镇里负责宣传工作，与区里、市里的宣传部门以及各层级媒体多多少少都会有交集。

在工作中，崔卉是个特别好相处的人，也是一个乐于交朋友的人，外向的性格和热情的态度让她在工作中积累了很多宣传条线和媒体方面的资源。

调研会召开的那天上午，崔卉接到一个在市里工作的朋友电话，说下午央视记者要在扬州开一个生态环境保护的调研会议，你们方巷镇沿湖村渔民不是在搞退养还湖和乡村旅游嘛，想不想来交流一下？

崔卉说，我没接到通知啊。

朋友说，我就是看到沿湖村没在名单当中才打电话问你，你们要是想来，我就帮你们争取一下，毕竟这样的机会难得，央视也需要好的素材。

崔卉一听，说好呀好呀，一定要帮我们争取一下，我们肯定想去。

那天下午，崔卉跟刘德宝到达会议现场的时候发现，每个参会的单位都做了精心的准备，面前放着厚厚的一沓发言材料，而他们两个人两手空空什么也没有准备，心里面不免有些发慌。

会议开始之后，央视记者根据自己的采访提纲问了几个问题，想听听参会单位的工作成效。面对央视，大家都显得有些拘谨，说是回答问题，其实是按照事先准备好的发言稿念，领导如何重视，地方怎么配合，先后投入了多少资金，取得了什么成效。

交流发言过程平淡如水。崔卉发现，几个单位的发言并没有真正回答央视记者提出的问题。她觉得，对于生态环境保护，不能仅仅停留在政府花了多少钱，有多少硬件的投入，更要聚焦于这里的百姓具体参与了多少，背后付出了多少。

崔卉跟刘德宝商量，说刘书记我们分两个方面发言，你就讲村里为了生态保护，如何开展违法建设拆除、渔民上岸定居和退养还湖，我就讲村里面的文化发展，村民发生了怎么样的改变，我们没有资料，就实话实说。

轮到沿湖村发言的时候，刘德宝说，我本身就是一名渔民，世代在船上生活，生态环境跟在水上生活的我们有着密切的关系。沿湖村紧挨着邵伯湖，我曾专门做过一项调研，挨着邵伯湖生活的，涉及江都、高邮和邗江三个地方共计 4000 多渔民，养殖面积 2 万多亩。渔民的吃喝拉撒全在船上，外加大部分渔民文化水平都比较低，不少人在生活中有随手丢垃圾的习惯。垃圾不像是剩饭剩菜，没法降解，长此以往，生态环境肯定会越来越恶劣。我们借助这次省里实施"263"专项行动的机会，实施了渔民上岸定居、退养还湖，尽管中间的困难很多，压力很大，毕竟从船上到岸上，渔民们改变了与生俱来的生活习惯，这对每一个人来说，都是一个巨大的挑战。但是，为了响应上级号召，作为基层党组织，我们挨家挨户做工作，既给大家讲大局、讲政策，又在坚持公开、公平、公正的前提下，为大家争取政府政策支持。上岸定居，我们有了住房，大家不用担心无家可归，而发展乡村旅游，就有了转产的方向。我们跟政府提出建议，上级部门也充分考虑渔民上岸后的实际困难，由区农业农村局牵头，我们召开村民代表大会和党员会议，挨家挨户了解大家的需求和困难，按照退养面积进行补助，并按照失地农民标准参与社会保障。最后，我们沿湖村退了12900 亩湖面养殖区，没有发生一起上访事件，省里领导到我们村视察的时候，给予了高度评价，称赞我们的退养还湖工作走在了全省前列。

刘德宝说完，崔卉补充说，渔民上岸后，我们考虑到大部分村民文化程度低，就在村里建了渔家学堂，把村里不识字的，或者识字不多的渔民组织起来，安排有文化的村干部给他们上课，像我们的村书记刘德宝，带头教他们认字，包括大学生村官，也都被我们充分利用起来。因为，在这样一个时代，有文化跟没有文化，差别太大了，说点最实际的，渔民不识字，家里开农家乐，客人点菜的时候连个菜单都不会写，客人吃完饭结账，多少钱都算不明白，生意根本没法做。渔家学堂对沿湖村转型发展、村民提升素质起到了很重要的作用，也为渔民后代的发展奠定了基础。另外，遇到乡里组织文艺汇演，我们也会把渔民集中起来，自编自导自演，到镇里、区里参加演出。在这之前，渔民跟外面的村庄交流很少，几乎是生活在一个封闭的环境当中，走出去之后，他们的视野开阔了，文化生活让他们的日子变得更加丰富多彩了，也让大家的精神状态有了明显提升。

相比其他几个乡镇念稿子类型的发言，刘德宝跟崔卉说得都很实在，有细节有故事，让央视记者很感兴趣，本不在计划安排之中的沿湖村，成了最有吸引力的采访点。于是，采访团决定，明天上午的第一站，先去沿湖村。这让崔卉跟刘德宝喜出望外。

央视这次来调研采访，扬州具体对接的是一位姓熊的女同志。调研结束的时候，崔卉看到熊老师，先做了自我介绍，说我是沿湖村的，能不能加您个微信。熊老师说，可以啊，我们以后可以多交流。闲聊之中，崔卉得知，她跟熊老师的家住得很近，这种地理位置的巧合更加拉近了两个人之间的距离。

按照原定计划，第二天一大早，熊老师要先于记者到达沿湖村，为后面的拍摄踩点。为了能为沿湖村争取更多的机会，崔卉主动联系熊老师，说我们住得这么近，明天我接你，一起去沿湖村吧？

熊老师有点不好意思，问你开车方便吗？

崔卉回答说，当然方便啊，两个人一辆车，省油、环保，路上还有人聊天，多好啊。

熊老师说，那行，明天我就坐你车子，我们就一起去沿湖村。

崔卉这么做，其实是有私心的。她就想着，开会的时候，每个人的发言时间有限，采访团对沿湖村的了解毕竟还只是停留在表面，至于深层次的东西，根本无法全面展开介绍。从市区到沿湖村，有四五十分钟的路程，她可以跟熊老师好好聊一聊。

第二天一大早，天气特别争气。时间已经进入春天，对扬州这座城市来说，这是一个特殊的季节，鲜花绽放在城市的大街小巷，湖泊与河流的堤岸之上，三步一桃，五步一柳，柳枝柔若无骨，桃花粉嫩缤纷。春天来了，大地焕发出一年新的生机，人们从冬天的寒潮中走出来，从祖国的四面八方来到这座城市，在古代文化与现代文明的交相辉映之下，扬州迎来了新一轮旅游热潮。

这是扬州最美的时节，也是欣赏梅花的最佳季节。梅花开放时，布满山林，映衬着碧绿的湖水，一汪紫粉浮动于湖面，仿佛一片巨大的梅花花海，令人陶醉。这个时候的扬州，从空中俯瞰，大地之上，不再是单调的绿色，而是一幅色彩斑斓的水墨画。

美好的季节，美好的风景，带给人美好的心情。崔卉到了熊老师居住的小区，门口的花朵开得正艳，香甜的味道在春风中四处散去。两个人上了车，在春天的生机中，一路向沿湖村驶去。

两个人一路闲聊，聊工作，聊家庭，聊生活中的一些趣事。聊完这些，崔卉开始向熊老师介绍沿湖村，村庄的位置在哪儿，有多大面积，村里有多少人口，渔民上岸之前如何捕鱼，上岸之后大家的生活方式和习惯发生了哪些根本的变化，渔民如何去适应这样的改变，政府为渔民做了哪些政策上的扶持，等等。

崔卉讲得头头是道、绘声绘色，熊老师没有接触过渔民，听得津津有味。听完之后，她问崔卉，你家也是沿湖村的渔民吗？

崔卉说我不是渔民，我之前在方巷镇当宣传科科长的时候，沿湖村是我的联系点。熊老师听了很惊讶，你对这个村子这么了解，这么卖力地为它争取宣传资源，我还以为你是地地道道的渔家人呢。

崔卉说，我只是想尽最大努力帮渔民们改善生活环境，他们之前的日子太辛苦了。我还记得第一次去沿湖村的时候，大家当时还住在船上，船就那么一点大，里面住着一家两代甚至三代人，吃喝拉撒睡全在里面，没有电，没有自来水，周边岸上的居民都称呼他们"渔花子"，跟"叫花子"是一个意思。这里的人十分自卑，孩子在乡镇上学，经常被别的村庄的孩子欺负，很多渔民的孩子受教育程度不高，又没有一技之长，只能一代又一代靠打鱼或者养殖生活，我想帮帮他们。昨天跟我一起去开会的是村里的书记刘德宝，他是个十分务实的人，当年考到了江苏油田，也是铁饭碗，被老书记挽留下来，放弃了原本稳定的工作，带着村里的渔民搞网箱养殖、填塘上岸，用十年的功夫让大家在岸上有了房子住，他吃了很多苦。

崔卉接着说，沿湖村村民这种与贫苦的抗争深深打动了我，让我觉得自己有一种责任去帮他们一起改变生活现状。2015 年，我们借助市里乡村旅游直通车的机会，开通了一条通往沿湖村的旅游直通车，对于这个小渔村来说，这不仅仅是一辆车开过来这么简单，而是相当于给村子的发展打通了一条路。刚开通的时候，村里基本上没有农家乐、民宿，只有一家饭店，不过有了游客，村民就有了想法，有了机会，像知棠园、小马哥渔家乐、常来渔家等，农家乐一家接着一家开，而且生意还很不错。

熊老师说我还没去过沿湖村，听你这么一说，我越来越有兴趣了，你夸得天花乱坠，我真是迫不及待想看看这个村子到底长什么样。

崔卉说，熊老师你到了肯定会喜欢这个村子，刚好今天晚上渔家学堂有渔奶奶教村里的小朋友做花馒呢。

熊老师问，什么是花馒？

崔卉说，花馒是我们对花样馒头的简称，渔民们虽然没有文化，但在长年累月的生活中积累了很多智慧。这里的很多渔民祖上来自北方，擅长做面食，他们能用面做出各种各样的馒头，比如龙形馒头、鱼形馒头，以及小猪、小兔子等，只要你在生活中看到的，经过他们的巧手，都能做得栩栩如生。

熊老师一听，说那太好了，这是多么好的一个拍摄点啊，在生态大保护背景之下，渔民上岸定居后，文化生活丰富了，幸福指数提高了，渔奶奶教渔宝宝们学手艺，既有渔文化在老百姓生活中的具体体现，还有一代又一代渔民之间的传承，是多么幸福美好的画面啊，一会儿我跟央视的记者老师们好好推荐一下，看他们有没有兴趣去拍这个场景。

崔卉说，那我们沿湖村人可真要好好感谢熊老师了，要是这次能上中央电视台，那我们村可就要火了，我们的乡村旅游肯定能上一个新的台阶，大家过上好日子可就指日可待了。

崔卉记得，那次来的央视记者名叫杨光，人看起来跟他的名字一样，十分阳光。熊老师向杨光推荐沿湖村渔家学堂拍摄，杨光一听也特别感兴趣，决定用这一组画面。于是，在 2017 年那个盎然生机的春天，沿湖村第一次迎来了我国最权威、影响力最大、势能最高的主流媒体。

崔卉说，虽然来的都是央视记者，但各位老师们没有一点架子，很好沟通，只要有利于节目效果的建议，大家都能虚心接受。在拍摄过程中，崔卉有点自己的想法，就跟拍摄老师交流。

崔卉说，老师我有点想法想征求一下您的意见。

拍摄老师说，没事，你说，我们一起来研究。

崔卉说，老师你拍摄的时候能不能帮我在两个画面定格一下，一个是渔家学堂的招牌，一个是镜头扫进去之后，展板上写着的"渔家学堂第21期"，说明我们开展这站活动不是一次性的，是连续性的，是提升渔民文化的一个持久性的活动。

拍摄的老师听了崔卉的想法，有点惊讶，说你这一听就是内行人啊，点抓得很到位。

崔卉听了有点不好意思，说我以前当过镇里的宣传科科长，经常跟媒体朋友打交道，每次看到他们拍摄、采访，都站在边上学习，积少成多，能看出个皮毛。

拍摄老师说，你这一说就知道是老手了，咱们的想法在一个点上，我来在这两个地方各定格一秒。

在我们的日常生活中，不要说是一秒钟，一分钟甚至十分钟经常都在我们的不经意中悄然流走，并不觉得有多么珍贵。但在中央电视台《新闻联播》中，每一秒都比黄金还要珍贵。毕竟，《新闻联播》是全国公众获取信息的重要渠道，也是中国了解世界、世界了解中国的重要窗口。

在2017年那个美好的春天里，原本仅仅是在周边城市小有名气的小渔村，一夜之间走进了千家万户的视野。央视《新闻联播》的画面中，镜头来到美如世外桃源的村庄上空，在渔家学堂简短定格后，来到学堂内部，一群孩子围在一位老人身旁，聚精会神地看老人家制作龙形馒头。那种场面温馨而又美好，像是在一个大家庭中，奶奶在给孙子孙女们传授祖辈们流传下来的生活智慧。那一刻，人们对美好生活的向往，通过镜头定格在邵伯湖岸边的这个小渔村。

那一天，《新闻联播》开始之前，沿湖村的渔民们早早地坐在客厅的沙发上，一秒也不敢落地盯着电视屏幕。画面出现沿湖村的时候，每个房子中的人都开始欢呼，"看看，看看！真是咱们村，真是咱们村！"人们先是一阵欢呼，"没想到咱们村也能上《新闻联播》，拍上去还这么好看"。欢呼之后，有的人看着看着不经意间落泪了，"咱们祖祖辈辈打鱼，谁敢想过有这么一天啊，赶上好时候了"。

在这一天之后，本地的、外地的，本省的、外省的，越来越多的人知道并开始关注沿湖村，到了周末或是节假日，人们从四面八方自驾而来，草地上露营，船吧上小憩，农家乐中品尝渔家美食，时间允许，就在渔民家的民宿住上一晚。

等到领略完渔村的风光，可以到渔家书房坐坐，冲上一杯浓香的咖啡，坐在窗户边上，沐浴在阳光里，捧起一本喜欢的书，咖啡与阳光相伴的阅读时光总是过得极为迅速。到了要返程的时候，游客依然依依不舍，采购几个挂在书房墙上的莲蓬挂件，或是渔家人编制的袖珍小鱼篓，带回家中，摆置在自己喜欢的地方。

央视的《新闻联播》为沿湖村的乡村振兴添了一把火，沿湖村借助这样一个难得的契机，不断向炉底添柴加薪，好让自己的道路能越走越稳，生活越来越好。

时间有着自己的规划，每一个节气都有着自己专属的职责和使命。立春标志着万物闭藏的冬季已经过去，雨水标示着降雨开始，惊蛰的标志性特征是春雷乍动、万物生机盎然……

冬至则是太阳回返的始点，自冬至起太阳高度回升、白昼逐日增长，标示着太阳往返运动进入新的循环。过了这一天，冷空气开始频繁南下，气温持续降低，温度在一年的小寒、大寒之际降到最低。在大寒与第二年立春之间，春节就如约而至。

春节是中国最重要的传统节日，已经有数千年的历史，这一天不仅仅是年末岁首的节点，更蕴含了丰富的文化内涵，在中国人心中有着无比重要的地位。

春节有说不完的故事、道不尽的风情，辛苦劳作一年的人们，不管距离家乡有多么遥远，在春节前后的这段时间里，像是远归的候鸟，飞越千山万水，奔着家的方向。

这是阖家团圆的节日。家庭聚会庆祝新年在《诗经》的年代就出现了，人们聚集在公堂上饮酒祝寿，其乐融融。新年祭祀祖先等习俗仪式，汉朝时已经出现，汉魏时期家庭与朝廷都要举行拜贺的庆祝仪式。桃符封门，爆竹迎年，清晨早起穿上新衣服，先拜长辈，再拜宗亲乡党。唐人新年饮屠苏酒，幼者先，长者后。宋代除了家族团拜外，朝廷也出现春节团拜。明清时期春节庙会兴旺，初一拜庙也成为人们日常年节习俗。北方的饺子，南方的糍粑、年糕成为典型年节食品。

在飞速发展的现代中国，春节假期是放假时间最长的节日之一。随着信息网络技术与新媒体的发展，春节又有了许多新的过法，春晚、网络拜年、微信红包等，让传统春节的时空显著扩大，也促成了春节习俗跨地域跨族群的传播与分享，央视春晚在海外华人与国际人士中的传播让春节具有了更广泛的世界性。通过贴春联、吃年夜饭等年俗活动，让每一个中国人感知到时间的更替和家庭的温暖。

2018年，节气已经进入大寒，临近春节的时候，中央电视台记者杨光打电话给崔卉，说快过年了，我们策划做一个红红火火过大年的节目，想在全国物色几个有代表性的村庄，上次我们去的沿湖村挺好的，你们那边能不能做？

崔卉说，杨老师，可以啊，应该没问题。

杨光说，崔镇长，不是可以，也不是"应该没问题"，要做就必须做起来，不是闹着玩的，必须给我一个准确的答复。

这是一件大事，崔卉不能完全做主，组织活动毕竟涉及经费的问题，回头必须跟领导汇报，但她还是积极答应了下来。做了那么多年宣传工作，崔卉太知道央视平台具备的影响力，这样的机会，平日里求都求不来，如今人家主动征求意见，可不能放弃这样的机会。

崔卉跟镇里和区里领导汇报，每个领导都很支持，大家的意见都高度一致，沿湖村上央视，可不仅仅是一个村的骄傲，也是镇里、区里甚至市里的荣誉，多好的一件事啊！何况是过年期间，把大家组织起来，办一场活动，村民们聚在一起热闹热闹，把龙舞起来，把狮子玩起来，把渔民的文化展示出来，也好欢欢喜喜过一个年。

不单是沿湖村所在的方巷镇支持，与方巷镇毗邻的槐泗镇领导得知这个消息，也表示大力支持，鼓励崔卉说，这事你就大胆干，只要我们镇里有的，要舞龙给舞龙，要旱船给旱船，只要需要，你一个电话，我们保证配合到位。

　　为了保证播出效果，央视没用地方电视台的设备，而是直接将直播车从北京开到了沿湖村。这是沿湖村渔民第一次见到这么大阵仗。虽然在此之前，他们村庄已经上过《新闻联播》，但上次只是一个采访组，这次直接把车从北京开到村里，人们内心升起一股别样的自豪感。早些年，他们总是被遗忘，被看不起，现在时代好了，他们这个小小的村庄竟然一次又一次与北京关联在一起，祖国有千千万万的村庄，又有几个有这样的荣誉呢？

　　人们常说，台上一分钟，台下十年功。对于上央视的镜头，用这样一句话也不为过。每一秒都无比金贵的央视直播，每一个画面都要严丝合缝，画面拍哪里，路线怎么走，都要做到精确再精确，不能有一丁点的闪失。

　　刚开始，崔卉看到央视直播车开过来的时候，觉得央视团队的人员和设备都来了，接下来肯定就没有任何悬念了，不承想，杨光的一句话又让她跟着紧张起来。

　　杨光说，崔镇长，你可不要认为我们直播车开过来就一定能直播成功，如果因为这样那样的原因做不成，我们还会把车开走的。

　　那些天，崔卉和刘德宝天天跟着央视记者，优化路线、协调节目、对接演员，每一个环节都要定点定人定位，身体和心理需要承受的强度都特别大。他们才真正感受到国家级媒体的敬业态度和吃苦精神，觉可以不睡，饭可以不吃，一切服务于节目效果，难怪央视出品的每一个节目都是精品。

　　村民们也十分配合，大家得知央视要来直播渔村的春节，争先恐后地动了起来，早早就布置好了新屋，红红的灯笼挂满了渔村，渔家风情小吃、渔妈妈年蒸摆满一条街，渔娘们排演起了快板说唱《最美沿湖景如画》，老人们则在排演接地气的说唱《打渔令》《打蛮船》等节目。

从事农家乐的渔民刘德文，听说央视要来沿湖村拍摄春节，一家人连农家乐都来不及打理，自告奋勇要来参加直播。

回忆起当年的场景，刘德文依然掩饰不住内心的激动，仿佛又回到了几年前。

他说，我家里人都从事农家乐，生意很红火，听说央视要来拍节目，全家都去了，媳妇在年货大街烹制老鹅给乡亲们品尝，我本人则舞起了板凳龙，过年嘛，就图个开心、热闹，以前打鱼辛苦忙活一年只有两三万，如今一家三口从事农家乐年收入三十万，日子过得红红火火，我们一定要让全国人民都看到我们过上了好日子。

一分耕耘，一分收获。这是多么真实又贴切的一句话啊！连续几天夜以继日的奋战之下，沿湖村终于又一次在央视新闻频道展示了村庄的美丽和渔民上岸之后的幸福生活。

2018 年 2 月 14 日下午 2 时 30 分，农历腊月二十九日，中央电视台新闻频道新闻直播间以《渔民村里尝年味、红红火火渔家年》为主题，用了 5 分多钟片长，将镜头对准了方巷镇沿湖村的渔民们，感受他们今年第一年上岸后独特的渔家年味。

央视直播镜头首先对准渔民马长云制作的龙馒，这是渔民春节独特的年蒸。画面中，这个朴素的渔家女人，脸上洋溢着幸福的笑容，手中端着自己编制的竹筐，竹筐里面制作好的龙馒栩栩如生，龙嘴、鳞片活灵活现。龙对于渔民有着非常吉祥的寓意，预示着来年风调雨顺。镜头随后聚焦到了渔民的年货大街，渔娘将鱼圆、藕饼、包子、鱼干等拿手的年食摆成集市，招待四面八方的乡亲。

沿湖村春晚（沿湖村供图）

过年，自然也少不了年画，这已经成为中国传统民俗文化的重要组成部分，其中蕴含的，是中国人对美好生活的向往。与其他地方略有不同的是，在擅长雕版印刷的扬州，年画被赋予了不同的存在形式。镜头中，用扬州雕版印刷技艺印制的"新春大吉，狗年旺旺"年画，受到不少渔民的青睐。

精彩的渔民"村晚"自然也不容错过，再有一天就要除夕了，每一个节目都在做最后的彩排，现场舞龙、舞狮热闹非凡，湖船、花香鼓等渔家民俗表演精彩纷呈，年味十足，让渔民上岸后的第一个春节更具有年味。

对沿湖村和生活在村庄的渔民来说，这是一次十分震撼的展示。平日里，大家整日都在忙忙碌碌中度过，没有影像，没有照片，对于自己和村庄的存在，虽然熟悉，但并不是真正的了解。如今坐在电视面前，看到里面的自己，像是站在桥上看别人的生活，更加直观，更加真实，更加全面。不少人在电视机前感叹，原来，我们的生活拍出来不比任何地方差啊。

如果说第一次央视《新闻联播》让人们知道了这个小渔村，那么这一次的央视聚焦，则是对这个村庄和渔民生活的深度解读。坐在电视机前，或是从手机互联网上看到这档节目的外地观众，开始对这个远离城市的村庄有了更多的好奇。那里不同于城市，也不同于一般的农村，去住上一晚，会是什么样的感觉呢？

越来越多的人带着这样的好奇与期待来到沿湖村，寻找自己熟悉生活中没有的新鲜感，这种新鲜感让困顿变得豁达，让匆匆变得缓慢，也让迷失自我的人重新找到了生活的本真。

村庄的名气越大，关注的人自然越多，形成了良性循环的连锁反应。

2018 年 7 月 20 日，由中宣部组织的"大江奔流——来自长江经济带的报道"主题采访活动在云南丽江"长江第一湾"启动。采访团开始了历时 28 天的沿江采访，一路途经云南、贵州、四川、重庆、湖北、湖南、江西、安徽、江苏、上海、浙江等地，在 8000 多公里的水陆行程中，走过 220 个采访点，全景式展现长江沿线的生态之美、发展之美、文化之美和民生幸福之美，见证这条横贯中国"金腰带"的转型发展之路，营造了"共抓大保护、不搞大开发"的浓厚氛围。

有着 2500 多年历史的扬州，是一座古老的历史文化名城，地处长江中下游平原东端，历来是水陆交通枢纽、南北漕运的咽喉和长江经济带的重要组成部分。这次"大江奔流"主题采访活动，扬州也是其中的一站。

当时，方巷镇副镇长崔卉接到上级宣传部门一位领导电话，说央视

"大江奔流"采访团到扬州来采访,采访团的副组长梁老师临时提出来,想先到沿湖村看看,找一些可以拍摄的素材,问崔卉能不能去接一下。

崔卉说,可以啊,我们求之不得呢,随时欢迎央视的老师们过来。

领导说那行,我把时间、地点发你,你到时候按时过来接人就行。

央视对于沿湖村来说是意义非凡的,正是因为他们的两次聚焦,沿湖村的知名度才越来越高,关注沿湖村的外地游客才越来越多,从而给村民创业带来了更多机会。

因为是临时接到通知,外加基层乡镇公务用车紧张,崔卉打算开自己的车子去接梁老师。等她坐上车,突然意识到有些不妥,自己的车子空间不大,年头也多了,平日里上班代代步还可以,去接央视来的老师显得对客人有点不够尊重。

时隔五年之后,面对我的采访,崔卉依然记得每个细节。她说,当时正是夏天,天热得很,采访团是一路沿着长江坐船到扬州的。我把这事告诉了刘德宝书记,让他提前准备一下,然后开车去接客人。为了让客人有被尊重的感觉,我特意回了一趟家,跟老公换了辆车子开,他的车大一些,也新一些,央视的老师坐上面也舒服一些。梁老师很随和,我们去沿湖村的路上聊得很开心。

梁老师问崔卉,沿湖村跟之前相比,有哪些本质的变化啊?

崔卉说,以前大家都生活在湖上,祖辈在船上居住,现在渔民上岸定居了,邵伯湖的水质变好了,村子变得美丽了,道路平整宽阔了,年轻人陆陆续续都从外面回来了。

梁老师一听,十分感兴趣,你说年轻人陆续从外面回来了,他们是因为什么回来?回来做什么呢?

崔卉说，以前这里太穷，年轻人觉得捕鱼、养殖太辛苦，岸上又没有土地，就选择外出打工，现在央视报道过两次，加上我们自己的努力和宣传，沿湖村的名气越来越大，成了不少网友争相"打卡"的"网红村"，饭店跟民宿开了一家又一家，乡村旅游一年比一年好。

梁老师越听越感兴趣，那你们村出去又回来的年轻人中，有没有比较有代表性、有故事性的呢？

崔卉说有啊，我们村里的小马哥渔家乐、常来渔家的老板，都是之前在外面打工的年轻人，现在回村开起了渔家乐，到了周末或是节假日，你要是不提前预订，想吃都吃不到。我们村的屠苏，大学学的旅游管理，刚好跟乡村旅游对口，当初她决定从南京回到村里的时候，家里一万个不同意，她妈妈专门找到我，说担心孩子回来连对象都找不到，现在不但有了对象，都结婚了，小两口日子过得红红火火。

梁老师一听，看来我选择先来沿湖村看看还真是来对了，我们就需要这样励志又有温度的故事，这次到扬州除了拍"大江奔流"之外，我看还可以拍一个"记者手记"，专门拍沿湖村的故事。

2018 年 8 月 11 日早晨 7 时 10 分，这篇"额外"的采访在央视新闻频道《朝闻天下》播出，标题是《〈大江奔流——来自长江经济带的报道〉记者手记：沿湖村的大管家》。我专门记录下节目的内容。

> 主持人：在江苏扬州。我们采访团走进了一个小渔村——沿湖村。在那里，我们认识了一群普通的渔民，一起来听听他们的故事。

> 记者：沿湖村，紧邻长江支流邵伯湖。2008 年，为了恢复邵伯湖良好的生态环境，扬州启动了渔民上岸安置工程。沿湖村的村民越来越多，但湖面养殖的面积却越来越小。

马明斌：退渔还湖，渔民要转型，你要想点子。

记者：点子该从哪找呢？小马哥的烦恼随之而来。随着大批的渔民上岸，沿湖村所在的方巷镇对村里进行了整体规划，深挖渔文化内涵，发展乡村旅游产业。从小在村里长大的大学生屠苏，毕业后回到村里，当起了民宿大管家。

屠苏：渔民以前只会捕鱼，那做什么呢？我们就想着，鱼可以加工做成湖鲜，给客人吃，来这边不能光吃，我们还可以住，我们又有了吃住一体的民宿。

记者：我看这里还有保留很多渔船上生活的习惯？

屠苏：渔村要体现渔文化，这是木船上的窗花。

记者：眼下屠苏最重要的工作就是要把村里的渔家书房办起来，这样可以让村里和城里的资源对接，解决像小马哥这些民宿主人的烦恼。

屠苏：渔家书房就是三位年轻人合伙经营，是和扬州的城市书房对接，定时请老师来给渔民做旅游的专业服务技能培训。

记者：屠苏告诉我们，到今年年底，沿湖村剩下的 80 多户渔民将全部上岸，村里的二期工程和商业综合体也将陆续完工，他们赖以生存的邵伯湖，环境将更加优美。

这篇时长 1 分 55 秒的报道播出之后，很长一段时间，村里人看到屠苏妈妈，都会夸上一阵，说前两次都是咱们村大家一起上央视，这次专门给你家屠苏报道了一篇，足足快两分钟，真是不得了。屠苏妈妈听了乐得合不拢嘴。

崔卉遇到屠苏妈妈，也跟她调侃，当初你还担心你家屠苏找不到对象，你看看现在，孩子作为专题报道的主角都上中央电视台了，全国人民都认识你家屠苏了。

崔卉说完，屠苏妈妈笑得更合不拢嘴了。

如今的沿湖村，在中央电视台接连三次聚焦之后，成了扬州乡村旅游的标志村庄，也成了城里人名副其实的"网红打卡地"。

2022 年，江苏省文化和旅游厅联合有关部门发起了"水韵江苏·网红打卡地"评选活动，旨在选出一批美丽乡村、度假空间、非遗体验、文创产品、旅游演艺，打造一场既有文化感又不失趣味性的文旅评选盛典。征集活动正式启动后，受到全省各地文旅单位及广大游客的热烈响应，有超过 900 家单位和个人申请报名参评。经过初评，遴选出 147 个作品参与终评。终评邀请网友踊跃投票，结合网络传播大数据排序和文旅专家评估，评选出五类前十名具有独特性、时代性和大众性的"网红打卡地"，沿湖村成功当选"网红美丽乡村"。

22 法治赋能乡村建设

时间将近惊蛰，江淮大地开始复苏，江河日渐丰盈，兰花、迎春花、三色堇，外加陆续绽放的樱花、桃花、玉兰、美人梅，让"烟花三月下扬州"的意境重新回归到现实里的春天。地处扬州城区20公里外的沿湖村，鱼塘密布，油菜花海，特色渔家宴，田园式民宿，让每一个到过这里的游客流连忘返。

一个地方被人们认可和称赞，除了美丽的环境、淳朴的风土人情，好的治安与法治环境也必不可少。

王浩是负责沿湖村的社区民警，只要派出所里没有事，他就会到村里转一转。有的村民家里添丁进口，看到王浩过来，就会主动咨询一下上户口需要准备什么材料，以免因为材料不齐跑了空趟。每次遇到村里组织大型活动，王浩也要到现场盯着，毕竟人多了容易出事。

时间久了，来的次数多了，王浩跟沿湖村的人自然也就熟络起来。这一天，王浩刚把警车停稳，大老远就看见刘德宝从渔文化博览馆走出来。

"书记，又来怀旧啊。"王浩嗓门大，一声招呼把鱼塘里的野鸭、野鸟吓得"扑棱扑棱"乱飞。

刘德宝说，路过博览馆顺便过来看看。走到王浩跟前，刘德宝指着鱼塘里的野鸭子说，这要是在十年前，早已经被村民煮进了锅里，你们的法治宣传功不可没。

"光靠我们宣传也不行，要是没有你们村里组建的护渔队，我就是天天扯破喉咙喊也没什么用。"

刘德宝用手点点王浩："你小子，越来越会说话了。"

王浩嘿嘿一笑："我说的都是实话。"

这几年，渔民上岸后，在村书记刘德宝的争取下，渔民全部有了社会保障，享受城镇职工养老保险。男人过了 60，女人过了 55，每人每月有 1400 多元的养老金，比周边的农民待遇还好。

有了好政策，就有了好日子。淳朴的渔民珍惜这来之不易的生活，打麻将的少了，喝酒打架的也少了。尤其是 2021 年 1 月 1 日后，长江实施十年全面禁捕，邵伯湖作为淮河入江水道上的湖泊之一，同时被列入禁捕范畴。

全面禁捕之后，在公安机关、司法部门和村里的法律知识宣传普及下，村民的生态保护意识明显跟以前不一样了，不但自己不再去邵伯湖打鱼捕猎，还积极参加村里的护渔队、护鸟队，成为守护邵伯湖生态发展的志愿者。

2021 年 3 月，司法部、民政部印发通知，决定命名北京市朝阳区小红门乡小红门村等 1045 个村（社区）为第八批"全国民主法治示范村（社区）"，沿湖村成功入选。对于曾经的"渔花子村"来说，这是一个具有重大意义的突破。一年又一年，沿湖村充分突出法治在提升综合竞争力中的作用，因地制宜打造乡村法治文化特色，通过民主治理、法治保障助推经济建设和社会发展，走出了一条"渔"法同行的乡村振兴之路。

沿湖村渔民祖辈来自多个省市，再加上常年生活在船上，彼此之间缺乏交流，村民的村集体意识较弱。为充分调动村民积极性，自 2004 年开始，沿湖村村干部带着乡亲不等不靠，通过"还权于民""三项组织"等基层民主制度的建设，实现了沿湖村的规范化民主治理。

不管什么事情，必须放在台面上说，让村民代表讨论决策，这是沿湖村的"村民代表会议"制度。对于定下来的事情，干得好不好，还有"村民代表监督"和"全体党员审议"两项机制保障，同时通过村规民约规范村民自治。就像渔民撒网捕鱼，一网下去，捞了几条鱼、几只虾，老百姓看得一清二楚。

沿湖村的这三项民主机制，实现了民主治理、民主监督，从当年的"问题村"发展成为如今的"全国民主法治示范村"，有效纠正了村民"信访不信法"和"大闹大解决，小闹小解决，不闹不解决"等错误理念，形成全民守法的良好法治环境，不断推进和谐村风的建设。

2016 年 3 月，江淮生态大走廊纳入国家《长江经济带生态环境保护规划》。根据规划，江淮生态大走廊总体规划布局为"一带一廊"，"一带"为沿京杭大运河、高水河、芒稻河、廖家沟、夹江及周边湖泊水系、湿地形成的生态带，"一廊"为沿潼河、三阳河、新通扬运河、夹江形成的清水走廊，总面积为 1800 平方公里。

扬州位于江淮交汇之地，境内长江岸线 80 多公里、大运河 140 多公里，连同沿运河的高邮湖、宝应湖、邵伯湖，形成了一纵一横两条生态廊道，也构成了扬州发展的主轴线。建设江淮生态大走廊，有利于保护好大自然赐予我们的生态家底，有利于用生态文明倒逼产业绿色化和绿色产业发展，也有利于为人民群众和子孙后代积累更多生态财富，提供更好生态福利。

也正因为此，沿湖村积极推进江淮生态大走廊建设，大力宣传"绿水青山就是金山银山"的理念，主动对接实施退渔还湖政策，积极开展退养退捕工作。

为落实环保要求，防止村民因不懂法律而误犯法，沿湖村村两委决定发挥"渔家学堂"的作用，定期开展法律讲堂、生态课堂等活动，为渔民普及《中华人民共和国环境保护法》《中华人民共和国渔业法》《渔业捕捞许可管理规定》等相关法律规范，让渔民认识到退养还湖、适度捕捞的重要性。

除了组织村里有文化的渔民普法，沿湖村还定期邀请扬州大学法学院师生、方巷镇普法宣传志愿者开展"送法律知识进渔村，带环保意识入学堂"活动；同时，开展村民普法工作，发放渔业、环保等相关方面的法律法规宣传册，不断提高村民的法治素养。

除了宣传法律知识，执法部门在管理过程和法治服务中为沿湖村做好保驾护航。这些年，沿湖村立足于自有的渔业资源禀赋，围绕"渔业＋"，大力发展特色产业。2013 年 9 月，沿湖村就注册了"印象邵伯湖"的商标，如今农家乐、民宿、物业公司、旅游公司、培训基地等，如雨后春笋般涌现。

为了规范这一系列产业发展，沿湖村在地方政府的领导下，依据国家和地方有关法律法规，制定了《游船安全管理制度》；为加强沿湖村旅游业的管理，根据《江苏省旅游管理条例》等有关规定精神，结合实际制定《"湖上人家"渔家乐管理暂行办法》，还陆续出台《合作社旅游质量监督管理办法》《"湖上人家"渔家乐卫生规范管理细则》等，为村民的经营活动提供规范指引。

除此之外，沿湖村还定期对渔家乐、民宿提供"法治体检"服务，组织律师、普法志愿者等进行法治宣传，解答法律问题、调解劳动争议等，促进商户依法经营、依法管理、依法维权。

在保护野生动物方面，渔民的法律意识之所以越来越高，跟政府多个部门的宣传引导和日常管理密不可分。为了优化重点水域的治理效果，沿湖村积极推动警网融合，依托警务室建设网格化指挥中心，由社区民警、网格员、平安志愿者成立专门管护队伍，在湖面进行日常巡查走访，建立健全水生生物管护巡查机制。执法设备也进行了更新升级，配备了高倍望远镜、无人机，实现数据的实时传输、指挥中心实时监控，提升了重点水域和交界水域的管理效果。

除了制度管理，沿湖村还专门成立了由渔娘们组成的宣讲队，一群人在一起商量策划，自编自导自演，充分利用"唱、演、诵、写"等渔民喜闻乐见的艺术形式，大力开展法治文化、文明乡风等宣讲活动，既丰富了小渔村的文化生活，也让更多群众在参与中懂法、守法，向上、向善。渔娘宣讲队积极引领群众广泛参与其中，改掉不文明行为和生活陋习，为美丽渔村建设、推进渔村振兴发展营造良好氛围。

㉓ 捕鱼人成了护渔人

"左手拿着那千丝的网，右手拿着那钓鱼的竿……"伴随着竹篾敲击羊皮鼓的"咚咚"声，84岁的黄兰裕唱响了淳朴悠扬的渔歌。从年龄上看，老黄已经算是正儿八经的耄耋老人，但他的身体看起来依然硬朗，远不像实际年龄那么大。

面对我的采访，黄兰裕一点也不怯场，这个久经风霜的老人，见识过邵伯湖的大风大浪，上过村里、镇里的文艺舞台，虽然没什么文化，但祖辈一代代积淀下来的渔歌、渔令他信手拈来。

黄兰裕说，以前只有过年的时候才能吃上一顿好的，遇到年景不好，肉都买不上，只能是有什么吃什么。现在可不一样了，想吃什么就吃什么，贫穷在时代的发展中被远远甩到了身后。

不过，好日子过久了，黄兰裕还会时常想起以前在湖上打鱼的生活。他的家距离邵伯湖大堤很近，吃过饭没事的时候，他经常出了家门右拐，只需沿着路走上几分钟，便到了邵伯湖与沿湖村之间的大堤上。他喜欢听湖水拍打堤岸的"哗哗"声，小的时候，这声音像是催眠曲，伴着他一点点进入梦乡。他站在堤岸上，思绪不由自主就回到了过去，回到了"左手拿着千丝网，右手拿着钓鱼竿"的日子。那时候的生活着实是苦，他怀念那些日子，但不想再过那样的生活。

一条堤岸，隔开了过往与现在，曾经的生活是"一条破船挂破网，祖孙三代共一舱"，再看看今天的日子，"洗脚上岸住新房"，他的内心有说不出的满足。渔民生活的变迁，折射出沿湖村的日新月异和新时代发展中渔民观念的改变。

过上了好日子，但不能忘记过去的穷日子。黄兰裕眼睛里装着未来，心里还念着过去，用现在流行的说法，就是不忘初心。

邵伯湖养育了一代又一代渔民，人们靠着湖中的水产得以生存，在此繁衍生息。这片广袤的水域，在沿湖村人民心中的地位，犹如长江、黄河之于国人，那是如同母亲一般的存在。

渔民上岸定居后，邵伯湖退养还湖，但渔民对于邵伯湖的感情一点也没有减少。原本靠打鱼为生的渔民，转身一变，成了邵伯湖的护渔人。

每天一大早，太阳刚从邵伯湖水面上升起来，护渔员李万明和马明祥就出门了，开始了新一天的护渔巡查工作。橘红色的工作服在晨光的映衬之下，格外显眼。背上印着的"禁捕禁钓　护渔巡查"，八个简单的文字将两个人的身份与职责诠释得清楚直白。

两个人祖上都来自江苏兴化，在沿湖村扎根后，世代做起了渔民。渔民之间，不同的捕鱼方式被分为不同的"帮"，退渔还湖之前，李家和马家采用簖网捕鱼，被称为"簖帮"。如果用现在通俗易懂的解释，簖网俗称"迷魂阵"。

"簖帮"的簖由木桩、毛竹搭配制成。春季至秋季"打河簖",一般设在河流干道,根据河道大小确定簖的宽度,两侧设有"八卦阵",鱼进了"八卦阵"就游不出来了,"八卦阵"上设有由毛竹制成的跳鱼箔,防止一些鱼跳出"八卦阵"。簖能捕各种鱼和青河虾,秋季还会捕到鲜美的鳗鱼和螃蟹。

退渔还湖之前,渔民世代生活在船上,每天凌晨三四点钟,天刚有一点麻麻亮,李万明和马明祥就出湖打鱼了。这是为了早点把鱼捕回来,赶上水产交易的早市。若是错过了早上的黄金交易时间,自己只能把鱼先养起来,等到下午的晚市再卖。一天养下来,部分鱼会因为缺氧或其他各种原因死去,鱼一旦"睡觉",价值立马就大打折扣,若是晚市再卖不完,损失将会更大。鱼只有变成钱,拿在手里才是最踏实的。这也是渔民宁可早点出湖捕鱼的原因,把握住了早市,就把握住了一天的收成。

长江大保护实施以来,作为与长江贯通的邵伯湖,也全面进入十年禁渔期,所有与渔业有关的活动全部禁止。

李万明说,我们祖辈生活在船上,世代靠打鱼为生,突然禁捕了,浑身上下都很不自在。以前睡在船上,刮风、下雨、涨潮,但凡有点动静我们都知道,现在住在岸上,稳稳当当的,刚开始反倒有点睡不着。上岸之后,像我们这些人,虽然还没到退休年纪,但文化水平不高,除了打鱼,别的技能也没有,老是在家闲着也挺无聊,后来区里招聘护渔员,村里通知我们,有意愿的可以报名。我们对邵伯湖有感情,这片水域养活了我们这些渔民,如今她需要保护,我们也该尽自己的一点力量,去守护她。

马明祥说,以前我们天天从邵伯湖大堤上过,早就习以为常了,没有一点感觉，现在禁捕了，不再打鱼了，每次护渔的路上，路过大堤，看着一望无际的邵伯湖面，突然有种不一样的感觉，怎么说呢？我没有文化，也说不上来，感觉以前是我们向她要吃的，鱼、虾、螃蟹，凡是她有的，我们一次次索取，现在感觉她累了，需要我们来保护她了，就像她养我们小，我们养她老一样。

护渔工作看起来并不复杂，两个人一组，骑上电动车，沿着邵伯湖西岸的大堤巡查，东边到公滨路，南边到槐泗孔桥村，除了恶劣天气实在没法出去的，每天都要按时按点巡查。有些外地跑过来钓鱼的人，只知道邵伯湖禁捕，不知道钓鱼也是不允许的。

马明祥说，遇到这样的情况，我们就给人家讲政策，绝大多数人，都是会配合的。有时候也会遇到不听劝的，甚至晚上都会接到举报，有人开船到湖里偷偷捕鱼，这时候我们就赶紧联系渔政部门的工作人员，让他们来处理。

当被问到是住在船上当渔民好还是住在单门独院的别墅里好，两个人坐在凳子上，双手抱着膝盖，下意识向后仰了仰身体。李万明说，那肯定是住在岸上好，以前住在船上，到了梅雨季节，船上又潮又湿；到了夏天，连个电风扇都没有，从早到晚都得躲在水里；出去摆"迷魂阵"，遇到大风，小木船左右晃荡得厉害，湖面那么大，人显得特别小，吓人得很。之前就有渔民遇到大风船翻在湖里了，发现的时候人已经不行了。

马明祥接过话茬说，之前那个是谁家媳妇来着？站在船头，突然发癫痫，一头栽在湖里，找到的时候人已经泡浮囊了，要是住在岸上，哪会发生这样的事啊。风险是一方面，还有另一个，就是出去抬不起头，一听沿湖村的，人家都不愿意搭理我们，岸上的农民都觉得我们低他们一等。我记得以前村里有个姑娘，说了个外村的对象，小姑娘长得没得挑，男方家里人到船上一看，没说几句话扭头就走了，这都是穷惹的祸。你再看看现在，我们村整治的这环境，四邻八村看见个个眼馋。

黄成娟刚好坐在边上，补充了一个细节，说那时候岸上的农民，家里要是小女儿哭闹不听话，大人就会吓唬她，你要是再哭，将来长大就把你嫁到渔船上。那时候，小孩子对渔民的恐惧跟害怕大灰狼差不多。

李万明说，现在完全不一样了，人家一听我是沿湖村的，有人还跟我打听，有没有哪家的男青年没有对象的，挤破头想嫁到我们村子里。我们村里的姑娘就是嫁出去，户口也不愿意往外面迁。

马明祥问李万明，老李你姑娘嫁出去是不是户口还留在村里？李万明说，那可不，现在没有人愿意把户口往外面迁，我们村的福利政策比外村好得多呢。

采访结束的时候，老马看看手机，说时间刚好，我们马上又得上大堤巡逻了。两个人起身，把身上的工作服拽整齐了，一前一后出了门。这是他们对待这份工作的态度，虽然单位对他们要求不高，但他们对自己要求很高。

袁珠海也是沿湖村成立的由退捕渔民组成的护渔队成员之一。

说起护渔员这身份，袁珠海十分有自豪感：“我们护渔员可是吃公家饭的。”

2021年3月31日，邗江区农业农村局、人力资源和社会保障局等单位联合举行长江护渔员、邵伯湖护渔员公益性岗位聘用合同签订仪式，包括袁珠海在内，9名户籍在邗江区瓜洲镇陈家湾社区渔业片、方巷镇沿湖村保护区，并持有2020年长江重点水域捕捞证的退捕渔民，在“全日制劳动合同书"签上自己的大名。这也是扬州市首批享受"公职"身份的长江、邵伯湖护渔员。

护渔员的主要工作职责是日常禁渔巡查,并做好当日巡查记录,节假日配合巡查值班,只要考核合格,人均月收入 3000 多元,同时,受聘人员全部按照规定享有福利待遇,办理社会保险。

老袁说:"从我当上护渔员的那一刻起,这一片长达 20 余公里的邵伯湖流域就跟我自己的小孩一样,我每天都要骑着巡逻车在沿岸来回巡查,防止有人偷偷捕鱼、打鸟。我现在 53 岁了,每月有工资,干到退休还能拿退休金,要我还是渔民,想都不敢想。"

村里除了护渔的队伍,还成立了野生动物保护党员志愿者组织和水上垃圾收集队伍。这些忠诚的守卫者定期对邵伯湖水域开展野生动物保护巡查和漂浮物打捞工作。

在他们的宠爱与保护之下,邵伯湖的环境一年比一年好。每年立冬节气过后,邵伯湖就会迎来大批的越冬鸟类。这些鸟类之中,既有天鹅、大雁、野鸡、苍鹭等大家较为熟悉的鸟类,也有鸬鹚、鸳鸯、白腹鹞等难得一见的"新朋友"。这些鸟儿成群结队从远方迁徙过来,飞起来的时候遮天蔽日,队伍庞大,场面壮观,落在邵伯湖水面上绵延成片,吸引了大批爱鸟人士和摄影发烧友到沿湖村观鸟拍照。

从捕鱼人到护渔人,沿湖村人用自己的行动守护着这一湖清水。夜幕即将降临,电动车上红蓝交替闪烁的警示灯,顺着邵伯湖大堤一路前行。他们对待邵伯湖的态度,就像是一对深情的母子,你将我养大,我守护你平安。

24 打造国内一流的竞技垂钓基地

沿湖村毗邻邵伯湖，有着丰富的水资源，在以渔文化为主题发展乡村旅游的基础上，如何更多地引进旅游项目，不断提升村庄的知名度和影响力，为乡村振兴融入更多元素，一直是以刘德宝为首的村党委班子思考的问题。

在扬州市邗江区方巷镇一带，河网密布，每次去镇里或区里开会，刘德宝总能发现路边的河塘中分散着很多垂钓的人。不少人都带着十分专业的钓鱼设备，一坐就是一天。有一次，刘德宝和一个钓鱼的人聊天，他问，你们一坐一天会觉得累吗？对方说，这事情怎么说呢？你喜欢它就不觉得累，有的钓友天不亮就出发了，一直钓到夜里，瘾大得很。

长江十年禁渔开始之前，在不少垂钓爱好者眼中，沿湖村附近的邵伯湖岸边是"垂钓天堂"，一些钓鱼爱好者几乎天天前去"打卡"。目光所及的范围内，近百名钓友一字排开，一根根细长的鱼竿直指湖面。即便是遇到下雨天气，也不会影响钓鱼人的兴致。垂钓的人群中，不乏有专程从几十公里外赶来的市民。每逢周末、小长假，这里的垂钓者更多，钓鱼还得赶早。

渔民出身的刘德宝清醒地认识到，他们打鱼是为了生存，而现在的垂钓者，大多是为了追求放松。在社会飞速发展的当下，人们的生活节奏越来越快，钓鱼可以让人暂时放下工作和烦恼，享受一段宁静的时光。在等待鱼儿上钩的过程中，人们可以沉浸在大自然的美景和清新的空气中，感受到身心的愉悦和舒适。

站在大地之上，面前是悠长的流水或是宽阔的湖面，人们在城市之中积累的疲惫与困顿，一阵风吹来，便消散在大自然的神奇魔力之中。这种解压的方式，城市的钢筋水泥无法替代。钓鱼的同时，人们可以到湖边或者河边信步走上一段，与绿树、野花、飞鸟、鸣蝉等亲密接触，感受到大自然的美好和神秘。

除了放松，钓鱼还能培养人们的耐心和毅力。在等待鱼儿上钩的过程中，人们可以学会等待和坚持，从而锻炼自己的耐心和毅力。

同时，钓鱼还可以加强人们的社交互动。喜欢钓鱼的人都知道，真正的钓鱼高手并不是孤立存在的，而是隶属于专门的组织，而且是具备相当专业水准的团体，并经常组织一些钓鱼高手举办垂钓比赛。

对于沿湖村来说，这是一个机会。如果能把全国各地的钓鱼高手齐聚在村庄里，无疑是宣传自己、展示自己的另一个有效途径。

2018 年 12 月 14 日，扬州市邗江区开展了以"新时代、新省运、新邗江"为主题的第十七届全民健身节，涵盖了篮球、排球、体育休闲舞、垂钓等在内的 70 余项群众健身活动。自古依水而生的沿湖村，凭借自己独特的水资源优势，承办了此次健身节"久扬"杯钓鱼大赛，吸引了来自全区 80 名垂钓爱好者参加比赛。

大雪节气已过，距离冬至也只有咫尺之遥。北方的很多地方已经大雪纷飞，长江中下游地区虽然没有降雪，但温度也开始明显下降，人们陆陆续续打开家里的衣柜，找出去年御寒的衣服，抵御即将到来的冬天。

比赛那天，温度虽然不算高，好在天气晴朗，外加参赛者对垂钓的热情，报名参赛的选手没有一个弃权。

冬日的阳光从邵伯湖东边升起，越过湖岸边的大堤，照在用于垂钓的鱼塘上，水面上像是被撒上了一层金箔。80 名参赛选手各就各位，围在鱼塘四周，撒饵抛竿，静待鱼儿上钩。

和以往专业的垂钓赛事以台钓为主不同，这一次钓鱼大赛为全民健身性质，筹备组在台钓组别的基础上又增加了传统钓组别。也就是说，参赛选手中，有相对专业一些的选手，也有纯粹为了业余爱好参加的钓鱼爱好者。对于后者来说，比赛的结果并不重要，只是为了顺便来感受诗意乡村的独特魅力，让疲惫与困扰在大自然中消解，寻得一种心灵上的释放。

对于沿湖村来说，首次承担垂钓比赛只是一次试水，是今后做出更大动作前的一次探索性尝试。其实，在刘德宝的带领下，他们当时正在建设一个占地 210 亩的国标垂钓基地。

鱼池好建，挖个坑，引入湖水，放养一些鱼，就可以做垂钓用的鱼塘，但想要承接正规赛事，则有严格的标准。沿湖村虽然有鱼塘，但大多是野塘或是半人工改造，距离国标还有很大差距。

为了建造一个正规化的国标垂钓基地，村书记刘德宝专门请教扬州市钓鱼协会和江苏省钓鱼协会的专业人士，鱼池长多少，宽多少，水深多少，每一项都严格按照标准设计施工。这个垂钓基地共有 9 个专业钓池，包括 1 个国标 PK 池，3 个国标竞技钓池，2 个路亚国标竞技钓池，以及 3 个备养池。建成之后，沿湖村也就拥有了扬州市首个国标竞技钓池的垂钓基地，具备承办国家一类垂钓竞技比赛的资格。

刘德宝说，其实我们之前就已经跟一些专业的钓鱼组织进行了对接，之所以建设国际垂钓基地，也是因为之前跟他们的对接很顺利。建成之后，从 2019 年 4 月开始，垂钓基地将陆续承办 8 场垂钓赛事，其中有 2 场为国标赛事。

刘德宝说，我们的目标是将这个基地打造成为国内一流的垂钓赛事活动基地，为本地乡村旅游产业发展营造更具地方渔文化特色的浓厚氛围。

沿湖村打造的国内一流竞技垂钓基地（沿湖村供图）

2023 年 4 月 18 日，"2023 中国·扬州'烟花三月'国际经贸旅游节"将在扬州大运河博物馆正式开幕，这是扬州城一年中最为隆重的仪式。扬州市委、市政府主要领导，国内外重点企业代表以及优秀"招商大使"、新聘海外"招商大使"将齐聚旅游节，多项重大的经贸和文体活动将在这一天正式开幕。

扬州是国务院公布的首批国家历史文化名城，拥有世界运河之都、世界美食之都、东亚文化之都等世界级城市名片。这是城市的荣耀，在一代又一代扬州人民的共同努力下，将这光环一点点凝聚，显得愈发闪亮夺目。

作为扬州 6000 平方公里土地中的一块，沿湖村也在名城光环与"烟花三月"的旅游宣传中受益。

2023 年 4 月 16 日这天，由江苏省钓鱼协会、邗江区文化体育和旅游局、邗江区方巷镇人民政府主办的第四届华东钓王赛，在沿湖村垂钓基地举行。本场比赛共进行了 2 场 3.6 米手竿钓混合鱼重量积分赛和 1 场 4.5 米手竿钓混合鱼重量赛。相比之前的一些垂钓比赛，这一次，无论是在参与人数上，还是专业水准上，都更上了一个层次。来自华东地区的 220 多名竞技钓鱼爱好者参加了角逐，并且高手如云。前两届"华东钓王"获得者王宇航、王洪泽，国家级竞钓大师彭明华、周达、宋庆，以及江苏知名钓手徐海兵、陈国平等一众竞技高手，云集沿湖村。

对于沿湖村来说，这是一次质的突破。在扬州市推进文化、体育、旅游产业深度融合的背景之下，沿湖村以垂钓品牌赛事为契机，展示百年渔村的特色人文风情，有效推动了乡村旅游产业的健康发展。

在新时代的发展进程中，网络在社会进步和人民生活当中发挥的作用不可忽视。沿湖村承办华东钓王赛的新闻经过各大媒体在网络上传播后，在钓鱼圈内引起了极大关注。

湖南广播电视台有一个快乐垂钓频道，是专门为全国钓鱼爱好者量身打造的垂钓主题付费电视频道。频道拥有湖南广播电视台的优秀节目创意和人才团队，专注钓鱼产业，已开辟有十余档精彩自制节目。

有一天，快乐垂钓频道主动联系刘德宝，说是在网络上看到沿湖村建有标准化的垂钓基地，想谈一谈合作。刘德宝一听，觉得这是一件好事，便报请方巷镇领导，镇里领导也觉得这是一件好事，利用沿湖村的资源优势，借助湖南电视台的平台知名度，扩大村庄的全国影响力，是件百利而无一害的事情。

2023 年 6 月 22 日，适逢一年一度的端午节，众多游客从四面八方来到沿湖村，沉浸式地体验传统渔家文化。游客置身其中，仿佛走进了恬静的生态画卷，不仅有竹篾敲打羊皮鼓的声音，而且还伴随着非常悦耳的渔歌。

对沿湖村来说，这是个热闹非凡的端午节，除了如往年一样的人流如织，两场品牌垂钓赛事的加持，更是让这一国家级最美渔村人气爆棚。

端午节的第一场垂钓赛事，是在 6 月 21 日上午，魅力江苏最美体育"和善园"杯第六届乐钓江苏俱乐部联赛扬州站的比赛，参赛的是来自全省的近百名垂钓高手。这场比赛由江苏省体育总会和江苏省钓鱼协会联合主办，比赛分为 3.6 米手竿 1 场、4.5 米手竿 2 场的混合重量积分赛。

这一天，刚好是二十四节气中的夏至，太阳直射地面的位置到达一年的最北端，几乎直射北回归线。俗话说："麦收夏至。夏至无青麦，寒露无青豆。"意思是，到了夏至，麦子已经成熟了；寒露前后，豆子也该收割了。但对于勤劳的农民来说，麦收结束，也意味着夏耕要重新开始，人们再次在地里插秧种稻。如果种的是早稻，过了夏至，则开始抽穗扬花，对水的需求量开始加大，足够的水分给稻苗提供抽穗的能量。

夏至之后，气温开始一天天升高，光照的充足和雨量的增多，给农作物提供了生长旺盛的外部条件，但杂草和虫害又迅速蔓延，需要不失时机地加大田间管理。杂草清除，农田施肥，秧苗移栽，蔬果治虫，鱼塘养护，农民用勤劳的双手在大地之上耕作，像是在完成一件规格极高的作品。

这是有地耕作的农民的生活方式。对于生活在沿湖村的渔民来说，他们没有耕地，所能做的，就是在水资源方面思考，如何利用丰富的水系，让自己的生活过得更好。

夏至之日的这场比赛，尽管天气炎热，但丝毫不影响人们对于垂钓的兴致。长方形的鱼塘四周，间隔坐满了参赛的选手，后面还站着不少围观的游客和村民。每当看到鱼竿被水中的鱼拽成弧形，观众和参赛选手一样紧张。

这既是一场竞技，也是一次沿湖村的狂欢。更为精彩的，还要数 2023 年 6 月 22 日上午，也就是端午节这天举行的第十届"尚艺东美·玉衡"快乐垂钓电视直播精英赛（FTT）华东赛区分区赛，来自全国各地的 384 名垂钓高手，在沿湖村垂钓基地扬竿竞技，尽享渔趣。

比赛现场，随着裁判的一声令下，垂钓比赛正式开始，选手们上饵抛竿，开始了一场钓鱼实力的比拼。384 名统一身着橘黄色上衣，头戴橘黄色帽子的参赛选手，围坐在鱼塘的四周，远远望去，十分壮观。

这一次的 FTT 华东赛区分区赛，由湖南广播电视台和扬州市邗江区方巷镇政府联合主办，湖南省广播电视台快乐垂钓频道、扬州市邗江区方巷镇沿湖村共同承办，江苏省钓鱼协会、扬州市钓鱼协会等协办。

中国垂钓电视直播精英赛分区赛属于国家级四类赛事，而总决赛则属于国家级三类赛事，是目前中国钓鱼行业里最流行的赛事，主要是在淡水水域垂钓。总决赛的冠军奖金高达 40 万元，而此次华东赛区分区赛的冠军奖金也达到了 4 万元。正因为如此，此次比赛才吸引了来自全国各地的众多垂钓高手来扬参赛。

和以往钓鱼比赛不同，本次 FTT 华东赛区分区赛的赛制相当特殊。比赛共分五个阶段进行。

第一阶段是个人排名赛，每名参赛选手要进行 3 场总计 180 分钟争夺，最终从中选拔出 32 名选手进入后续阶段的争夺。第二阶段采用残酷的淘汰赛制。32 强淘汰赛和 16 强淘汰赛分别采用 2 场淘汰的赛制，每场10 分钟。而 8 强淘汰赛和半决赛则采用 3 场双败淘汰的赛制进行，决赛则采用 5 场 3 胜制进行。

对于参赛选手来说，他们在沿湖村找到了垂钓带来的成就感，体验到了魅力乡村的田园风情。对于沿湖村来说，每一次垂钓比赛，都是绝佳的宣传村庄的机会。

因为对垂钓的执着与热爱，人们一次次从遥远的地方来到这个村庄，又一次次从这里离开。这些从祖国四面八方赶过来的人，在这里真切感受到了小渔村人民纯真的热情和沿湖岸边大地的温度，他们将这种热情和温度带回自己生活的城市或是乡村，去传递他们感知到的美好。沿湖村在越来越多人的口口相传中，不断提升自己的知名度。这个小小的村庄，虽然吃的还是渔文化这碗饭，但早已不是曾经贫穷落后的小渔村了。它超越了周边的乡村，走出扬州，走向全省，甚至全国，成为外人羡慕的世外桃源。

仅仅 2023 年一年，沿湖村垂钓基地就举办了 6 场省级以上的高规格钓鱼大赛。在扬州市邗江区文化体育和旅游局局长陆志福看来，垂钓项目和区旅游资源高度契合，政府部门希望通过举办垂钓项目的竞赛，吸引更多省内外的朋友来到邗江观赏美景、品尝美食、体验农趣，共享垂钓的快乐，为乡村振兴添砖加瓦。

㉕ 我们的日子会越来越好

2023 年 11 月 11 日，时间已经过了立冬，全国各地均出现了大范围降温天气，东北三省甚至已经大雪飘飞。长江中下游地区，气温也猛然骤降，人们在感慨秋天太短的同时，从衣柜里翻出了厚厚的棉衣，开始迎接冬天的到来。

沿湖村周边的原野之上，早稻已经收割完毕，庄稼地被勤劳的农民用拖拉机翻耕，秸秆被翻耕的土壤覆盖，在岁月里一点点腐烂，融入泥土，成为下一季庄稼生长所需要的肥料。少许的晚稻还没收割，在深褐色的土地上显得格外显眼，矗立在村庄与城市之间的田野中，金黄金黄的，成为这个季节装点大地的最好色彩。

早稻收割完成后，麦种便被种在田地之中，大地中的养分无比充足，无需用尽全部能量，便促使麦粒在泥土里生根发芽。麦苗破土而出，深褐色的土壤重新被绿色覆盖，先是零零散散，用不了几天，整片庄稼地就将被密密麻麻的麦苗覆盖。

通往沿湖村的道路算不上宽阔，在初冬到来之际却格外迷人，除了翻耕的土地、刚出头的麦苗和尚未收割的晚稻，路的两旁矗立着两排挺拔的银杏树，叶子已经完全发黄，一部分落在地上，一部分挂在树上，地上是金色的，树上也是金色的，人们沿着这条黄金大道，一路向里行驶，过了拱起的沿湖桥，便正式到了"国家级最美渔村"——沿湖村。

气温降得突如其来，但寒冷丝毫没有影响人们对沿湖村的热情，外地牌照的车子在村庄通往611省道的乡道上进进出出，有本省其他地市的，也有浙江、上海、安徽等外省的。人们在城市生活中累了，周末到乡下吃一顿农家菜，住一住装修精致的民宿，到湖边走一走，如果天气晴好，再看一次湖上日出，就更加惬意了。

天气有些寒冷，全福珍多穿了一件外套，七点不到就从家里出发了，开始为村庄做新一天的保洁工作。全福珍在沿湖村成立的物业公司上班，负责全村公共区域的卫生保洁。马路、草坪以及湖面，只要是沿湖村的公共区域，都是她的工作范围。

和在沿湖村生活的每一位渔民一样，全福珍前半生也靠打鱼为生。不过，与其他渔民不同的是，33年前，23岁的全福珍，为了挣到更多的钱，随家人一起驾船离开沿湖村，顺着长江一路向南漂流。在见识过无数洪流险滩之后，他们来到了上海崇明岛，并相中了那里。他们选择留下，是出于本能，崇明岛地处长江入海口，打鱼更容易些。

来到崇明岛捕鱼的，不仅仅是全福珍一家。崇明三岛因为江河相拥，水网密布，有着丰富的渔业资源，吸引着周边省市渔民驾船举家来到这里进行捕捞作业、从事渔业生产。他们长期停泊在崇明三岛各港口、港汊，开始了长达数十年背井离乡的渔民生活。

外面虽然挣钱容易一些，但终归是背井离乡，况且人在外地，始终无法享受和当地人一样的待遇。举个最简单的例子，早些年，全福珍生病的时候去医院看病，本地人免挂号费，像他们这些外来捕鱼的渔民，则要交10元钱的挂号费，而且后期所产生的费用都要自己承担。

常年漂泊在外，对全福珍一家人来说，想家是经常的事情，但又找不到合适的理由回去，毕竟从经济收益上来说，在崇明岛会更好一些。直到国家为了保护长江，实施"十年禁渔"，彻底改变了全福珍一家人的生活方式。

长江"十年禁渔"始于2021年，但早在2018年，崇明区的退捕禁捕工作就已展开。2018年8月起，崇明区停止办理长江渔船证书证件，179艘长江捕捞渔船全部退出长江水域生产，2018年底就在全国率先实现全域退捕。

退捕之后，渔船、渔网怎么处置？渔民的生计问题怎么办？崇明区对179艘长江捕捞渔船、7艘辅助渔船实行100％拆解，按照"捕捞渔船5000元/千瓦、辅助渔船4000元/千瓦、按时拆解的给5万元奖励"的标准发放补贴；捕捞网具则100％回收销毁。

全福珍一家是众多上岸渔民中的一员，虽然渔船拆解和渔网销毁都可以按照标准拿到政府的补助，但因为户口不在崇明岛，她们家并不能享受到上岸建房的政策。按照政策规定，她们可以回到户籍地沿湖村上岸定居。

重新踏上故乡的土地，全福珍被眼前的景象惊呆了，这还是自己离开时候的村庄吗？曾经的水塘成了平整的土地，一排排精致的别墅矗立在土地之上，道路两边，是经过精心设计的水塘、草坪以及花草、树木，每一处景观都恰到好处。邵伯湖水面上曾经成排的渔船已经不见，但渔文化的元素在村庄之中随处可见：曾经用来捕鱼的摇橹小船被放置在一片绿油油的草地之上，让原本空旷的空间立马有了灵魂；几条体积较大的渔民生活用船，停在村里的棠湖水面上，有的做成了特色的船餐厅，有的做成了村里的党建学习基地；渔文化博览馆中，每一个陈列的实物，曾经都是渔民赖以生存的工具，墙上贴着的每一张画，都是渔民日常生活的真实场景。

对于沿湖村来说，渔文化博览馆是这个村庄发展的历程缩影和内在灵魂，它记录着一个村庄的贫困、封闭、自卑，也见证着它一步步走向振兴的艰苦跋涉和凤凰涅槃。对生活在村庄的渔民来说，这里陈列的是祖辈在这里世代生活的根脉，是如同信仰一般镌刻在灵魂深处的图腾。对于远道而来的游客来说，沿湖村充满了远离城市的新奇，人们在这里放下戒备，远离纷扰，开启一场与大自然的零距离互动，压力在无形之中释放。

渔民上了岸，打鱼的生活就一去不返，年轻人可以在附近的工厂找到工作，上了年纪的，因为没有文化，又没有手艺，再谋生的手段大大受了限制。男人还好一点，实在不行，去干最没有技术含量的苦力活。但家里的女人体力跟不上，想找点事情做，挣点钱补贴家用，成为十分困难的一件事。

随着乡村旅游日渐起色，村里的产业一年比一年多，经济效益也一年比一年好，沿湖村党委在村里成立了物业服务公司，让村庄的管理模式走向正规化。

刘德宝介绍说，村里成立物业服务公司，为一大批无业村民提供了就业岗位，全福珍就是其中的一员。员工是村民，村民是员工，村里从来不会担心员工会偷懒，这就像是自己给自己家里打扫卫生，尽心尽责，生怕哪一点没有打扫干净。

全福珍说，物业公司里的员工，不少都是像她一样的家庭妇女，她们在经过专业的培训之后走上工作岗位。大家珍惜这份工作，除了能挣到一份工资贴补家用，还有一个好处，就是能照顾家庭。物业公司有很多像全福珍这样的员工，都是家里的顶梁柱，处于上有老人下有孩子或者孙辈的重要阶段，对她们来说，照顾家庭也是一项重要且艰巨的任务。如今，大家就在村里工作，出了门就是工作场所，家里有了突发情况，抬脚就能到家，可以说是既挣了钱，也能照顾到家庭，一举两得。

当然，她们也会有疲惫的时候，毕竟每天都重复着千篇一律的工作，时间久了，多少会有工作倦怠感，尤其是旅游旺季的时候，清洁的工作量明显增大。当她们想抱怨的时候，听到不少游客聊天的时候说："生活在这样的村庄里太幸福了，风景好，环境美，要是能在这里生活养老，人生还有什么不满足的呢？"

一个人说，全福珍没当回事，陆陆续续听到很多游客说羡慕生活在沿湖村的居民后，她忽然觉得自己幸福多了，人们羡慕的不正是现在的自己吗？整日生活在画里，小桥流水，亭台楼阁，花开时节姹紫嫣红，只不过自己作为画中人，不识庐山真面罢了。有了这样的想法，全福珍跟姐妹们调侃，咱也别觉得不满足，那城里人个个还羡慕咱们呢，他们是难得才能来旅游，咱们可是天天都能在景区里旅游呢。一起干活的员工听到全福珍这么说，原本有些懈怠的她们，猛然间豁然开朗，笑得合不拢嘴。

除了清洁村庄各个角落的垃圾，全福珍跟村里的老干部沈桂付学会了修剪花木，她要把多余的枝杈清理掉，有的花木还要修成一定的造型。刚开始的时候，全福珍还挺紧张，生怕修剪得不对把花木给修死了，时间久了，次数多了，一点点变得得心应手起来。看着原本杂乱无章的花木，经过自己一双手的修剪，变得有棱有角，有模有样，全福珍十分有成就感。对全福珍来说，修剪每一棵花木的时候，都像是在家里打扮自己的孩子，花木的枝条就好比孩子的一根根头发，一根也不能潦草。

全福珍把清洁出的垃圾和修剪完的花木枝条，用三轮车运到村里指定的垃圾回收点，每次骑车赶往垃圾站的时候，看着道路两旁优美的环境，她内心有一种特别的成就感，虽然自己干的活有点脏、有点累，但经过自己双手打扫过的村庄，干净、整洁，一次次上了市里、省里的新闻，甚至中央电视台的节目，她就觉得有自己的一份功劳，自己是美丽村庄的参与者和见证者。全福珍十分坚定地相信，有政府的扶持政策，有刘德宝这样的带头人，有一个个和她一样生活在村庄里的村民共同努力，她们的小渔村一定会变得越来越好。

太阳还没完全落下，晚霞铺在棠湖水面上，整个湖面都是红彤彤的。与棠湖仅有一条马路之隔的，便是沿湖村集餐饮与民宿为一体的常来渔家。沈桂付站在家门口，身后是自己一手打造的餐饮，面前是火红的夕阳。今年73岁的沈桂付，做出了一个重大的决定，饭店自己不问了，全权交给儿子沈常来经营。人不服老不行，虽然外表看起来精神头十足，身体也还算硬朗，但跟前些年相比，他明显心有余而力不足了。到了这个年纪，他觉得自己跟快落山的太阳一样，已经走到了人生的暮年。如今，日子好过了，儿子也能独当一面了，自己跟老伴也该退居幕后，享受一下晚年生活了。

在沿湖村村委会会议室，沈桂付回忆起过往，感觉有说不完的话：

我十四五岁开始，就成了家里的壮劳力，撒网、捕鱼样样精通，每次捕鱼比赛，都是村里的第一名，但那时候鱼不值钱，渔民也没有地，鱼卖不上价钱，买的粮食经常不够吃。十几岁的孩子，正是长身体的时候，能干也能吃，但家里粮食紧缺，常常不够吃，只能饿肚子。1972 年，乡里有征兵的名额，领导觉得我是个好苗子，就推荐我参军。当时，家里不同意我去，因为我是家里的壮劳力，不少体力活全指望我呢。我执意要去，当兵是多少农村孩子的梦想啊，要是能把军装穿在身上，要多神气有多神气。还有一个原因，部队吃饭不用花钱，还能吃饱，这对于当时的我来说，就是好日子。

咱们过习惯了苦日子，最大的本事就是不怕吃苦。我在部队是工程兵，经常要打坑道。我虽然没上过学，没一点文化，但干活从来不惜力，干起活来不要命，常在心里对自己说，只要干不死，就往死里干。力气这东西，上午用完了，吃饭的时候把肚子填满，下午又有使不完的劲儿，一天用完了，倒在床上睡上一晚上，第二天又精神抖擞。我们连部的领导看到我干活，私下里说，沈桂付这小伙子真能干，不但人长得精神，还特别能吃苦。

当时在部队，入党是一件十分困难的事情。我 1972 年当兵，1976 年就入了党，在当时很多人看来不可思议，因为我一天学都没上过，文化水平太低了，但领导看重我，就是因为我踏实肯干，不但干活卖力，每一个任务还都能保质保量完成。我自己心里也有数，一个人没文化，读不了书，看不了报，人的眼界就打不开，路子就走不远。除了跟着部队的学习班学习，私下里还自学，学习跟打坑道一样卖命，遇到不懂不会的，要么查字典，要是还搞不懂就问身边的战友。我进部队的时候是文盲，从部队离开的时候，已经具备了初中文化水平。入了党，外加认字越来越多，我在连队的表现领导愈发满意，年年都被连队嘉奖。

后来，我从部队回来了，当时像我这个年龄的，认字的不多，当过兵的基本上没有。村里推选我当生产队长，一干就是三十年。德宝当了书记，敢干、能干，他把村里的设计规划图立在村口的时候，我就觉得看到希望了，我也是当时为数不多敢开饭馆的人。

这两年，来旅游的人越来越多，我们的生意越来越好，我们年纪也越来越大，虽然身体还算硬朗，但毕竟年纪大了，就雇了专业的厨师。目前，家里不单有渔家乐，还增加了民宿，规模越来越大，日子越来越有奔头。

如今，我跟老伴彻底退休了，放手让儿子经营了家里的渔家乐，但村里有什么需要，我这把老骨头还是愿意冲在前面，为村里做点事情。就拿2018年登上英国《卫报》的那张撒网照片来说吧，当时还没有全面禁捕，村里的乡村旅游已经初具规模，德宝找到我，说为了配合村里的宣传，想拍一张渔民撒网的照片。我想着我都快七十岁了，就不出风头了，没想到德宝三番五次做我的工作。后来，我想想也是，他们付出了那么多努力，让村子发展成现在的样子，是件多么不容易的事情啊，咱作为村里的一员，还是一个老党员，应该给村里出出力。

那应该是10月份了，天有些凉了，尤其是湖面上，风一吹就更凉了。傍晚时分，太阳快落山了，晚霞把湖面照得通红，我划着小木船，船上坐着我最小的妹妹，那种感觉让我想起了小时候，那时候我还没出去当兵，13岁开始学撒网，17岁第一次撒大网。撒网这活是个体力活，也是个技术活，需要体力，也需要技巧，我这个人喜欢钻研，撒旋网的水平村里没几个人能比得上。

虽然已经有一段时间没撒网了，但对沈桂付来说，手感和技术一点没丢。只见他站在船头，把渔网整理好之后抓在手中，身体半转，随后转腰、挥手，渔网在空中急速张开，宛若一片银光洒落湖面。整个动作一气呵成，行云流水。

沈桂付说，时代不一样了，大家的生活方式也不一样了，以前撒网是为了捕鱼，换取粮食填饱肚子，现在成了城里人的一道风景。

在渔文化博览馆里，沈桂付指着登在英国《卫报》的那张撒网照片介绍道，当时撒网的时候并没有觉得有什么不一样，当渔民嘛，每天都撒网，撒了大半辈子，跟吃饭睡觉一样稀松平常，都撒麻木了。等看到摄影师拍出来的照片，我有点不敢相信，我们祖祖辈辈撒网捕鱼的场面，竟然是那么美。

站在渔文化博览馆里，看看那张照片，再看看陈列在墙上的那张自己用过的旋网，沈桂付眼神中流露出十分的不舍，"虽然我们现在禁捕了，但这个网要一直保护和传承下去，需要让后人知道，他们是渔民的后代，祖辈的生活中曾经有着这样一种技艺。让它时刻都提醒着我们来自哪里，曾经有着怎样的生活方式，从而更加珍惜当下拥有的幸福生活。"

初冬到了，白天明显比秋天要短了不少。刘德宝从垂钓基地忙完，计划着去村部，太阳还没有完全落山，阳光从西边铺洒在邵伯湖大堤，从村口通往邵伯湖的道路上，都被撒上了夕阳的色彩。

站在村庄的道路之上，刘德宝下意识想去大堤上走走。他曾经无数次站在大堤眺望村庄的方向，每一次沿湖村都在发生着明显的变化，而每一点的变化背后，都有着村两委和全村人民竭尽全力的付出。他想起当年老书记在冬天夜里的挽留，想起自己在破旧的村部大门上挂上沿湖村党支部和村委会的牌子，想起带领村民填塘运进来的第一车土，想起开进村庄的第一辆旅游大巴车，想起从外面打工回来的村民、第一个回到村庄发展的大学生……

无数个第一次，在时间的积淀中聚沙成塔，勤劳的沿湖村人在新时代的红利之下，在村党委书记刘德宝的带领之下，依托着政府的扶持，外加自己勤劳的双手，在一片原本贫瘠的土地之上日夜耕耘，走出了属于自己的乡村振兴道路。生活在这里的渔民从此不再自卑，沿湖村的标签像是一面闪着亮光的旗帜，成了他们心中无比骄傲的荣耀。

村庄走进了全国人民的视野里，刘德宝走进了人民群众的心中。他对沿湖村所做出的贡献，一点一滴汇聚成这个伟大的工程，这种伟大，没有轰轰烈烈，而是将日常的琐事铸就成时代的丰碑。

2020 年 11 月 24 日，对于刘德宝和沿湖村来说，都是无比激动的一天。刘德宝被授予"全国劳动模范"的荣誉称号，而这一天，全国劳动模范和先进工作者代表齐聚人民大会堂，接受表彰。"全国劳动模范""全国先进工作者"荣誉称号都由中共中央、国务院授予，表彰在社会主义建设事业中作出重大贡献者。"全国劳动模范"授予企业职工、农民和其他社会主义建设者，"全国先进工作者"授予机关和事业单位职工。放眼祖国的山河大地，他们犹如闪亮的坐标，在平凡的岗位上敬业奉献、初心不改，在实现国家富强、民族振兴、人民幸福的追梦路上，用自己的奋斗故事诠释着劳模精神、劳动精神、工匠精神。

如今，时间已经过去了三年多，刘德宝回忆起当时的场景，依然掩饰不住内心的激动。习近平总书记说，关键时刻冲得上去、危难关头豁得出来，才是真正的共产党员。每一字每一句，都如千钧般落在了刘德宝的心头上。

若是在平常，在电视机或广播里听到这句话，或许不会让自己热血沸腾。但那一天不一样，那是在祖国的心脏，在庄严神圣的人民大会堂。在那之前，他曾无数次从电视上看到过天安门的样子，却从没有敢想过有朝一日能以这样的方式出现在那里。曾经，他总觉得沿湖村和北京之间的距离无比遥远，一个在祖国的首都，一个在长江中下游某个偏僻的角落里，两者根本不可能产生任何关联。当他在庄严肃穆的人民大会堂，受到习近平总书记等国家领导人的亲切接见，刘德宝内心产生了另外一种深刻的认知，那就是祖国 960 多万平方公里的任何一寸土地，都与北京有着千丝万缕的联系，北京发出的每一个信号，祖国的大地都会有强烈的反应，从另一个角度来说，自己生活的小渔村所发生的每一个变化，北京也能清楚地感知到。

在幅员辽阔的中国大地上，北京关联着每一个城市与乡村，每一个村庄都是祖国的神经末梢。

刘德宝对作为一名共产党员的使命和责任有更深的体悟。从宏观的角度来说，中国共产党诞生于国家失声、民族失格、人民失落的苦难岁月中，在黑暗的半殖民地半封建社会，党的使命从一开始就与人民疾苦紧密地联系在一起。经过 28 年浴血奋斗，党领导的人民军队在人民支持下，建立了新中国，实现了民族独立和人民解放。

党的十一届三中全会以来，改革开放使中国不断实现跨越式发展，使"站起来"的中国人民开始走向"富起来"。党的十八大以来，中国特色社会主义进入新时代，实现了全面建成小康社会的奋斗目标，开启了全面建设社会主义现代化强国新征程。

在广袤的祖国大地之上，沿湖村只是一个小小的村庄，它的发展历程写满奋斗和励志的故事。生活在这里的人们用勤劳、智慧创造了属于自己的美好生活。它也是中国数十万村庄中的一个缩影、一个代表，一个从一穷二白走向乡村振兴的时代样本。

栽下梧桐树，引得凤凰来。如今的沿湖村，凭着自己休闲惬意的环境体验和独具特色的渔文化资源，成为长三角地区乡村旅游的金字招牌，让人来了不想走，走了还想来。

在沿湖村的入口处，建立了一个游客服务中心，人们在这里打开乡村旅游的密码。紧靠着游客服务中心，就是"湖心渡"，游客可以在此乘坐大白鹅无动力游船，或者乘坐由船娘掌舵的乌篷船，不仅能够游览沿湖村的湖面风光，还可以近距离看鸬鹚表演。一个渔民撑着篙站在小小的木制渔船上，一群鸬鹚在水中捕鱼，游客可以与鸬鹚来个亲密互动，感受鸬鹚的捕鱼技艺。

在新打造的"小微湿地"，玉带般的步道与阡陌田园、错落有致的民宿相映成趣，小道曲径通幽，两边的荷塘中，荷叶亭亭玉立，荷花粉里透红，沿着小路向前走，有一种身处世外桃源的感觉。如果单纯的赏景无法满足，还可以体验一下扳罾捕鱼的乐趣。

"扳罾"就是一种架在岸边捕鱼的方形大网。拿四根长竹竿的一头扎在一起，另一头按十字形分别撑开系住渔网的四角。再用另一根长竹竿或者竹竿框架做罾杆，罾杆的一头固定在岸上向上斜伸出去。一根长绳子，通过罾杆系在四根竹竿的交叉部位。面积较大的罾，要用杠杆、辘轳等简单机械来起罾，岸边还要做罾架。

捕鱼的时候，人站在岸上，利用杠杆原理拉住长绳，将网平放入水中。过一段时间拉动长绳，吊起方网，鱼就全落到网的中央，再用捞网将鱼舀起来。这种沉浸式的捕鱼体验，让很多游客尤其是孩子们流连忘返。生活在城市的孩子，整天待在钢筋混凝土的房子中，整日处于繁重的学习压力之下，到了村庄，感觉天高了，云淡了，整个人的心情也好了，尤其是看到罾网从水中撑起，一群蹦蹦跳跳的小鱼显现的时候，不禁欢呼雀跃，一下子回到了朴素快乐童年该有的状态。

"渔耕伴读"是农业劳动教育实践基地，沿湖村把渔文化与农耕文化结合起来，规划出了"一亩梦田""桑鱼塘""朴门菜园"等多种主题模块。孩子们拎着小小的水桶，拿着捕鱼用的小鱼网，在长满水草的浅浅的池塘里寻找鱼虾，那是一场聚精会神的搜捕行动，每当有人从水中抓到一条鱼，都会传来一阵兴奋的欢呼。那是日常生活中难以寻找到的别样的成就感。

湖心岛是沿湖村最令人放松的地方，人们乘船抵达后，烧烤啤酒、篝火晚会、唱歌、看露天电影、玩飞盘，在日落后的黄昏，白天的疲惫随着夕阳西下而消散，三五个家庭从城市来到这里，草地之上，星空之下，开启一场人与大自然零距离接触的休闲之旅。

在渔文化博览馆，一张张与渔民生活习俗密切相关的照片，静静地躺在陈列台上，无声地讲述着时代变迁下沿湖村大步向前的奋斗征程。

刘德宝随手拿起馆里陈列的一个渔具，介绍说这是鳗鱼镣，主要是用来捕捉鳗鱼的，实际使用中这上面还有一根长长的竹竿，通过它的这种圆弧形的结构，在淤泥里面划，鳗鱼就夹在里面被捕了上来，目前这个是我们村里唯一的一件了。

沿湖村莲心桥、湖心岛露营夜景

对于博览馆里的展品，刘德宝如数家珍，这些陈列的渔具和展示的图片，浓缩了渔民习俗的方方面面，将几代渔民的生活呈现在这118平方米的渔文化博览馆。

如今的沿湖村，可以说旅游资源一年比一年丰富，渔家美食、渔家风情民宿、渔家书房、渔文化博览馆、休闲垂钓基地、渔文化主题邮局、渔耕伴读农耕体验、湖心岛露营、乌篷船观光，诗意的表达在这里被人们付诸实践，这是新时代大地上的欢歌，也是人们走向富裕之后生活的真实写照。

说完这些村里打造的景点，村庄里还有一处名叫"沿湖遇见你"的地方不得不提。这是个无比充满诗意的名字。日出时刻，太阳慵懒地从邵伯湖面露出害羞的脸庞，湖水被映照得通红，一个人走在沿湖大堤之上，眺望一望无际的田野与湖面，隐隐约约之中，在远处似乎有着另一个人，在金色的霞光之中眺望你，你看着她，她也看着你，远远地向彼此走来。你是谁，她又是谁，像是一场写在湖边的浪漫梦境。

这种无比美好的遇见，是人们心头的向往，也是人们追求的"诗和远方"，它们最终都在"沿湖遇见你"民宿落地。这个民宿虽然不大，但无比精致、温馨。门前的水塘大小恰到好处，像是一个浓缩版的邵伯湖，从大堤的西边移到了东边，只为将"沿湖遇见你"衬托得更加诗意。

民宿内的设计带着浓浓的田园风格，只要踏入，一种无形的氛围顿时让人觉得轻松起来。那些压在人们心头的重担，似乎无比惧怕这样的环境，从进门的那一刻起，就做好了逃离的准备，还未等人站定，"嗖"的一下从人的体内逃离，溃不成军。

人们可以带上家人，或是约上三五好友，在这里吃上一顿地道的渔家饭，唱上几首自己喜欢的歌曲，在宁静的村庄住上一晚。黄昏时分，坐在楼顶的露台，泡上一壶茶或是咖啡，头顶是霞光万道，远处是烟波浩渺，人与湖波、大地、天空共同构筑一幅和谐的美丽画卷。

负责经营这家民宿的店长名叫毛娟，这个"80后"的姑娘，娘家就在与沿湖村毗邻的开杨村。很多生活在农村的年轻人都梦想着长大能到城市里生活，那些带着浓重汽车尾气的空气，用钢筋混凝土堆砌起来的高楼，在"80后"成长的岁月印记中，一直有着无比巨大的诱惑力。如果去不了城市，去县里，哪怕是镇上，也是一种幸福。

逃离农村，成了"80后"农民奋斗的重要目标之一，似乎只有离开那些烟火、树木、庄稼、牛羊，才是人们眼中的有出息。

人生的前40年中，毛娟一直在努力，用尽自己的全部能量，从偏远的城郊农村来到了扬州市区立足。她无论如何也没想过，缘分的阴差阳错，会让她来到沿湖村工作。

"沿湖遇见你"的老板跟毛娟是好朋友，有一次聚会的时候，她对毛娟说，我开了一个民宿，你去帮我管理吧。毛娟问，民宿在哪儿？老板说，在沿湖村。对毛娟来说，这个村子的名字她再熟悉不过了，小的时候，她经常跟小伙伴跑到邵伯湖边上玩，当然这些小伙伴里很少有渔民的孩子。在当时的年代，在渔民面前，农民潜意识中有着一种优越感，这种优越感源于拥有土地，源于有遮风挡雨的房屋，而一条小小的渔船，就是渔民所有的家当。巨大的对比之下，渔民与农民之间的差距一目了然。在毛娟小时候的记忆里，不管是大人，还是孩子，没有人愿意跟渔民打交道。

在城市生活的这些年，除了逢年过节去看望父母，毛娟回农村老家的次数并不多，即便回来，也只是在开杨村的老家里待着，对周边村庄的发展并没有过多关注。

她打电话给妈妈，说自己要去帮朋友管理一家民宿。妈妈问她在哪儿，她说在沿湖村。妈妈一听，显得很激动，说好啊，沿湖村距离我们家近，想回家几分钟就到了，那里现在建得可漂亮了，早就不是你小时候贫穷破旧的样子了，早些年是人家羡慕我们，现在是我们羡慕人家。

毛娟再次走在邵伯湖大堤之上，眺望着沿湖村一排排整齐的别墅洋房，房前屋后干净整洁，水泥路通到家家户户的门口，村庄里找不到一条泥土小路，道路全部硬化。亭台楼阁、小桥流水掩映在草坪与屋舍之间，一家家民宿散落在如画般的村庄中间，村里的水面之上，荷叶翠绿，荷花开得正艳。毛娟简直不敢相信自己的眼睛，这还是记忆中的小渔村吗？荒滩变成了土地，湖水倒映着蓝天白云，游客在村庄的道路上络绎不绝。人们在这里看湖、赏花、野餐，晚上在"沿湖遇见你"住宿。

　　毛娟喜欢这个装修雅致的民宿，在这样的村庄里工作，沉浸式体验乡村美景，欣赏一个又一个日出日落，时光在不经意间流走。

　　崔卉也是这家民宿的得力宣传者，她朋友圈发的很多条动态，地址定位都显示为"沿湖遇见你"。虽然目前工作已经退居二线，她依然关注着沿湖村的发展，关注着这里日新月异的变化，她是沿湖村走上乡村振兴的助推者，也是乡村旅游健康发展的宣传者。她和毛娟，以及三名渔娘嫂子，一起为这家规模算不上大的民宿发力。

　　遇到节假日，"沿湖遇见你"的3个餐饮包厢、11间客房几乎每天爆满，要是不提前预订，基本上是一房难求。

　　虽然崔卉和毛娟本不是沿湖村的人，但与沿湖村接触久了，对这里倾注了无比深厚的感情，从某种程度上来说，也已经成了这个村庄的一分子。就像崔卉经常挂在嘴上的一句话"我们沿湖村"，这是发自内心的认同。作为"沿湖遇见你"的经营者，毛娟日复一日在这里工作，每天看太阳从邵伯湖面爬过大堤，照在民宿门前的地上，然后太阳一点点升高，翻越民宿的屋顶，直到日落西山。沿湖村的夜空格外宁静，星星也比城市里看起来要明亮许多。夜晚之时，她时常会听到邵伯湖水轻拍堤岸的声音，每一次浪起浪落，都是湖水对村庄的问候。

　　我采访毛娟的时候，是在一个傍晚，我们坐在民宿进门处的一张桌子面前，窗外是精心栽培的花草，落日的余晖洒在花朵上，让室外的风景多了一种色彩。我问毛娟，你怎么看待现在的沿湖村？她说，小的时候，从来没敢想过它会变得这么好，如今我在这里工作，在日常的接触与交流中，深切感受到渔民们的淳朴与热情，我喜欢这里，我希望它越来越好。村庄好了，旅游的人就多了，人一多，村子才能发展，村子发展了，村民们的生活和我们的民宿自然也就越来越好了。

　　大海航行靠舵手。20 年来，沿湖村在以刘德宝为首的村两委班子的齐心努力下，从一个贫穷落后的村庄成为扬州乃至中国大地上的乡村振兴的一面旗帜。刘德宝用一种渔民崭新的方式表达着对生活的热爱；他用一名基层党员干部勇于探索的魄力与智慧走出了人与自然和谐共处、互惠共赢的生产模式；他用一个渔民后代对土地的向往、对渔文化的坚守，让世代"水上漂"的渔民和渔文化在岸上有了根。

　　如今，沿湖村逐步实现了从传统一产到一三产融合、从捕鱼卖鱼到"卖旅游"的转变，全村已经有了 15 家渔家乐、8 家民宿、25 家农村电商。渔民人均收入从 10 年前的不足 6000 元增加到近 4 万元，渔民经营的旅游项目有 10 家年收入达到 30 万元以上，并且成功带动 400 名渔民就业。昔日的"渔花子"村如今蜕变为"全国生态文化村""国家级最美渔村""全国乡村旅游重点村"，沿湖村真正走上了"强村富民"特色旅游产业之路。

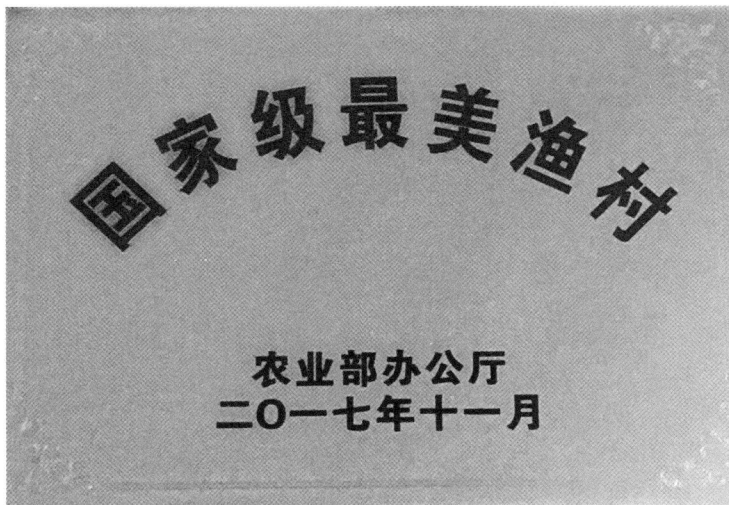

沿湖村被评为"国家级最美渔村"

这一个个耀眼的成绩是刘德宝心中最为宝贵的勋章。在个人奋斗、群众认可、组织关心、媒体宣传的合力下,刘德宝当选江苏省第十三次党代会代表,先后获得"中国乡村旅游致富带头人""中国农村电商致富带头人""江苏省劳动模范""江苏省农村基层党建工作突出贡献奖""江苏省吴仁宝式优秀村书记""全国劳动模范""全国优秀党务工作者"等荣誉。

经过一番寒彻骨,终得梅花扑鼻香。这是沿湖村人民最真切的感触。在多年的奋斗与实践之后,他们无比坚定地相信,自己的村庄会越来越好,大家的生活会越来越丰富多彩。这种自信,源于他们的勤劳、善良、创新,以及新时代赋予的新发展机遇,有着党和政府的惠民政策,有着像刘德宝一样的乡村振兴带头人,没有什么艰难险阻能够阻挡他们奔向强村富民的康庄大道。